SEM TETAS NÃO HÁ PARAÍSO

SEM TETAS NÃO HÁ PARAÍSO

GUSTAVO BOLÍVAR MORENO

Tradução de
Luís Carlos Moreira Cabral

1ª edição

EDITORA RECORD
RIO DE JANEIRO • SÃO PAULO
2015

CIP-BRASIL. CATALOGAÇÃO NA FONTE
SINDICATO NACIONAL DOS EDITORES DE LIVROS, RJ

Moreno, Gustavo Bolívar, 1966-
M842s Sem tetas não há paraíso / Gustavo Bolívar Moreno; tradução de Luís Carlos Moreira Cabral. - 1ª ed. - Rio de Janeiro: Record, 2015.

Tradução de: Sin tetas no hay paraíso
ISBN 978-85-01-08891-8

1. Ficção colombiana. I. Cabral, Luís Carlos Moreira. II. Título.

15-21764 CDD: 868.993613
CDU: 821.134.2(861)-3

TÍTULO ORIGINAL: SIN TETAS NO HAY PARAÍSO

Gustavo Bolívar Moreno, 2005
gbolivarm@yahoo.com

Texto revisado segundo o novo Acordo Ortográfico da Língua Portuguesa.

Impresso no Brasil

ISBN 978-85-01-08891-8

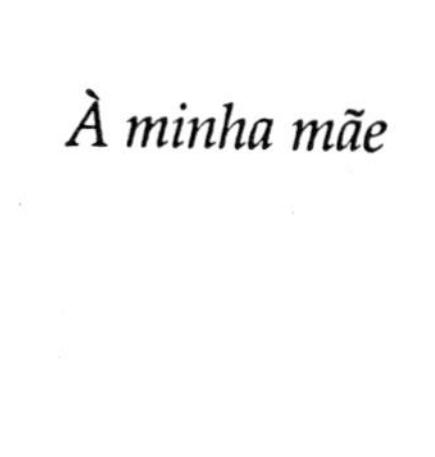

À minha mãe

Sumário

1. O que importa é o tamanho 9
2. A máfia 33
3. O final da flor 65
4. As meninas pré-pagas 85
5. O filho de Cavalo 97
6. "Você não precisa disso" 103
7. A vingança da flor 113
8. A fábrica de bonecas 119
9. Peitos extraditáveis 127
10. Benditos sejam os hóspedes, pela alegria que nos proporcionam no dia em que partem 141
11. Renasce a flor 153
12. O que há de sonho em um pesadelo 165
13. O narrador sou eu 173
14. Albeiro 197
15. O sonho transformado em pesadelo 205
16. De genro a marido, de cunhado a enteado, de namorado a padrasto... de rainha a vice-rainha 227
17. A volta da inocência 245
18. Overdose de bala e silicone 255
19. O colapso do silicone, o colapso da amizade 265
20. A volta a casa, a volta à vida 277
21. "Carapinha cel" 289

Epílogo 299

1

O que importa é o tamanho

Catalina nunca imaginou que a prosperidade e a felicidade das meninas de sua geração dependessem do número de seu sutiã. Só começou a entender isso na tarde em que Yésica lhe explicou, sem qualquer cerimônia, por que o homem que ela esperava com tantas expectativas a tinha deixado plantada na porta de casa:

— Por causa dos seus peitos! El Titi preferiu ficar com a Paola porque seus peitos são muito pequenos, cara!

Com estas palavras humilhantes, Yésica pôs um ponto final na primeira tentativa de Catalina de se prostituir. Enquanto isso, Paola entrava, sorridente, em uma luxuosa caminhonete que a levaria a uma fazenda de Cartago onde, por 500 mil pesos, ficaria nua e transaria com um traficante de drogas em ascensão, apelidado de El Titi e com pretensões de se tornar um Pablo Escobar, na beira de uma piscina descomunal, ao lado de outras mulheres tão ignorantes e ambiciosas quanto ela e de inúmeras estátuas de mármore e pedra que jorravam água com entediada resignação.

Apesar de sua pouca idade — tinha acabado de completar 14 anos —, Catalina queria fazer parte do time de Yésica, uma jovem cafetina apenas um ano mais velha que vivia de cobrar comissões da máfia, recrutando para seus haréns as meninas mais bonitas e peitudas dos bairros pobres de Pereira.

A ofensa nua e crua de El Titi frustrou para sempre Catalina, que não pôde fazer nada para evitar as lágrimas incessantes de ódio e autocomiseração que brotavam de seus olhos. Não tenho boas roupas, não mandei alisar os cabelos, ele me achou muito criança, dizia, tentando imaginar alguma desculpa que pudesse atenuar a humilhação. Mas Yésica não queria enganá-la. Com sinceridade, fez um diagnóstico simples e direto da situação, mesmo sabendo que cada palavra feria o orgulho, o ego e, sobretudo, a alma da jovem amiga:

— Os peitos da Paola são maiores. Não há nada que se possa fazer, amiga.

Numa segunda tentativa de defender seu corpo e seu orgulho, Catalina levou as mãos aos seios e evitou uma nova humilhação, respondendo que Paola tinha peitos de plástico e que os seus, embora pequenos, eram de verdade. Cansada dos chiliques da vizinha de infância, Yésica acabou com a birra com um único e contundente argumento:

— Não importa, cara, os peitos da Paola podem ser de plástico, de madeira ou de pedra, podem ser de mentira, mas são maiores, e é isso o que importa para esses caras, amiga: eles querem meninas peitudas!

Catalina aceitou com raiva e resignação a impiedosa explicação de Yésica e xingou El Titi com ódio por tê-la privado de ganhar seus primeiros 500 mil pesos, com os quais pretendia fazer uma grande compra de supermercado para aplacar a fome da família. Em troca, sua mãe deveria lhe permitir que abandonasse para sempre o colégio. Ela não gostava de estudar e, para Catalina, era muito importante largar a escola para começar a ganhar dinheiro à custa de seu corpo ainda em desenvolvimento.

Sua raiva perdurou até perder de vista a caminhonete, que subiu a ladeira íngreme que separava o bairro da avenida principal. Olhando com resignação para aquela esquina distante, exclamou, como se estivesse se absolvendo:

— O problema é que você não sabe se deve odiá-los ou desejá-los ainda mais — disse em tom de brincadeira e acrescentou, inspirando o ar com os olhos fechados: — E eles têm um cheiro tão bom!

— E cada carro! — completou Yésica, colocando, com alguma simpatia, um ponto final na incômoda situação que acabara de acontecer.

Catalina queria participar do sórdido mundo das escravas sexuais dos traficantes de drogas, não tanto porque desejasse desfrutar os prazeres do sexo, pois, além de tudo, ainda era virgem e não imaginava sequer o que poderia sentir com um homem sobre si, mas porque não suportava que suas amigas da rua exibissem todo dia diferentes roupas, sapatos, relógios e perfumes, que suas casas fossem as mais belas do bairro e que suas garagens abrigassem uma moto nova. A inveja corroía seu coração, provocando angústia e preocupação. Não conseguia aceitar a prosperidade das vizinhas, e menos ainda que o sucesso delas estivesse baseado em seus seios, pois só naquele dia percebeu que as casas das quatro meninas com os maiores peitos do quarteirão eram as únicas que tinham terraço e não estavam com a tinta descascada. Só quando El Titi a rejeitou para ficar com Paola, cujos seios pulavam de um sutiã tamanho 44, Catalina entendeu que enfrentaria moinhos de vento, se preciso, para conseguir o dinheiro da cirurgia, uma vez que seu futuro estava condicionado ao tamanho dos seus peitos.

Em vez de acalmá-la, a conclusão deixou-a ainda mais angustiada, e por isso Catalina insistiu com Yésica para que lhe arranjasse, com urgência, um cliente que a tirasse da pobreza. A amiga prometeu incluir seu nome na agenda, mas avisou-a de que, sem peitos grandes, encontraria bastante dificuldade em ser admitida no mundinho que queria frequentar, mesmo sabendo que transgrediria os cuidados próprios de sua idade. Advertiu-a de que, para conquistar a cueca e a carteira de um dos traficantes, aos quais se referia com muito carinho como "os tais", teria de operar os seios.

Sem pensar duas vezes e convencida da necessidade de aumentar o tamanho do sutiã, Catalina resolveu, naquele mesmo dia, com rigorosa vaidade e religiosa paciência, que faria o que fosse preciso para conseguir o dinheiro para o implante de próteses de silicone que homem algum conseguisse segurar nas mãos. Mas seu problema girava em torno de um círculo vicioso difícil de ser rompido, pois, como seus seios eram muito pequenos, nenhum milionário devasso lhe dava atenção, e assim, seria muito complicado conseguir 5 milhões de pesos — o preço da cirurgia, que introduziria em seus peitos brancos e achatados como ovos fritos um par de bolsas plásticas e transparentes recheadas de plástico líquido.

Para animá-la um pouco, Yésica encheu-a de esperanças com um conselho absurdo e lacônico. Sugeriu que "ficasse bem gostosa", mais do que as outras, para ver se conseguia vender sua virgindade a algum traficante recém-promovido. Segundo ela, esses fanfarrões eram os únicos que se conformavam com qualquer coisa. Quando Catalina ergueu os olhos para censurá-la pelo insulto, Yésica corrigiu a imprudência com habilidade, recordando que ela não era qualquer coisa, mas que se exercitasse e ficasse muito bonita para que não viesse a se tornar insignificante.

Naquele momento, Catalina compreendeu que, devido à falta de seios, à ignorância espiritual e à luxúria desmedida dos mafiosos, tornar-se muito bonita significava ficar com a cintura fina, os quadris largos, os músculos trabalhados, a bunda empinada e os cabelos alisados com todo tipo de tratamentos, aplicar no belo rosto cremes feitos de qualquer porcaria que lhe recomendassem, descolorir com água oxigenada todos os pelos do corpo, depilar a cada três dias as pernas e a virilha e tostar a pele sob o sol ou dentro de uma câmara bronzeadora até fazer brotar manchas cancerígenas que eles pudessem confundir com charmosas sardas.

Ela não sabia, pois seu pessimismo a levava a acreditar que aos 14 anos já tinha parado de crescer, mas existia a possibilidade de que seus seios crescessem um pouco mais conforme seu corpo se desenvolvesse ou depois da primeira relação sexual. Porém a necessidade de não se sentir inferior às outras meninas do bairro ou a simples inveja de vê-las contando dinheiro a havia levado a pedir a Yésica que lhe conseguisse um encontro com El Titi, consciente de que, na perversa chácara dele, uma espécie de ilha da fantasia, deixaria sua virgindade dependurada em uma rede ou flutuando na piscina ao lado de muitas latas de cerveja vazias. Foi o que Yésica tinha lhe avisado antes de marcar o encontro frustrado e foi o que ela entendera, pensando mais na felicidade de um futuro seguro do que na dor de um presente incerto.

A virgindade de Catalina era famosa no bairro e até em algumas regiões populares de Pereira. Albeiro, seu eterno namorado, o único desde os 11 anos, contava os dias que faltavam para a menina atingir a maioridade, pois ela lhe prometera que nesse dia lhe entregaria sua inocência — isso depois de entrar pela primeira vez em uma boate e de enfiar sua carteira de identidade em uma daquelas três ou quatro carteiras cor-de-rosa da Hello Kitty que certamente ganharia de presente na sua festa de 15 anos, um aniversário que ainda estava distante. Pelo menos era o que desejava para sua vida no fragor de seus sonhos de infância. Enquanto transcorriam aqueles mais de quatro anos que o separavam da felicidade, Albeiro cuidava dela como se fosse seu bem mais precioso e jurava aos amigos, com uma ameaça implícita, que aquele que se atrevesse a passar uma cantada nela, tocá-la ou mesmo olhá-la com segundas intenções poderia se dar muito mal.

Mas nem Albeiro era capaz de matar alguém nem Catalina queria esperar quatro anos para se entregar a ele. Sua namorada adolescente pensava em outras coisas. A cena das colegas de escola entrando nas caminhonetes dos traficantes, as motos que recebiam de presente, as roupas caras e de grife, a ostentação de dinheiro na lanchonete da escola, um dinheiro do qual até ela mesma se beneficiava nos primeiros dias da semana, e as gargalhadas reprimidas que soltavam nos grupinhos que formavam nas esquinas do bairro nas noites de segunda-feira, contando suas façanhas sexo-econômicas, tudo isso acabou alterando os sonhos de Catalina.

Agora ela queria ser como as outras. Queria pertencer a um traficante para se vestir como elas. Queria fazer compras no supermercado para a mãe, como as amigas faziam para as mães delas. E queria, acima de todas as coisas, chamar tanta atenção quanto as modelos de Medellín, cujas fotografias cobriam as paredes de seu quarto. Não via outra maneira de cair no gosto, certamente exigente, daqueles sujeitos acostumados a possuir o corpo e a consciência das garotas que quisessem pelo preço que fosse. Por isso, no dia em que El Titi a rejeitou, Catalina entrou em casa chorando de raiva e se trancou no banheiro, rezando para que Paola se desse mal na chácara à qual acabara de ser levada.

Suas rezas não surtiram efeito. Na segunda-feira seguinte, por volta das oito da noite, sua rival chegou sorridente com várias sacolas cheias de roupa, compras de supermercado para a mãe e sapatos para os irmãos. Catalina continuava morrendo de inveja, mas sentiu uma dor ainda maior quando Paola contou para ela e as amigas que El Titi tinha acabado de lhe dar de presente 2 milhões de pesos para operar o nariz. Tudo porque não tenho o peito grande, pensou Catalina. E ficou calada enquanto Yésica cobrava sua comissão ao mesmo tempo em que Vanessa e Ximena, outras duas meninas do quarteirão, lhe perguntavam coisas íntimas sobre El Titi. Como era o jeito dele, se era peludo ou não, se xingava ou se ficava calado, se a tinha obrigado a acariciar outras mulheres.

Queriam saber se fodia bem ou se não aguentava, se tinha pau grande ou pequeno, se era rápido ou lento, quantas vezes haviam trepado durante a noite, se dormia depois da primeira ou se começava a fumar logo em seguida, se tirava toda a roupa ou se a comia de meia e camisa, se fazia carícias ou se ia direto ao ponto, se era delicado ou agressivo, se conhecia muitas posições ou só as duas convencionais, se a havia despido ou se ela tinha feito isso, se usava camisinha ou se tirava antes de gozar, se gritava com força, gemia ou ficava calado. Paola respondeu algumas das perguntas e Yésica contou o resto.

Catalina gravou na memória a conversa sem entender algumas coisas e saiu da reunião cabisbaixa e sem se despedir. Yésica explicou às outras três que aquela tristeza passaria quando ela conhecesse o que era bom. Mas não se referia ao sexo, e sim ao dinheiro. As três entenderam, morrendo de rir, o presságio, e ficaram planejando com a patroa o próximo programa.

No dia seguinte, atendendo ao conselho de "ficar gostosa" enquanto tentava conseguir o dinheiro para aumentar o peito, o despertador da casa de Catalina, dentro do qual uma galinha dava bicadas no nada, tocou estrondosamente às cinco da manhã em ponto. D. Hilda deu um pulo e sentou na cama, e seu irmão Bayron tapou a cabeça com um travesseiro reclamando com a voz cheia de sono:

— Me deixa dormir, porra. — Foi a única coisa que conseguiu dizer, antes de atirar no despertador uma garrafa de cerveja pela metade que estava caída em sua mesinha de cabeceira sem abajur, cheia de lixo, sem lugar sequer para um pedaço de papel ou até mesmo uma guimba de cigarro. O relógio tombou no chão, virado, com um barulho, mas a galinha continuou dando bicadas, agora para cima, da mesma maneira: sem bicar nada.

— Bayron, você me paga o relógio ou eu não respondo por mim! — gritou Catalina chorando de raiva, mas ele se defendeu com grosseria:

— Quem manda você pôr o puto desse galo para cantar tão cedo, sua filha da mãe!

Enquanto Catalina, entre lágrimas de raiva e de tristeza, recolhia e jogava fora os cacos do relógio e da garrafa, sua mãe tentava entendê-la:

— Para onde você vai a essa hora, minha filha? Ainda nem amanheceu!

— Vou correr, mamãe. Preciso fazer exercícios! — respondeu no escuro, dissimulando o choro.

A mãe pensou em lhe dizer que exercícios não serviam para nada porque, com certeza, em alguns meses estaria grávida e seu corpo ficaria deformado, igual ao que aconteceu com a filha de uma amiga sua, mas acabou ficando quieta para não encorajá-la ainda mais.

Cinco minutos depois, com um moletom cinza colado no corpo e um copo de café frio no estômago, Catalina corria pela avenida 30 de Agosto em direção ao aeroporto de Pereira, cujos arredores tinha escolhido como meta.

Ao chegar, quando o sol exibia seus primeiros raios e as aves do zoológico entoavam sua costumeira algaravia sem motivo, Catalina viu um avião imenso decolar. Apoiou a testa na grade que separava a pista da estrada e ficou sonhando. Imaginou-se no avião, sentada nas pernas de El Titi, com peitos de silicone três números maiores do que seu atual e bebendo uísque entre as gargalhadas de Yésica e o olhar invejoso de Paola, embora ela desfrutasse os beijos não menos luxuriosos de Preguinho, um traficante de terceira categoria, assim como El Titi, mas 45 quilos mais gordo do que ele.

Quando despertou, graças ao rugido imponente de um tigre, outro avião aterrissava. Por algum motivo que nunca compreendeu, ela achou que o piloto da aeronave tinha voltado para pegá-la e assim permitir que seu sonho se realizasse.

Logo compreendeu como aquilo era bobo e começou a correr no sentido inverso, de volta para casa, onde naquela hora D. Hilda limpava o sangue do pé de Bayron depois de ter recolhido os cacos da garrafa de cerveja que ele mesmo havia espatifado contra o relógio da incansável galinha.

— Olha onde esses cacos chegaram, porra — resmungou Bayron, irritado e com raiva. Ao retornar ao quarteirão, depois de correr mais de oito quilômetros, Catalina viu Vanessa e

Ximena descendo de uma caminhonete 4x4 com insulfilm que partiu depressa, cantando os pneus. As duas pareciam bêbadas e dava para notar em seus rostos a exaustão depois de uma noite sem trégua ao ritmo da música, das drogas, das bebidas e das insaciáveis investidas sexuais de El Titi e de Preguinho.

— Cara, o que você está fazendo acordada numa hora dessas? — perguntou uma das duas a Catalina, que tinha dado as costas à própria casa para poder responder com uma mentira.

— Estou indo comprar o café da manhã.

— Pegue isso aqui e compre um pão bem grande para Bayron — disse Ximena, desdobrando um maço de notas e concluindo, antes de entrar em casa quase arrastando os saltos desgastados de suas botas de couro fino: — Diga a seu irmão que fui eu que mandei e que o amo muito.

— Pode deixar, digo sim — garantiu Catalina pensando em ficar com metade do pão e todo o dinheiro.

As duas amigas de Catalina, que alguns meses antes frequentavam as mesmas aulas no colégio Porfirio Diaz, desapareceram, deixando no ambiente um cheiro de licor e tristeza. Catalina se lembrou, então, delas brincando com suas saias quadriculadas brancas e azuis ao ritmo de uma canção sobre pares de cavalinhos levantando as patas e dizendo adeus. Sentiu uma dor e se questionou:

— Meu Deus, é essa a vida que quero?

Olhou a nota de 10 mil pesos que Ximena lhe deu e depois cravou os olhos em seus peitos para decidir, sem maior discernimento nem peso na consciência:

— Claro que sim, é essa a vida que eu quero — disse a si mesma, abandonando as recordações e matando de um golpe os remorsos que começavam a surgir. Em seguida, entrou em casa, onde o silêncio tinha dado lugar a um grupo de rock pesado que queria escapar pela caixa de som do toca-fitas de Bayron.

— Que pão porra nenhuma! É melhor me dar essa grana, que eu estou precisando dela para pagar as putas! — disse-lhe Bayron, arrancando o dinheiro de suas mãos.

— Não, senhor! — gritou ela, recuperando a nota. — Ximena disse que era para comprar pão e, além do mais, não disse que era para dar o troco para você.

— Ora, como você é mesquinha! — gritou, tomando-lhe a nota pela segunda vez e guardando-a depressa na cueca. E completou: — É melhor abrir logo as pernas se quiser ter grana. Arranje um cara com dinheiro suficiente para nós dois...

Da cozinha, Hilda interferiu zangada:

— Bayron, que coisas são essas que você está enfiando na cabeça da menina, hein?

— Nada, porra, só estou aconselhando que ela não vá se meter com nenhum malandro do quarteirão, porque vai acabar ficando grávida, e aí sou eu que vou ter que dar um troco no cara.

Catalina olhou-o reprimindo o ódio e resolveu guardar o conselho do irmão em uma bagunçada gaveta que tinha na cabeça.

Quatro semanas depois, quando já dava para perceber que os músculos das pernas de Catalina estavam durinhos, a barriga lisinha, que suas nádegas pareciam um par de lindas bolas de vôlei e os quadris estavam mais curvilíneos e com um movimento próprio, Albeiro apareceu no colégio e ficou esperando que ela saísse da aula. Ao vê-la tão radiante, teve de abandonar sua fachada de homem frio e tímido e mergulhar nas águas da bajulação:

— Meu amor, como você está linda! — disse, semicerrando os olhos, embevecido e louco de felicidade por achar que a namorada estava se aperfeiçoando para ele.

— Para você ver... — respondeu ela com vaidade ao mesmo tempo que, com um movimento de cabeça, jogava mechas dos cabelos cheios, lisos e pretos nas próprias costas.

— Você está muito da gostosa — completou Albeiro, levando-a aos céus para, um segundo depois, colocá-la no inferno com uma reflexão solene e mal-articulada da qual se arrependeria pelo resto da vida: — Meu amor, se você tivesse um pouquinho mais de peito, garanto a você que seria a rainha de Pereira.

Catalina olhou-o aterrorizada. Seu queixo caiu, e sua testa franziu. Um vento frio congelou seu sangue e percorreu seu corpo com crueldade. A desenvoltura e a inclemência do frustrado galanteio estimularam seu pessimismo e minaram sua autoestima, e por isso as lágrimas afloraram de maneira automática e os músculos de suas pernas dispararam sem controle. Mortalmente ferida e sem palavras, ela começou a correr encosta abaixo pela rua íngreme em cujo cume fica o colégio Porfirio Diaz, onde cursava o nono ano do ensino fundamental ao lado de outras 15 meninas e 18 meninos de sua idade, muitos deles mudando de voz.

Depois de persegui-la ao longo de dois quarteirões e meio, prestes a ter um enfarte e com a garganta ressecada, Albeiro conseguiu alcançá-la. O rosto da amada estava inundado de lágrimas, como se tivesse acabado de sair de uma piscina. Ele jamais havia imaginado que seu comentário inocente fosse provocar tamanha dor à menina de seus olhos. Amava-a tanto que vivia por ela, respirava fantasiando sua imagem, cantava as músicas de que ela gostava, dançava com ela em seus sonhos e revia sem parar uma cena em que os dois passeavam por um jardim com um dos dois filhos que pensavam ter. Por isso, com o único objetivo de construir um futuro decente para ela, trabalhava sem descanso em uma fábrica que confeccionava e imprimia bandeiras e bonés do Deportivo Pereira e outros times de futebol. Mercadoria que ele mesmo vendia aos domingos ao redor do estádio com os irmãos e a mãe, depois de enfrentar a pau e pedra a polícia e os torcedores, que muitas vezes se recusavam a pagar.

Se soubesse que suas palavras a feririam tanto, com certeza Albeiro as teria engolido embrulhadas em arame farpado. Por isso se esforçou como pôde para alegrar Catalina, explicando que as palavras lhe saíram da maneira errada. Mas ela lhe respondeu que, por bem ou mal, tinha dito aquilo e ficaram discutindo a mesma coisa até chegar a casa.

No pequeno jardim da frente estavam Yésica, Paola, Ximena e Vanessa. As quatro riam às gargalhadas, tentando evitar que o peso dos peitos de plástico vergasse seus corpos. Contavam histórias do último fim de semana ao lado de seus namorados da máfia e, de vez em quando, paravam para observar Catalina discutir com Albeiro, a quem chamavam de bobo e pobre, e não achavam nem um pouco interessante.

Catalina censurava Albeiro pelo insulto, e ele continuava se defendendo com veemência, tentando minimizar as palavras infelizes, mas, na verdade, a namorada entristecida observava de esgueira as amigas, querendo correr até elas e ouvir suas histórias, sobretudo as de Yésica, que, apesar de seus 15 anos, conhecia tanto do mundo e sabia tanto sobre os adultos que já tinha uma experiência tão vasta quanto a de dez homens juntos, os mais cafajestes possíveis.

Ela dizia que a fantasia de todo homem era levar duas mulheres para a cama ao mesmo tempo; que eles se sentiam incomodados quando outro macho ficava olhando sua bunda e por isso fazer orgias com eles não era fácil; que ficavam loucos com seus pentelhos tingidos de louro e que alguns pensavam, com certa ingenuidade, que esse era seu tom natural.

Afirmava que todos os homens, sem exceção, mas em especial os traficantes, os políticos, os artistas, os atletas e até mesmo os padres, os pastores, os místicos, os religiosos, os professores de ética, os conselheiros espirituais, os psicólogos, os escritores e os velhos decrépitos, eram um bando de filhos da puta, mentirosos, tarados, devassos, fingidos, cínicos e tacanhos, que não conseguiam ser fiéis porque possuir uma única vagina os entediava. Que essa era sua natureza, que mudá-la era impossível, que eram irremediavelmente polígamos e que a mulher que não aceitasse compartilhá-los acabava enlouquecendo.

Continuava seu relato cru e realista acrescentando que os homens se irritavam quando as mulheres beijavam seu pênis olhando para a cara deles com os olhos bem abertos. Dizia também que eles tinham vergonha de garotas feias e que por isso não davam um passo na rua sem ter ao lado uma menina operada da panturrilha aos lábios, passando pela bunda e pelos peitos. Que eles viravam verdadeiros animais na cama quando as mulheres lhes diziam que queriam mais e manifestavam sua satisfação, e que agonizavam de ternura ao vê-las caminhar seminuas, de costas para eles, vestidas com suas camisas ou quando elas começavam a chorar por alguma coisa insignificante. Que a melhor maneira de afugentar um homem era pedindo que se casasse ou que tivessem um filho, e que um macho não podia ser amarrado nem por um caralho, a menos que ele mesmo quisesse se amarrar voluntariamente. Que por causa do machismo os homens podiam ficar com muitas garotas e que para eles isso era sinônimo de masculinidade, mas que uma mulher não podia ficar com vários caras porque achavam que isso era coisa de puta, e que os homens desta época não gostavam mais de putas, embora vivessem cercados delas sem sequer perceber aquilo.

Era óbvio que Yésica ignorava que ela e suas amigas estavam se tornando putas; não se referia com estes termos e classificações a todos os homens do mundo, e sim aos únicos que a vida lhe permitira conhecer em sua breve existência: os traficantes de drogas. Eram seres muito primitivos, extremamente ambiciosos, obcecados por grana, adoradores do dinheiro fácil, prepotentes, afundados no ego e na vaidade, delicados — não por suas maneiras, mas por sua intolerância —, infiéis, mulherengos, bonachões e mentirosos. Semideuses de um Olimpo imaginário e fictício, farristas sem medidas, muitos deles viciados e viciadores, cruéis, inescrupulosos, vorazes, altivos, incapazes de enfrentar a solidão ou uma crise econômica, fanfarrões inseguros e com a necessidade de mostrar ao mundo sua capacidade financeira, traumatizados, dementes, capazes de vender a própria mãe à DEA, a agência norte-americana encarregada do combate às drogas, para conseguir uma redução de pena antes de entrar, com as mãos e os pés acorrentados, em um avião com a bandeira norte-americana parado, com as turbinas ligadas, no setor militar do Aeroporto El Dorado de Bogotá. Em seus relatos, Yésica e as amigas se referiam a esses homens e não a outros, como Albeiro. Por isso , embora continuasse discutindo com seu namorado por tê-la feito recordar que seus peitos eram pequenos, Catalina estava de corpo presente com ele, mas em pensamento com as quatro amigas de infância cujas gargalhadas atravessavam a rua até se incrustar em seus ouvidos em tom de provocação.

Das cinco, Catalina, que estava com 14 anos, era a mais jovem. Vanessa, com 15, tinha a mesma idade de Yésica; Ximena e Paola, cada uma com 16 anos, eram as mais velhas.

Vanessa tinha perdido a virgindade nas mãos do padrasto aos 10 anos. Sua mãe não quis dar atenção a suas queixas e castigou-a por inventar que o crápula de costeletas compridas e bigode cheio acariciava a menina de manhã quando ela saía para trabalhar.

A primeira experiência sexual de Yésica foi com um primo de Manizales que havia ido passar as férias em sua casa. Sua mãe não fizera caso dele, por ser muito jovem, e o instalou na cama da filha. A senhora ignorou que a menina já sentia ferver sem parar o sangue nos vasos sanguíneos da vagina, e que o membro não inaugurado do sobrinho também experimentava ereções automáticas todas as manhãs, sem exceção.

Ximena foi violentada por membros de uma gangue do bairro de El Dorado uma noite em que sua avó irresponsável, que cuidava dela desde os 2 anos, quando sua mãe a abandonara, mandou-a comprar cigarros em um armazém ao qual se chegava atravessando um campo de futebol escuro e sem grama, que vivia enlameado na época das chuvas.

Paola entregou sua virgindade ao primeiro namorado que teve, no quintal de casa, aflita por saber que toda sua família estava na rua, mas que eles poderiam chegar a qualquer momento. Ela ajeitou as coisas para fazer com que o segundo e o terceiro namorados acreditassem que era virgem, recorrendo a um truque que uma amiga lhe ensinara: ela lhe disse que esperasse pelo final da menstruação e que no último dia fosse com o cara, que o excitasse com sutileza e resistisse um pouquinho às propostas indecentes, argumentando que sexo era uma coisa dolorosa, de acordo com o que tinha ouvido dizer, mas que no final se deixasse seduzir e se enfiasse na cama dele com certo temor. Que antes de se entregar demonstrasse nervosismo e lhe arrancasse algumas juras de amor eterno.

Que se queixasse de maneira escandalosa quando ele estivesse tentando penetrá-la, arranhasse, mordesse os próprios lábios e lacrimejasse e que, no fim de tudo, lhe mostrasse com vergonha e orgulho a cor de sua pureza sobre o lençol. Dizia que os homens eram tão bobinhos que continuavam acreditando que a perda da virgindade era demonstrada pelo sangue, ignorando que a maioria das virgens trocava carícias até atingir o clímax com cinco ou até dez homens antes de perder o hímen, que, por sua vez, não é mais do que um selo de garantia que até pode ser comprado em qualquer clínica de planejamento familiar por 200 mil pesos.

Paola, que por ser a mais velha não podia aparentar ser virgem, se gabava de ter feito os outros 17 homens com os quais dormira acreditar que cada um deles havia sido o segundo homem de sua vida. Ximena e Vanessa riram muito ao lembrar que usavam o mesmo artifício com homens ciumentos e machistas. Todas as três haviam dito aos namorados que sua primeira vez não passara de um lamentável equívoco, questão de algumas doses de bebida a mais ou quase um estupro.

As amigas não seguravam o riso e cada uma anotava mentalmente os conselhos e ensinamentos de Yésica. Eles continham tal lógica, e eram contados de maneira tão crua e divertida que as menininhas do bairro, inclusive as mais velhas do que elas, passavam horas e horas escutando-a até perto da meia-noite, quando então Yésica as mandava dormir sempre com a mesma frase:

— Bem, suas frescas, hora de dormir, que o mundo vai se destruir, e hora de trepar, que o mundo vai acabar.

Gargalhando e esperando com ansiedade a noite seguinte para poder continuar aprendendo barbaridades, as menininhas se despediam de Yésica sem se dar conta de que, assim que entravam em casa, ela corria até a esquina acompanhada de duas ou três amigas, pegava um táxi e partia sem rumo certo.

Na noite em que Albeiro estava implorando há seis horas pelo perdão da namorada por ter insinuado que, se ela tivesse seios maiores, seria a rainha de Pereira, todas se dispersaram, mas Catalina continuou o censurando, socando-o no braço por tê-la feito se sentir tão mal.

— Então você quer que eu fique como elas, é? — disse, apontando para as amigas entrando em suas casas, e continuou sua ladainha tentando não ceder terreno e dificultar a reconciliação para poder assim ganhar um urso de pelúcia ou, no mínimo, um chocolate com amendoim, conforme a gravidade da briga. — Elas sim têm peitos grandes do jeito que você gosta, não é mesmo? Como elas se vestem bem! Como elas usam perfumes finos! Mas fique tranquilo, filhinho, que em pouco tempo vou estar igual a elas. Você vai ver.

— Como assim, Catalina? — perguntou Albeiro, aterrorizado.

— Vou conseguir a grana para me operar, ouviu? Já que você não gosta dos meus peitos pequenos!

Catalina saiu correndo para saborear sua vitória, e Albeiro ficou achando que as palavras da namorada não passavam de uma ameaça infantil.

No dia seguinte, cabisbaixo e arrependido, foi à casa dela com um bicho de pelúcia, o sétimo que lhe comprava, o mesmo número de brigas que tiveram. Era um bicho maior do que seu poder aquisitivo e aparentava muito bem o seu preço: 8.500 pesos. Com o urso dentro de uma bolsa de papel de presente enfiada em um saco plástico, Albeiro penteou os cabelos com os dedos antes de bater na porta da amada. Seu coração estava prestes a explodir.

— Olá, Albeiro... Entre...

— Obrigado, D. Hilda... Catica está?

— Não, meu filho — disse a sogra, indo até a rua para que ele soubesse que a menina não estava longe e acrescentou: — Saiu há um tempinho, mas, na verdade, não sei aonde foi...

— Ah! — respondeu Albeiro, desiludido, enquanto olhava em volta para ver se a via.

— Mas entre e a espere, meu filho, você sabe que é bem-vindo nesta casa — convidou D. Hilda em um inconsciente tom sedutor.

— Obrigado, D. Hilda — respondeu Albeiro, resignado, e foi atrás dela parando para observar, pela primeira vez na vida, as pernas bem-torneadas que mal eram escondidas pela camisola branca e meio transparente que a deixava sensual e insinuante, embora não fosse esse o propósito.

No parque do bairro, em meio a gargalhadas e buzinas de táxis, Catalina e as amigas compartilhavam outra das deliciosas conversas comandadas por Yésica. Agora se referiam ao orgasmo. Falavam sobre aquilo com uma propriedade tão incomum em meninas de sua idade, uma desfaçatez tão natural e uma fluência idiomática tão folgada e surpreendente, que tudo o que diziam soava cômico, agressivo e até científico. Diziam coisas tão cruas que qualquer adulto com vinte anos de casamento nas costas sucumbiria enrubescido diante de suas teses precisas: quando estão fodendo, os homens só pensam neles, dizia Ximena. A maioria goza com a mesma facilidade com que urina, declarava Paola. Os homens gozam mais depressa quando as mulheres manifestam sua emoção aos gritos e que por isso ela gostava de fazer amor calada, afirmava Vanessa. A essas teses entre banais e filosóficas, Yésica acrescentava uma lufada de sandices, algumas muito razoáveis e previsíveis:

— A mulher deve administrar os ritmos — dizia. — Os homens são como carros sem freio, se você deixá-los com todo o controle se estatelam em dois minutos.

Todas riam, e antes que as risadas terminassem, Yésica continuava a aula:

— Há outros que vão em frente toda vida, por isso que digo que cabe a vocês freá-los, fazer cara de dor e tirá-los de cima com o pretexto de ir ao banheiro. Eles ficam putos de raiva e gritam, mas essa é a única maneira de poder aproveitar mais um tempinho.

Disse também que, se ela fizesse amor com uma pistola sobre sua mesa de cabeceira, já teria atirado em pelo menos uma dúzia de bandidos egoístas que a deixaram ardendo de desejo segundos antes do clímax.

— Fico com vontade de matá-los — falou, recordando, talvez, um daqueles desagradáveis episódios.

Catalina continuava recolhendo informações de maneira ajuizada e silenciosa enquanto Albeiro esperava-a na sala de casa, olhando o relógio com o coração destroçado pela suspeita, bebendo café frio com a sogra e com um urso de pelúcia que o privara de almoçar sobre as pernas.

— E como vão vocês, Albeiro? A menina me contou que vocês brigaram ontem à noite.

— Sim, senhora.

E no mesmo momento em que Albeiro entrava às pressas no banheiro para evitar as perguntas de D. Hilda, ignorando que encontraria as roupas íntimas da senhora penduradas na torneira do chuveiro, Catalina continuava perdendo a virgindade auditiva nas mãos de Yésica, que falava agora dos estranhos hábitos dos homens na hora de transar. Dizia que El Titi não parava de se mexer quando atendia às ligações de Cardona, seu chefe. Que Cardona gostava que batessem em suas nádegas e que Morón, chefe de Cardona e dono da organização, cobria, com um saco plástico preto, a pequena estátua do Menino Jesus que tinha ao lado da cama quando fazia sexo com alguma de suas várias mulheres. Dizia que tinha muita pena de Jesus e, às vezes, até colocava fones em seus ouvidos para que não ouvisse os gritos da esposa legítima, que tinha a fama de acordar a casa aos berros quando chegava ao orgasmo.

Quando Catalina, com evidente ingenuidade, perguntou a Yésica como sabia de tanto sobre homens, a resposta não pôde ser mais contundente:

— Porque trabalho nesse negócio, parceira. Essa é a minha vida — disse com tristeza enquanto as demais se despediam entre sorrisos falsos para evitar as perguntas embaraçosas de Catalina, e Albeiro, tomado pelo medo e pelo desejo, tentava deixar as roupas íntimas de D. Hilda no mesmo lugar onde as tinha encontrado, depois de cheirá-las durante vários segundos com os olhos fechados e o coração a mil.

Sabia que eram de D. Hilda pelo tamanho e pelo estilo, um pouco maior e mais formal que as calcinhas de Catalina, e não pôde fazer nada para evitar levá-las ao rosto: a luxúria foi mais forte que a vergonha; a vontade de saciar seu instinto sexual superou o medo. E, embora tivesse conseguido devolvê-las ao mesmo lugar de onde as tirara, com um pouco de ajuda da memória, muito cuidado e maestria, Albeiro até pensou em roubá-las, chegando a enfiá-las no bolso traseiro da calça.

Yésica e Catalina ficaram sozinhas e combinaram de caminhar juntas até sua casa, de cujo banheiro, naquele mesmo instante, Albeiro saía depois de alguns momentos de agitação, procurando com um olhar angustiado as pernas de D. Hilda, que, naquele momento, estava preparando alguma coisa no forno, de costas para a mesa de jantar da cozinha. Lá, ele tentava se sentar, às apalpadelas e sem tirar os olhos de cima dela, em um banquinho de madeira no qual tropeçavam, frequentemente, todos os que entravam no lugar.

— Você está passando mal do estômago, meu filho? — perguntou D. Hilda, preocupada com a longa permanência dele no banheiro. O rapaz enrubesceu e só conseguiu responder que sim, com a voz abafada, disfarçando ao olhar as nádegas dela através da camisola de seda transparente.

Enquanto caminhavam até a casa, Catalina contou a Yésica que tinha medo de perder a virgindade. A amiga tranquilizou-a e lhe deu alguns conselhos para que não sofresse, mas suplicou que não fosse para a cama com Albeiro porque, entre os sujeitos que estavam prestes a chegar do México, havia um que pagava muito bem pela primeira noite de uma mulher.

— Fique tranquila, amiga, que assim que Mariño chegar do México a gente vai procurá-lo, o cara é louco por virgens.

Interessada em vir a ser algo mais do que um brinquedo sexual que se compra com dinheiro, Catalina perguntou sobre suas chances de virar namorada de Mariño, mas Yésica a aterrorizou, como sempre fazia, com bons argumentos. Disse que eles nunca se conformavam com apenas uma, duas, ou três mulheres. Que muitos podiam ter tantas mulheres como um mês tem dias e atendiam a todas de acordo com sua capacidade econômica, seus desejos sexuais e sua disponibilidade de tempo. Que, no entanto, de todas com as quais saíam, existia uma, apenas uma, a qual, além de apartamento, carro, operações de seios, nádegas, face, lábios, desenho do sorriso com alongamento dos dentes dianteiros, rinoplastia, lipoaspiração, lipoescultura, roupas de grife, flores, perfumes franceses, joias, sapatos, óculos, relógios, botas em quantidades industriais e compras de mercado para as famílias, eles entregavam seu coração. Essa mulher infeliz, mas que se considerava o contrário, era a namorada.

Desde aquela noite os desafios de Catalina se tornaram dois: o de sempre, conseguir fazer um implante de silicone nos seios, e um novo, o de virar a namoradinha de um traficante.

2

A máfia

Fora a música, a fumaça de cigarro que inundava o lugar atenuava tudo: as luzes robóticas coloridas perseguindo cabeças, a beleza das mulheres, as sombras de alguns corpos dançando ao ritmo do baixo, as saliências das armas na cintura de algumas calças masculinas, as dançarinas envoltas em sugestivos tecidos brancos acetinados e enjauladas em celas de madeira provocando a clientela, as garçonetes perambulando como carros sem freio pelo salão e fazendo acrobacias com bandejas repletas de bebidas. A única coisa que permanecia incólume à fumaça era a música estridente que fazia pular os corações de quem passava perto das caixas de som, algumas das quais chegavam a dois metros de altura.

Na boate da máfia, as mesas rodeavam uma pista de dança circular e cheia de luzes multicoloridas no piso. No entanto, algumas delas, semiescondidas, suspeitas, espalhadas pelos cantos do salão, pareciam estar sempre reservadas para figuras das quais só se percebia a silhueta misturada com a fumaça, as gargalhadas e os incessantes toques de celulares. Parecia um paradoxo porque, nas noites de atividade menos intensa, as mesas principais, as que cercavam a pista e por isso mesmo as mais cobiçadas, ficavam desocupadas, enquanto as do fundo, as que serviam como cúmplice a clientes obscuros, encontravam-se sempre ocupadas. Eram as mesas dos traficantes. Ficavam perto de uma saída secreta de emergência por onde surgiam as provisões para o estabelecimento, longe da entrada principal. Nessas mesas, os traficantes não "davam bandeira", podiam vigiar a chegada do inimigo ou da polícia, e também avaliar a lealdade das mulheres. Em uma delas, El Titi e Preguinho estavam com suas namoradas oficiais, as irmãs Ahumada. O primeiro com Marcela, e o outro com Catherine.

As Ahumada eram, sem dúvida, as mulheres mais bonitas de Pereira e, quem sabe, da Terra inteira e de seus arredores também. Seus rostos perfeitos e corpos esculturais podiam fazer inveja às modelos e misses mais famosas e belas do país e do mundo. Marcela, por exemplo, parecia uma encarnação da Virgem Maria, só que seus cabelos eram muito mais longos, brilhantes, escorridos e louros. Tão lisos como uma toalha de veludo, tão brilhantes como o reflexo do sol numa estrada de asfalto no verão. Era preciso tocá-la para não confundi-la com uma estátua de cera: seus traços eram retos, e a pele, perfeita e sem defeitos. Seus olhos amendoados e profundos e seus longos cílios, da cor da areia, pareciam um remanso paradisíaco do qual dificilmente se poderia escapar com o coração ileso. Eles eram tão longos, cheios e ondulados que pareciam uma palmeira intocada em uma praia sem vento. Seus lábios lembravam um par de morangos gêmeos, e seus dentes, cuidadosamente arrumados, pareciam o teclado de um piano novo, sem sustenidos. Embora não fosse muito alta, seu corpo parecia uma escultura de mármore de Carrara assinada por Michelangelo. Não existia cintura mais estreita, nem seios maiores, nem bunda mais redonda e empinada do que a dela. Sua irmã Catherine, por sua vez, era, no conjunto, mais bela do que Marcela.

Ao ver as Ahumada sentadas no colo de El Titi e de Preguinho, qualquer juiz imparcial, qualquer agente da DEA, qualquer ser humano inadvertido, qualquer policial mutilado ou vítima da guerra contra o crime poderia chegar, com toda facilidade, à surpreendente conclusão de que o problema do narcotráfico não era o envenenamento de milhões de pessoas no mundo inteiro; nem a degradação familiar dos lares de milhões de drogados; nem a fuga de divisas do tesouro dos Estados Unidos; nem as centenas de juízes, policiais e jornalistas assassinados no México e na Colômbia; nem os milhares de funcionários públicos e de empresas particulares comprados com o dinheiro sujo das drogas; nem as alfândegas corrompidas; nem o financiamento das campanhas políticas com dinheiro ilícito; nem a inclusão de militares e policiais na folha de pagamento da máfia; nem o garoto enlouquecido batendo na mãe e vendendo os objetos de casa para pagar suas doses de crack, ecstasy, maconha ou cocaína; nem a decomposição moral da nação; nem o desmoronamento ético de todas as instituições do Estado; nem o surgimento de uma classe emergente e economicamente muito poderosa empenhada em conquistar poder político; nem a obsessão dos traficantes por propriedades rurais; nem os massacres e os conflitos internos entre os cartéis da droga; nem o éter, a acetona e o ácido sulfúrico que destruíam os neurônios do cérebro; nem os paramilitares e os guerrilheiros que administravam plantações e vendiam coca para financiar a guerra. Não, nada disso. Ao ver as Ahumada sentadas no colo de El Titi e de Preguinho, seria possível deduzir, com muitas chances de acerto, que o problema do narcotráfico era apenas uma questão de inveja.

Pelo menos era isso o que diziam El Titi e Preguinho com seu péssimo senso de humor quando se embebedavam e procuravam justificativas para o ódio que despertavam.

— O que acontece, cara, é que esses filhos da puta — dizia El Titi se referindo aos políticos honestos, aos funcionários da embaixada norte-americana, aos padres que não construíam igrejas com seu dinheiro, aos militares incorruptíveis, aos cidadãos indignados, a todos nós — morrem de inveja porque a gente pode ter as mulheres mais bonitas, o carro que quiser e pode comprar a cabeça de quem a gente tiver vontade. Como eles não podem fazer a mesma coisa...

— É isso aí — concordava Preguinho, meio embriagado, e acrescentava: — Esses caras que criticam e perseguem a gente são os que não aproveitaram o dinheiro que a gente tem. — Bebia um gole e continuava: — Mas é só molhar as mãos deles que começam a endeusar você, nem sabem o que fazer com você, e depois mudam de lado e aí querem tirar você do negócio.

As Ahumada assentiam com a cabeça diante de cada afirmação dos namorados. O único objetivo era fazer parecer que estavam entendendo alguma coisa do que falavam, mas na verdade não entendiam porra nenhuma porque tinham dedicado toda sua juventude a cultivar seus corpos, rostos e cabelos em vez de o intelecto e as boas maneiras, como teria feito qualquer garota que tivesse uma mãe. Aí estava o problema, no fato de não terem tido mãe.

Elas tinham sido criadas desde os 2 anos pela avó, D. Clotilde, depois que a mãe, D. Lucy Ahumada, foi embora com o pai de seu terceiro filho, Manuel, meio-irmão de Marcela e Catherine. O menino nem por isso se tornou tão bonito quanto elas e agora encontrava-se preso na penitenciária de Bella Vista cumprindo uma pena de 42 anos por ter assassinado a pedrada um vendedor ambulante que o enganara ao lhe garantir que o Reebok que lhe tinha vendido era original. Tempos depois, quando um amigo lhe mostrou o seu, Manuel percebeu que o tênis era falsificado e foi reclamar com o vendedor, que começou a rir, perguntando se ele achava que era possível comprar um tênis de marca original por uma "merda de 15 mil pesos". Manuel ficou tão enfurecido que não pensou duas vezes em pegar uma pedra de quatro quilos que encontrou no chão, esperar que o vendedor estivesse distraído e caminhar atrás dele até surpreendê-lo e lhe desferir a primeira porrada na cabeça. O vendedor caiu no chão gravemente ferido, e Manuel atacou-o com fúria, até matá-lo. Depois, tirou 15 mil pesos do bolso dele e atirou em seu rosto, que já esfriava, o tênis descosturado que lhe custara a vida. Isso aconteceu cinco anos antes de as Ahumada começarem a namorar El Titi e Preguinho, e desde então Manuel jamais recebeu na prisão uma visita das meias-irmãs nem da mãe. As Ahumada não gostavam de dizer que o irmão estava preso e que D. Lucy pariu um quarto filho com um caminhoneiro que jamais a deixava em casa porque argumentava que ela já tinha filhos com três homens diferentes, inclusive ele, e nada lhe garantia que aquele seria o último. Por isso, as irmãs jamais voltaram a vê-la, e aproveitaram essa falta de autoridade materna e paterna — elas nunca conheceram o pai — para fazer o que bem entendessem. Começaram decidindo não terminar o ensino médio.

Frequentaram a escola a duras penas na época em que ainda não podiam manipular a avó e abandonaram o colégio quando estavam no último ano do ensino médio, graças ao convite que lhes fizera um jovem que distribuía cartões de visita na porta do colégio para que fizessem um teste em uma agência de modelos, que não passava de uma empresa de fachada que recrutava mulheres muito bonitas para depois vendê-las à máfia.

Foi assim que suas fotos, enfiadas em um portfólio ao lado das de outras 23 garotas de biquíni, foram parar nas mãos de El Titi e Preguinho. Impressionados com tanta beleza, eles mandaram levá-las a uma chácara e, no mesmo dia em que as conheceram, levaram-nas para viver em um suntuoso apartamento dotado de todos os luxos que elas nunca haviam tido. O apartamento das Ahumada era semelhante ao de um magistrado, de um senador da República ou de um empreiteiro corrupto. Tinha tudo o que já fora inventado ou estava para ser inventado. Em cada um dos quartos havia uma esteira elétrica, banheira com hidromassagem, edredom de plumas, toalhas bordadas, vários closets cheios de roupa das melhores e mais caras marcas, um armário especial para os 75 pares de sapatos que cada uma tinha, pias de mármore com torneira automática e ar-condicionado, para não mencionar os quadros de pintores famosos e as esculturas de bronze que enfeitavam a sala ou a mesa de jantar de 12 lugares que compraram só para elas duas e na qual se sentiam perdidas cada vez que se sentavam. Tinham espalhados por todo o apartamento aparelhos eletrodomésticos e artefatos eletrônicos, alguns deles intactos. Por isso, Yésica tinha razão quando dizia que as meninas de sua classe social não eram obrigadas a estudar, e os motivos saltavam à vista: uma garota linda e disposta a se prostituir podia conseguir em um instante o mesmo ou mais do que um advogado, um médico, um cientista ou um administrador de empresas depois de vinte anos de estudos e outros tantos de atividade profissional.

Mas ninguém imaginava que Marcela e Catherine significassem tanto para os dois traficantes de drogas de médio porte que naquela hora se escondiam nas mesas afastadas da boate. Às vezes, começava a tocar uma música eletrônica e as Ahumada se levantavam como molas e chamavam El Titi e Preguinho para dançar, mas eles usavam todo tipo de desculpas, embora sempre esfarrapadas, e por isso as mulheres acabavam dançando sozinhas no centro da pista sem que ninguém dos que sabiam quem eram se atrevesse a olhá-las. De vez em quando, playboys descuidados, em geral turistas, se espantavam ao vê-las desacompanhadas e se aproximavam excitados para pedir que lhes dessem pelo menos seu telefone, mas acabavam invariavelmente no estacionamento da boate comendo terra nas mãos dos guarda-costas de El Titi ou desapareciam para sempre nas águas frias do rio Otún, sem cabeça nem impressões digitais.

El Titi era um homem falante e prepotente, grande e de mau gosto. Usava roupas de marcas caras, mais pelo preço do que pelo estilo ou pela moda. Em algumas ocasiões, chegava a usar quatro perfumes ao mesmo tempo. Uma cicatriz no lado esquerdo do rosto lhe recordava, cada vez que se olhava no espelho, de um passado cheio de histórias trágicas e episódios violentos. El Titi nascera no seio de uma família humilde e desfeita. Não via o pai com muita frequência e sua mãe confundia amor com abuso. Tolerava tanto seus desmandos que certa manhã acabou sendo espancada pelo filho ao se negar a lhe entregar o dinheiro do almoço, um dinheiro que ele exigia para apostar em um cassino ambulante que visitava o bairro periodicamente.

Ele cultivou essa obsessão por dinheiro desde pequeno, quando fazia pequenos serviços para os vizinhos por uns trocados que investia na compra de vários jogos de azar, com os quais multiplicava sua receita a níveis inimagináveis para uma criança. Era muito hábil para jogar besigue, vinte e um, truco, pôquer, dominó, loto, buraco, xadrez, pião, gangorra, pipa e até ioiô, e por isso ganhou, de forma merecida, o apelido de jogador. Outras vezes ficava com o troco inventando histórias trágicas, como a de que um cachorro que quase o mordera quando estava saindo de uma loja ou de que um ônibus quase o atropelara quando estava atravessando uma rua. A verdade é que nunca estava sem dinheiro no bolso, e esse talento para as finanças o levou a se transformar no que era hoje, um traficante de terceira categoria, prestes a chegar às altas esferas da máfia, graças aos grandes volumes de droga exportada durante os últimos anos e à frieza para cobrar de inimigos e até de amigos.

Entrou no mundo do tráfico graças a Negro Martín, um amigo de infância que havia partido num dia de chuva, quando tinha 15 anos, para só reaparecer onze anos depois, debaixo do mesmo aguaceiro, numa caminhonete 4x4 preta, último modelo, com várias antenas e vidros escuros. As pessoas do bairro ficaram mudas ao ver a transformação do negro e começaram a fazer, na mesma hora, todo tipo de conjecturas sem precisar queimar muitos neurônios: tinha virado um criminoso.

Seu reaparecimento imponente teve um efeito duplo: as garotas do bairro ficaram cheias de esperanças ao ver que príncipes encantados existiam de verdade, e os garotos compreenderam que, sim, era possível arranjar dinheiro fácil para conquistar aquelas mesmas garotas. Embora todos soubessem qual era o único negócio que poderia lhes proporcionar uma fortuna daquelas, sem precisar ir à universidade, nem receber heranças, tampouco inventar um aparelho para adivinhar o resultado da loteria, precisavam conhecer a fórmula e os segredos do lucrativo e maldito ofício. Por isso, El Titi se aproximou e começou a bajulá-lo, recordando com tristeza que quando era criança o havia derrubado no chão da escola por ter insinuado que sua mãe era puta.

— Veja você, parceiro, como são as coisas — respondeu Martín com orgulho, deixando que as coisas e os fatos falassem por si.

E as coisas e os fatos falaram tanto por si que El Titi chegou em casa cansado, empacotou as duas únicas mudas de roupa que não estavam rasgadas e foi embora, achando que para sempre. Mal se despediu de D. Magola, atirando-lhe um beijo e um sorriso esperto de longe e em plena corrida, quando ela apareceu na porta limpando as mãos no avental e perguntando aos gritos para onde ia. Como El Titi, que naquela época não era chamado de El Titi, mas sim Aurelio Jaramillo, se limitou a sorrir, D. Magola esgrimiu um último argumento que quase o afastou de seu destino sombrio pelo resto da vida:

— Meu filho, espere, não vá embora... Vou preparar seu suco de goiaba com leite puro para você!

Aurelio quase voltou, tentado pela estratégia inteligente de D. Magola de lhe oferecer seu suco preferido, que só uma vez por semana era feito com leite e não com água, mas sua vontade de reaparecer um dia nas mesmas condições de Martín foi mais forte, e por isso ele continuou correndo.

Salivando ao recordar o sabor espesso e agradável da bebida que havia acabado de rejeitar pela primeira vez na vida, Aurelio correu como louco pelas ruas do bairro, enquanto Martín ligava o motor do carro para partir, recebendo, pela janela da caminhonete, bilhetinhos cuidadosamente dobrados das meninas menos tímidas do quarteirão lhe perguntando quando ele iria voltar, por que era tão convencido, quando elas poderiam dar uma volta naquele carrão que, a propósito, era muito bonito, se ele tinha namorada, se a amava, se havia ficado metido a besta porque agora tinha dinheiro, e um sem-número de outras perguntas inocentes, próprias de uma época em que os traficantes despertavam mais admiração do que ódio e quando nenhum deles ainda havia cagado na cabeça de uma geração inteira de mulheres.

Quando Aurelio chegou à casa da mãe de Negro Martín, o carro estava partindo, embora devagar, como se quisesse lhe dar uma chance, mas ao mesmo tempo cumprindo a promessa de ir embora sem ele se não voltasse em cinco minutos.

Passaram-se quatro ou cinco anos sem que tivessem notícias de El Titi, e por isso sua ausência se prestou a todo tipo de especulações. Alguém garantia que havia sido assassinado por uma gangue de Cali por ter roubado um relógio de ouro que ninguém sabia onde tinha arrumado. Outros diziam que estava lutando contra o governo em uma frente guerrilheira instalada na fronteira com a Venezuela, país para onde os guerrilheiros fugiam quando achavam necessário, aproveitando as semelhanças ideológicas que tinham com seu presidente. Outros afirmavam que combatia essa mesma guerrilha nas fileiras de um grupo paramilitar no qual traficantes de drogas estavam caindo de paraquedas, tentando adquirir status político que pudesse blindá-los de uma extradição mais que certa para os Estados Unidos. Um funcionário do governo garantiu que estava preso em uma penitenciária da Espanha, acusado de alugar o estômago para o tráfico de heroína. Serviu de mula, acrescentou o funcionário, e afirmou, de passagem, que Aurelio cumpria uma pena de doze anos ao lado de outros 3.562 colombianos que tinham decolado um dia de algum aeroporto com a esperança de voltar com os bolsos cheios de dinheiro para vencer a pobreza de suas famílias, ignorando apenas que a agravariam ainda mais.

Outros contaram exatamente o contrário. El Titi tinha conseguido fazer meia dúzia de viagens com o estômago cheio de cocaína e ganhado dinheiro suficiente para se tornar independente e participar do negócio das drogas em quantidades bastante razoáveis e adotando procedimentos modernos.

Vários concordavam que se transformara em um traficante de drogas, mas todos discordavam no que dizia respeito a sua sorte. Amigos de infância chegaram até a contar no quarteirão que Aurelio, agora conhecido como El Titi, de fato era um depravado, que tinha sido capturado em um barco cheio de droga que transitava pelas Bahamas e que depois fora extraditado para um presídio da Flórida, nos Estados Unidos. Muitas pessoas juravam tê-lo visto na televisão, sem lembrar o que fazia, e poucas, entre elas D. Magola, tinham a certeza íntima de que voltariam a vê-lo algum dia, parado na porta de casa com uma maleta cheia de dólares na mão esquerda. Triunfaram as opiniões e os pressentimentos inequívocos de uma mãe apaixonada. El Titi voltou: mais gordo, mais elegante, com o pescoço coberto de correntes e pingentes de ouro e platina, uma pistola Pietro Beretta na cintura, uma caminhonete maior, mais potente e mais ostentosa que a de Negro Martín, uma maleta preta cheia de dólares na mão esquerda e a luxúria a mil.

Como os boatos correm mais depressa que as pessoas, assim que D. Magola ficou sabendo que El Titi chegara ao bairro foi, apressada, preparar o suco de goiaba com leite puro de que ele tanto gostava, enquanto o filho bisbilhotava, de sua caminhonete com vidros escuros e a quinze quilômetros por hora, cada rua, cada casa do bairro, querendo se inteirar, em primeira mão, das mudanças fisionômicas das garotas que tinham entre 8 e 10 anos quando ele as tinha visto pela última vez, há cinco anos, e que naquele momento já deviam ter abandonado seus ares infantis. Liliana, que acabara de completar 15 anos, esperava, parada na calçada, que a caminhonete de El Titi passasse para poder atravessar a rua. Estava a caminho do armazém, indo fazer as compras para o almoço. Crescera tanto, devido a um problema hormonal, que era mais alta do que todos os moradores do bairro. Por isso, quando El Titi passou só conseguiu vê-la do pescoço para baixo.

— Que garota enorme! — exclamou, e depois a olhou pelo retrovisor enquanto ela atravessava a rua para concluir no meio de risadas e com um estranho e mórbido bom humor: não tinha jeito, teria que dobrá-la!

Duas casas depois, viu Marcelita conversando com Paola. A primeira tinha um rosto muito bonito, mas se vestia mal e era um pouco gorda; a segunda, porém, era tão esbelta e provocante que quase o levou a bater com o carro. Assim que a viu com seu cabelo dividido em dois laçarotes laterais, o uniforme do colégio impecável, embora com a saia um pouco mais curta do que a instituição permitia e a blusa branca com um dos botões de cima desabotoado, de propósito, Aurelio se esqueceu que estava dirigindo e concentrou toda sua atenção nas pernas douradas e perfeitas de Paola. Quando as rodas da caminhonete morderam a calçada, El Titi voltou à realidade cercado pelas gargalhadas das garotas, que zombavam do descuido do motorista distraído. Quase acertara um taxista, que não hesitou em enfiar a cabeça pela janela do carro para xingar sua mãe, ignorando completamente que havia acabado de assinar sua sentença de morte. De fato, Aurelio freou, anotou a placa do táxi em um pedaço de papel e fixou de novo o olhar no corpo de Paola, que ficou assustada ao não reconhecer o rosto de quem dirigia e entrou correndo na casa de Marcela com a mochila nas costas.

Dez minutos depois, saboreando o segundo copo de suco de goiaba com leite puro, Aurelio estava contando, em maços de dois em dois, 20 milhões de pesos que daria a mãe para que a feliz senhora mandasse ampliar a casa, construindo para o filho, no segundo andar, dois quartos e um cofre, onde ele pretendia guardar drogas e dólares sem que ela soubesse.

Enquanto pedia um terceiro copo de suco, lembrando da infância, El Titi perguntou por Luz Helena, o amor de sua vida, e ficou sabendo que ela vivia com um rapaz de Dos Quebradas, com quem já tinha dois filhos. Enfureceu-se tanto com a notícia que atirou o copo contra a parede e saiu de casa tomado pela força dos prepotentes. Quando chegou à casa de Luz Helena, encontrou-a ouvindo *vallenatos* abatida e malvestida, amamentando a filha de 3 meses e com o olhar perdido. Mal desviou os olhos para observá-lo, sem esperança, enquanto ouvia os lábios dele pronunciarem um longo sermão a respeito do que pode acontecer com uma mulher quando ela perde a fé e não espera o que haveria de chegar.

— Eu achei que você estava morto, Aurelio. — Foi a única coisa que a resignada mulher conseguiu responder, entediada, enquanto mudava a filha de peito.

A verdade é que El Titi teve preguiça de recriminá-la e a esqueceu assim que viu, pela janela, Paola saindo de casa com seu impecável uniforme quadriculado de azul e branco, o cabelo preso em duas tranças grossas e longas e seus encantos femininos à flor da pele. Quando Aurelio se convenceu de que aquela poderia ser sua próxima diversão, quis ir para a rua e começar a seduzir a jovem, mas Paola subiu em um ônibus a toda velocidade sem que tivesse tempo de vê-la ou de falar com ela.

Luz Helena, que tinha observado a cena da mesma janela, quis se solidarizar com a angústia do ex-namorado e lhe deu uma informação valiosíssima:

— É amiga do Ferney.

Agradecendo-lhe com um sorriso, que também significava vergonha e vingança, El Titi atravessou a rua e caminhou até a casa de Ferney para lhe pedir que o ajudasse a realizar o sonho de conquistar Paola. Ferney não estava, mas sim sua irmã mais nova, que lhe abriu a porta. Seu nome era Yésica, e ela o encantou tanto quanto Paola, mas por uns instantes não conseguiu deixar de imaginá-la como a menininha que corria pelo quarteirão atrás de um cachorro, com a calcinha rasgada e suja e o rosto imundo. Apesar de recordar essas imagens, percebeu que a garota não era mais a mesma. Apesar dos 15 anos, já era uma mulher feita. Pelo menos era o que diziam os seios, firmes como montanhas, os lábios pintados de violeta e os olhares insinuantes, acompanhados pelo movimento das mandíbulas que mascavam um chiclete massacrado e já sem gosto.

— Ferney não está, mas eu estou — disse a adolescente com ares sedutores. El Titi respondeu com alguma excitação, olhando no meio do vale sem rugas de seus seios que, embora pequenos, pareciam duas rochas:

— Mas você não me serve para aquilo que Ferney me serve, meu bem.

— Ah, não? Isso é o que você pensa, parceiro — retrucou a garota, insinuante, enquanto Luz Helena, que continuava amamentando seu bebê, observava a cena da janela de casa, mergulhada na maior das tristezas.

Ao perceber os ares sedutores de Yésica, El Titi percebeu que não estava lidando com uma menina e começou a elogiá-la e a lhe fazer propostas. Dias mais tarde, depois de fazer amor com ela em vários motéis da cidade, caminhonetes, chácaras e apartamentos de diferentes estilos, mandou um de seus guarda-costas levá-la a um shopping center e a deixou comprar toda a roupa que quisesse, lhe deu um cheque para uma operação de nariz, outro para um implante de silicone e deu ao cirurgião um cavalo de passeio em troca de uma lipoaspiração, apesar de o médico tê-lo advertido, com bom senso e honestidade, que uma menina tão jovem não devia se submeter a tantas operações, e menos ainda às dos seios e do nariz, porque na fase final do processo de crescimento sua estrutura óssea mudaria de tamanho e isso poderia provocar uma tragédia estética de grandes proporções. Yésica assumiu o risco, o médico esqueceu suas teses diante dos cheques e do cavalo, e El Titi só lhe disse para ficar tranquila, pois se precisasse operar de novo quando completasse 18 anos e os "putos" dos seus ossos tivessem parado de crescer, ele patrocinaria a irresponsabilidade.

A verdade é que dois meses depois de ter feito pelo menos meia dúzia de cirurgias e tratamentos estéticos, Yésica estava espetacularmente linda e transformada. Tanto que todas as garotas do bairro começaram a sentir inveja e a organizar planos mirabolantes para poder atingir o sonho de ficar tão bonitas quanto ela. Quem mais sofria com a transformação de Yésica era Paola, e quando El Titi ficou sabendo disso compreendeu que sua estratégia estava funcionando. A inveja de Paola era tal que a menina ignorou o orgulho e apareceu uma manhã na casa da amiga com o pretexto de lhe perguntar por que não tinha voltado ao colégio.

Yésica respondeu que não precisava mais estudar na vida, que não ia aturar mais dez anos enfiada em bibliotecas desesperadoras, salas de aula abafadas, banheiros fedorentos e em um uniforme horroroso. Entre colegas fofoqueiras e invejosas, lendo livros de Homero, Cervantes e García Márquez, recitando de cor poemas de Calderón de la Barca, fazendo experiências com sapos, lagartixas e feijões e suando durante as extenuantes aulas de educação física ou de dança para obter um diploma que não lhe serviria para nada se não tivesse dinheiro suficiente para pagar a universidade.

Paola não concordou com todas as suas opiniões, mas não teve dúvidas em aceitá-las quando Yésica reforçou sua fobia em relação aos estudos com outra enxurrada de críticas. Disse-lhe que não ia continuar sofrendo com professores que se achavam donos da educação do mundo e que ameaçavam reprová-la se não dançasse bem, ou se não desse a volta no pátio do colégio em 9 segundos e 79 milésimos, e se não fizesse movimentos perfeitos em cima de um colchonete suado e sem espuma.

E que a educação era malplanejada porque não deviam enfiar nos olhos de um estudante matérias de que não gostava, de que ele não entendia e para as quais não tinha talento nem aptidão. E que ela não continuaria se estressando diante da ameaça de repetir de ano se não resolvesse 125 operações de álgebra da noite para o dia; se não calculasse para o professor de física qual é a fricção produzida por um carro ao fazer uma curva a uma velocidade que caía de 90 para 70 quilômetros por hora em 4,5 segundos com 125 cavalos de força, 470 quilos de peso e os pneus gastos; se não apontasse para o professor de geografia, no mapa-múndi, o local exato das Ilhas Cayman ou de Madagascar; se não contasse ao professor de história por que Alexandre Magno foi assassinado e se era gay ou não; se não recitasse de cor, ao professor de química, os elementos da tabela periódica; se não dissesse ao mesmo professor em quantas moléculas de DNA consiste o genoma humano; se não recitasse ao de inglês os verbos irregulares em todas as suas conjugações; se não conseguisse para o professor de biologia todas as espécies de plantas e mariposas para colar em um álbum de folhas pretas; se não recitasse para o professor de religião "O cântico dos cânticos"; se não decifrasse para o de geometria o resultado da multiplicação do seno ao cubo pelo cosseno ao quadrado pela hipotenusa, ou se não fosse para a cama com todos que lhe pedissem em troca de uma nota que aumentasse sua média.

Disse, ainda, que depois de tudo isso não ia passar a vida esperando por um pedaço de papel que só lhe serviria para enfeitar a parede do quarto e inflar o ego da mãe, porque, com certeza, acabaria lavando pratos ou cuidando de crianças por um salário miserável, como estava fazendo sua irmã, que terminara o ensino médio.

Mas Paola, mesmo aceitando os contundentes argumentos de Yésica, precisava ir além, queria saber quais eram as alternativas que a amiga sugeria para sua vida caso parasse de estudar, e continuou sondando. Disse que ela queria, sim, concluir o ensino médio, porque não sabia o que poderia fazer além disso. Acrescentou que sua mãe a mataria se abandonasse o colégio, que namorava um primo que cuidava dela mais do que seu próprio pai, que estava desesperada com a situação financeira da casa, que não parava de pensar em uma loucura que a fizesse mudar de vida, e desfiou um sem-fim de queixas, esperando sugestões para não se desgastar, pedindo à amiga que lhe contasse como tinha conseguido o dinheiro para pagar as operações e comprar todas aquelas roupas. Porém Yésica se limitou a ouvi-la, e por isso Paola entrou em desespero e se viu obrigada a se dobrar, tentando ferir seu ego o menos possível.

— Amiga, você não pode me apresentar a esses caras? Eu estou disposta a fazer qualquer coisa para sair dessa situação escrota!

Yésica lembrou que El Titi vivia lhe dizendo que morria de vontade de ficar com duas mulheres ao mesmo tempo e se aproveitou dos desejos de decadência manifestados por Paola para lhe fazer a proposta.

— Como você pode pensar numa coisa dessas, amiga? — respondeu, indignada, mas sua incoerência e sua fraqueza levaram-na dois dias depois a El Titi, morto de felicidade, em uma casa de Cartago, abastecida com uísque, comida, música de todos os gêneros, cocaína pura e um vídeo pornô que ele usaria para explicar discretamente às duas convidadas o que teriam de fazer, sem precisar usar palavras. Um mês depois, Paola já tinha colocado seus seios de silicone e passeava orgulhosa com eles por todo o quarteirão, enquanto Vanessa, Ximena e Catalina especulavam sobre a origem do dinheiro da cirurgia.

A menina acreditou que tinha feito o suficiente para exigir de El Titi que a considerasse sua namorada, mas sentiu como se tivesse levado uma surra quando o homem lhe contou, morrendo de rir, que isso era impossível porque estava comprometido com Marcela Ahumada, a mulher mais linda da Terra, sua namorada oficial e verdadeira, a única, a dona absoluta de seu coração, a solitária destinatária de suas carícias sinceras, a proprietária de seu amor e de seu dinheiro, e que não pensava em trocá-la por nada nem por ninguém neste mundo. E ele, seco, acabou com as esperanças de Yésica, que pretendia o mesmo que Paola, lhe dizendo que parasse de sonhar, pois nem ela nem nenhuma outra mulher poderia aspirar ao trono que pertencia a Marcela. Se ela quisesse, ele a aceitaria ao lado das vinte ou trinta mulheres com quem saía em troca de certos detalhes, e que pensasse bem, pois teria de aceitar que as coisas fossem feitas dessa maneira, caso contrário que fizesse o que mandasse a "porra da sua vontade".

Por isso, enquanto El Titi se divertia com Preguinho e as irmãs Ahumada na boate, Yésica tentava inventar uma maneira de se vingar de Marcela, explorando a luxúria de El Titi e colocando as garotas mais lindas do bairro à sua disposição. Disse a Ximena que parasse de ser boba, que estudar não servia para nada, que a vida era muito curta e que precisava aproveitá-la ao máximo, que aqueles homens eram maravilhosos, que, quando a pessoa se portava bem com eles, eles se portavam bem com ela, que eram todos uns cavalheiros.

Disse a Vanessa que parasse de ser moralista porque acabaria se dando mal, que não ligasse para o namorado porque ele a enlouqueceria e que se rebelasse contra os pais, decidida e sem arrependimentos, porque eles tinham consciência de que haviam criado corvos no lugar de filhos e que só estavam esperando que eles lhes arrancassem os olhos para ficar satisfeitos com o acerto da antiga premonição. Perguntou a Catalina quando ia trocar de calça, disse que a blusa que usava brilhava de tão velha e fora de moda, que precisava de roupas novas, que Albeiro só servia para ficar babando, no meio da noite, na porta da casa da namorada e para lhe dar bichinhos de pelúcia, e que a única coisa boa que a menina tinha em casa era Bayron, que tinha um porte muito bonito e parecia um jogador da seleção argentina de futebol. Que não se preocupasse com sua mãe porque, se ficasse aborrecida quando começasse a sumir nos fins de semana, seu mau humor passaria assim que Catalina chegasse com compras para dois meses e lhe desse uma grana para ir ao salão de beleza de Nacho.

Não teve de dizer mais nada a Paola, pois esta já conhecia o sabor do sucesso, que para elas significava ir para a cama com um traficante. Além disso, no dia em que Paola havia dormido com ela e com El Titi, a amiga ficou sabendo pela boca dele próprio que havia sido a primeira mulher do bairro em que o agora multimilionário traficante prestara atenção, e isso era suficiente para que vivesse orgulhosa pelo resto da vida.

E enquanto El Titi observava de sua mesa afastada a chegada de seis policiais à boate, Vanessa, Ximena e Catalina acertavam com Yésica um negócio, o de passar os fins de semana com o traficante em troca de roupa e de dinheiro para operar até o sorriso. Das três belas mocinhas, a mais interessada era Catalina, mas, mesmo assim, era a que tinha menos chance de ser aceita por El Titi, pois agiam contra ela dois fatos irrefutáveis: seus peitinhos manequim 38 e sua condição de virgem.

Quando Preguinho estava começando a fugir para a cozinha da boate por uma porta secreta que o dono tinha aberto para ele e outros clientes exclusivos, El Titi identificou o oficial que chefiava a patrulha recém-chegada. Era o tenente Arnedo.

— Fica frio, Preguinho, que o homem é dos nossos, é amigo — disse a seu assustado sócio, enquanto Marcela e Catherine Ahumada gargalhavam ao ver um homem como Preguinho, que vivia se gabando de matar e comer o cadáver, mijando nas calças só de ver um homem fardado.

De fato, o tenente Arnedo pertencia ao imenso grupo de militares subornados pela máfia e sua presença naquele lugar se justificava pelo fato de que Cardona estava prestes a chegar. Quando El Titi ficou sabendo da iminente chegada do chefe, pegou Marcela pela mão e a obrigou a sair depressa. A bela, que tinha como objetivo conquistar um traficante mais poderoso que El Titi, se recusou a abandonar a boate, argumentando, com falsidade, que estava se sentindo muito bem. El Titi encarou o desafio com firmeza e segurou-a com força para atravessar o salão com ela, quase arrastada, diante da surpresa de todos. Embora ela gritasse que ele deixasse de ser cruel e a permitisse ficar mais um pouco, El Titi sabia que, se Cardona as conhecesse, a ela e a sua irmã, iria solicitá-las, por ordens expressas, para sua coleção pessoal. E como El Titi não podia negar favores a

Cardona, resolveu partir antes do tempo com a namorada, a cunhada e o amigo.

Não foram poucos os que ficaram horrorizados ao ver as duas mulheres esculturais sendo humilhadas, arrastadas e surradas pela boate, e por isso mais de um curioso foi dissimuladamente ao estacionamento para testemunhar o desenlace da cena, que não foi outro senão as jovens sendo enfiadas a empurrões e bofetadas em duas caminhonetes luxuosas. Quando Cardona chegou, El Titi, Preguinho e as Ahumada já estavam longe.

No dia seguinte, e de acordo com seu hábito de não satisfazer seus instintos com uma única mulher, El Titi apareceu no quarteirão de Catalina e estacionou a caminhonete na casa da frente, a de Yésica. Quando apareceu, a menina lhe contou a boa notícia sem sequer dar tempo para que ele a cumprimentasse.

— Titi, tenho outras três pobrezinhas divinas para você!

El Titi sorriu, fez todo tipo de pergunta e ficou tão entusiasmado que deixou dinheiro para que comprassem umas roupinhas e ficou de apanhá-las à noite. Yésica roubou o dinheiro das roupinhas e levou Ximena, Vanessa e Catalina para sua casa. Emprestou-lhes as próprias roupas, aquelas que já não usava, para que El Titi não sentisse falta das peças novas que havia mandado comprar, e anunciou às amigas:

— O homem vem hoje à noite...

Também contou sobre a chegada de El Titi a Paola, mas ela, que já o conhecia há algum tempo, não se entusiasmou tanto, não porque se incomodasse de sair com o mesmo homem, mas sim porque tinha raiva de que outras três garotas do bairro o estivessem disputando. Depois, compreendeu que, além de aceitar presentes de El Titi, seu coração batia mais forte por ele do que por qualquer outro homem.

Quando a noite chegou, Catalina, Vanessa, Ximena e Paola se sentaram à porta da casa de Yésica para esperar o já famoso cliente. Estavam tão lindas quanto impacientes, e não paravam de observar umas às outras e a esquina, tudo ao mesmo tempo, procurando saber quem estava mais bonita e a que horas o bendito El Titi ia aparecer. Da janela, D. Hilda observava a cena com suspeita, enquanto Yésica discava em vão o número do traficante no celular. De repente, ela recebeu uma ligação. Era El Titi, que falou em código com Yésica. Disse que não tinha muito tempo e que não poderia mais passar todo o fim de semana com quatro meninas. Por isso lhe pedia o favor de acertar com uma única delas, mas que lhe deixasse duas opções. Quando Yésica desligou, as outras arregalaram os olhos com preocupação, perguntando, ao mesmo tempo, o que estava acontecendo. Yésica disse que El Titi tinha acabado de ligar para cancelar o encontro. Todas ficaram decepcionadas e voltaram para casa chateadas, mas em um segundo Yésica se recuperou e bateu às escondidas nas portas de Paola e de Catalina, que já estavam começando a vestir suas camisolas, e levou-as de novo para a rua, colocando-as a par da mentira.

— O negócio é que o cara quer ir só com uma de vocês e ele me pediu para escolher duas, aí ele vai ficar com a melhor — disse Yésica, acrescentando ainda que ela achava que a mais bonita estava entre as duas amigas e que por isso tinha enganado as outras, mas ainda tinham que ver o que o cliente iria dizer. De quebra, advertiu que nem Ximena nem Vanessa poderiam saber sobre o plano.

El Titi chegou em uma de suas caminhonetes e se plantou diante da casa de Yésica observando Paola e Catalina, com a vantagem de não ser visto graças ao insulfilm. Yésica se aproximou e lhe disse o que ele já sabia, que as mulheres estavam prontas.

Ele as olhou com desejo enquanto fazia comentários mórbidos com seu motorista e um dos guarda-costas que o acompanhava. Quando a precoce aprendiz de cafetina lhe pediu que escolhesse seu brinquedo da vez, El Titi respondeu sem pestanejar: Paola.

— Você sabe que essa gostosa me mata — comentou.

Em seguida, e talvez sem querer, definiu para sempre a sorte de Catalina:

— A outra é bonita, mas tem os peitos muito pequenos. Ou melhor, não tem nada!

O guarda-costas e o motorista deram boas gargalhadas, incomodando Yésica.

— Cá entre nós — confidenciou ela—, embora tenha seios pequenos, ainda é virgem.

— Pior! — respondeu El Titi, entediado, e argumentou: — É preciso muito esforço com essas novinhas e agora não estou com tempo para ficar ensinando nada a ninguém. Além do mais, a polícia, a DEA, o Ministério Público e minha namorada estão me vigiando e não posso começar a foder virgens a essa altura da minha vida.

Enquanto Yésica olhava com pesar para Catalina, o motorista de El Titi colocou o ponto final na questão:

— É melhor lidar com uma mais ou menos experiente do que com uma boa inexperiente, chefe.

Com uma gargalhada, El Titi aprovou a própria escolha e Yésica foi até as duas mulherezinhas que esperavam nervosas e impacientes pelo veredicto:

— O homem quer você de novo, Paola!

A eleita sorriu derretida de amor pelo dinheiro de El Titi enquanto o rosto de Catalina se deformou em uma careta no ato.

Quando a caminhonete partiu com uma Paola sorridente a bordo, Catalina perguntou com um sentimento de frustração misturado com impotência e raiva o motivo da escolha de El Titi, e Yésica não teve nenhum problema em contar a verdade sobre o fascínio de seus amigos traficantes por mulheres peitudas. Esse foi o dia em que Catalina decidiu que a única meta de sua vida, o único objetivo de sua passagem por este mundo, seria conseguir o dinheiro para se operar e virar namorada de um traficante. Não passaria então um segundo de sua vida imaginando outra coisa que não fosse sua imagem diante do espelho com um par de seios que tentassem arrebentar seus sutiãs.

Enquanto Paola se divertia com El Titi em uma casa com 24 quartos e igual número de banheiros, vendo dinheiro amontoado em caixas e assustando-se diante das extravagâncias mais inimagináveis; enquanto Catalina digeria sua raiva por não ter sido escolhida, tentando suportar o namoro com Albeiro e lidar com a mãe; e enquanto Yésica procurava com dedicação outras garotas para o harém de El Titi, Mariño, o esperado Mariño, aterrissou no aeroporto El Dorado de Bogotá, vindo da Cidade do México, com mais três amigos, eles sim companheiros de boa estirpe, muito diferentes dos galãs de traços finos que eram vistos nas novelas produzidas aos montes naquele país. Isto é, gordos, baixos, cabeçudos, meio índios, de Yucatán, um deles com dentes de ouro e todos três com roupas caras, mas não elegantemente vestidos, os cabelos pretos, lisos, grossos como arame e de médio comprimento.

Mariño era o braço direito de El Titi. Não passava de um traficante pequeno, um novato de quinta ou sexta categoria que tinha assassinado 28 figuras importantes no passado recente e havia recebido, pela primeira vez, uma missão que não era a de matar alguém montado em uma moto por uma boa soma de dinheiro. Havia sido enviado à Cidade do México como prêmio por ter assassinado a sangue-frio Negro Martín, mestre e amigo de El Titi, a quem demonstrou, com um par de tiros na cabeça, que, quando o poder e o dinheiro estão envolvidos, não importam lealdades nem sentimentos.

El Titi queria ser o terceiro homem da hierarquia da organização, mas, para conseguir o posto, tinha de tirar Negro Martín de circulação, a única coisa ou pessoa que, durante certa época, El Titi havia preferido a seu apreciado suco de goiaba com leite puro. E assim o fez. Os detalhes não importam porque todas as centenas de mortes provocadas pela máfia são iguais, mas o que importa é o episódio, porque desde então El Titi desmistificou a imortalidade de seus chefes e se propôs a chegar ao topo da organização a qualquer preço. Para isso, porém, precisava de homens como Mariño, e este não queria continuar em suas andanças como um matador de aluguel de segunda classe, menos ainda naquele momento, quando podia explorar os muitos segredos de Aurelio Jaramillo que tinha em seu poder.

El Titi o enviara, um mês antes, para esperar na Cidade do México vários voos comerciais procedentes da Colômbia, Venezuela e do Panamá, nos quais chegariam, entre colombianos e estrangeiros, 65 pessoas com os estômagos levando droga. Como previsto, ao longo daquele mês, 60 das 65 pessoas passaram pelos controles de segurança com dedinhos de luvas cirúrgicas cheios de coca e heroína na barriga. Duas morreram intoxicadas e três foram presas. Os capturados, uma mulher no aeroporto de Bogotá e dois homens na capital mexicana, foram delatados pelos próprios traficantes para inflar o ego da polícia e distraí-la com as prisões, facilitando assim a passagem dos outros.

Todas as mulas, cinco por voo, foram instruídas sobre o que deveriam fazer para não acabar na prisão ou no cemitério. Primeiro, para adaptar seus esôfagos ao tamanho dos dedinhos de borracha com coca, tiveram de engolir várias uvas grandes inteiras e depois salsichas da grossura de um polegar. Três dias antes de ingerir as 100 ou 150 bolsinhas com a droga, tiveram de evitar qualquer tipo de alimento sólido a fim de preparar seus estômagos para a chegada da estranha alimentação. Disseram-lhes que depois de ingerir os invólucros malditos não podiam comer nem beber nada, nem mesmo engolir saliva, porque os ácidos gástricos iriam se agitar e romper as bolsas, levando à morte. Por isso não podiam ingerir bebida nem comida dentro do avião, mas deviam, sim, aceitá-las para despistar e enganar as aeromoças, treinadas pela Interpol para detectar esse tipo de passageiro. O que mais despertava suspeitas era ver os alimentos oferecidos pela companhia aérea serem recusados.

Por isso, todas as mulas aceitavam durante o voo tudo o que lhes era oferecido e até os colocavam na boca e mastigavam. Assim que as aeromoças desapareciam, cuspiam nas mãos os alimentos meio mastigados e os colocavam nos bolsos, para depois se livrar deles na privada no avião.

Alguma coisa deu errado. Blanca Perdomo e Euclides Ibáñez — ela, mãe de duas filhas, ele, pai de quatro — morreram em consequência da explosão de várias bolsinhas cheias de droga em seus ventres. Blanca, que sonhava em liquidar suas dívidas e garantir a educação de suas duas pequenas abandonadas pelo pai desde o aniversário de 3 anos da mais velha, morreu em pleno voo depois de suas entranhas se retorcerem de queimação e assim que uma aeromoça inocente lhe deu um copo d'água e uma pastilha para gastrite. Seu estômago explodiu em mil pedaços.

Euclides Ibáñez morreu no trajeto do aeroporto da Cidade do México ao apartamento onde Mariño o esperava com toda uma equipe de paramédicos e laxantes para extrair a droga. Como é habitual nesses casos, seu corpo foi aberto, para que a cara mercadoria fosse extraída, e depois esquartejado e espalhado por todos os esgotos da cidade, enquanto suas quatro filhas e a esposa continuavam aguardando por ele, imaginando que chegaria sorridente e carregado de presentes como na primeira vez, quando havia viajado a Madri.

O apartamento onde Mariño recrutava as mulas e as fazia ingerir os laxantes recomendados para que expelissem os dedinhos cheios de droga ficava no exclusivo setor da Zona Rosa da Cidade do México e se escondia atrás da fachada de um restaurante de comida latina. Uma vez terminado o trabalho de digestão e limpeza dos preciosos invólucros, Mariño pagava a cada uma das mulas 5 ou 10 mil dólares, dependendo da quantidade e do tipo de droga transportada, e se preparava para reuni-la e depois diluí-la com talco, para então entregá-la a seus destinatários, os distribuidores varejistas disfarçados de vendedores de doces e cigarros, comandados por Fernando Rey, o amo e senhor das ruas da Cidade do México. Rey havia formado um cartel que, devido à morte do Senhor dos Céus,* tornou-se independente, da mesma maneira como fizera na Colômbia o Cartel de Morón, que operava em Cartago e Pereira, amparado na desgraçada decadência dos chefões de Cali e Medellín.

A esse Cartel de Cartago, que se aproximava muito da ostentação, da capacidade de suborno e do poder de manipulação política do Cartel de Cali e da soberba militar, da intolerância, da violência e da ostentação econômica do Cartel de Medellín, pertenciam, em ordem: Morón, Cardona e El Titi. Os demais, como Mariño, incomodavam, mas mal representavam a nova

*Apelido de Amado Carrillo Fuentes, que morreu em 1997, aos 40 anos, em consequência de uma extensa cirurgia plástica para mudar sua aparência. A DEA o considerava o traficante mais poderoso de sua época. Segundo algumas fontes, foi um dos homens mais ricos do México, com uma fortuna avaliada em 25 bilhões de dólares. (*N. do T.*)

geração do negócio e não significavam muito dentro da organização, embora fossem os que enfrentavam as autoridades diante de qualquer revés, pois eram os encarregados das tarefas mais difíceis do narcotráfico, como o armazenamento, a fabricação, a embalagem, o transporte, a comercialização e a cobrança, por bem ou por mal, da mercadoria.

Embora os novos traficantes não fossem menos desafiadores do que os membros dos cartéis desmantelados de Medellín e Cali, eram sim mais cautelosos, menos ostensivos e, poderia se dizer, mais inteligentes e mais escorregadios. Já não repetiam, por exemplo, a história do traficante que não foi aceito em um prestigiado e exclusivo clube da cidade de Cali e em um ataque de soberba ordenou que erguessem um idêntico só para ele em uma de suas propriedades. Nem faziam como outro, que mandou replicar em Caquetá, departamento encravado nas selvas colombianas, uma praça de touros como a de Las Ventas, de Madri. Tampouco imitavam o chefão que construiu em uma de suas propriedades uma réplica exata da Casa Branca de Washington. Nem copiavam o que mandou instalar ar-condicionado e até uma obra de Picasso em suas cavalariças. Preferiam esquecer também o exemplo de outro, que mandou pendurar no portal de sua fazenda o aviãozinho com o qual fizera seu primeiro carregamento. Fazenda que, além do mais, possuía, para a diversão dos filhos do traficante, um zoológico com espécies de cinco continentes capazes de provocar inveja a qualquer capital de primeiro mundo. Não repetiam a história do traficante de drogas que queria comprar mais de 2 milhões de hectares de terreno para construir uma estrada particular que saísse de Pacho, um município de Cundinamarca, no centro do país, e terminasse no mar, depois de percorrer cerca de mil quilômetros. Nem a de outro criminoso que comprou vários coletes à prova de bala e resolveu testá-los no mordomo, a quem destroçou com balas de fuzil Galil para depois exclamar:

— Como são ruins!

A resposta do vendedor foi categórica:

— Patrão, eu avisei que eles só resistem a balas de revólver e pistola.

Tampouco se movimentavam em aviões particulares pelo país. Não instalavam torneiras de ouro em seus banheiros nem construíam piscinas olímpicas e boates em suas casas. Renunciaram, também, a serem donos de times profissionais de futebol para colecionar títulos, ter animadoras de torcida em suas festas e jogadores talentosos nas fotografias dos álbuns de família, ou para lavar dólares vendendo-os ao exterior pela metade do preço declarado.

Tampouco presenteavam bairros inteiros, e não participavam da política distribuindo motores fora de série, motos e dinheiro a seus eleitores e despertando a ira dos políticos, que viam neles uma séria ameaça a seus currais eleitorais.

Embora continuassem sendo assassinos sem misericórdia e impiedosos como a geração anterior, os novos traficantes não ambicionavam propriedades rurais de maneira tão obsessiva como o faziam os antigos chefes dos cartéis de Medellín e Cali.

Eram mais motivados pela empresa, pelo investimento de risco, pela capitalização, pela música, pelos relógios caros, pela possibilidade de ir para a cama com modelos e atrizes, pelas propriedades no exterior e pelas contas secretas na Suíça, nas Ilhas Cayman e no Panamá. Não compravam mais carros de 100 mil dólares à vista, com dinheiro transportado em malas de lona. Agora preferiam os carros medianos e pagavam com financiamentos bancários, para não despertar a suspeita das autoridades.

Pertenciam a uma geração mais preparada que a dos que haviam iniciado o negócio na Colômbia e, por isso mesmo, planejavam melhor suas estratégias para lavar seus capitais e legalizar as enormes receitas. Para isso, contavam com experts em finanças, preparados nas melhores universidades do mundo, e com estrategistas militares importados da antiga União Soviética, como provavam os vários submarinos encontrados nas costas do departamento de Nariño, no município de Facatativa e em Guajira, fabricados com tecnologia russa. Um desses, o encontrado em Facatativa, a apenas 30 quilômetros de Bogotá, era capaz de transportar 10 toneladas de cocaína. Mas sua grande capacidade de carga e sua tecnologia para se movimentar pelas profundidades do oceano sem ser detectado pelos radares dos gringos não causavam mais espanto que o fato de ter sido construído a 2.600 metros acima do nível do mar e a mais de mil quilômetros de distância do lugar onde deveria ser afundado, para depois começar suas travessias, que consistiam em levar a droga dos cais de embarque aos navios ancorados em alto-mar.

Além do ousado e moderno método de tirar a droga do continente em submarinos à prova de radares fabricados em seus próprios estaleiros, a maior façanha, o maior atrevimento dos traficantes foi enviar a droga aos Estados Unidos com soldados desse país, ironicamente baseados em território colombiano para combater os cartéis da droga e, o que é pior, em aviões com bandeira norte-americana. Isso aconteceu na primavera de 2005, e o fato encheu de vergonha e indignação o governo norte-americano, empenhado, ainda que de maneira equivocada, a acabar com esse flagelo que estava destruindo a saúde mental de milhões de jovens em todo o mundo. Mas esse não foi o único fato mediante o qual os traficantes se vingaram das extradições às quais estavam sendo submetidos pelos estrangeiros. Uma vez um militar norte-americano enviou drogas em malas diplomáticas que saíam da embaixada dos Estados Unidos com sede em Bogotá, amparado em sua relação pessoal com uma funcionária do corpo consular. Era óbvio que tratavam-se de casos isolados que não comprometiam o governo desse país, mas que deixavam claro que, quando uma quantidade nada desprezível de dinheiro está envolvida, nada é impossível para os traficantes empenhados em zombar de seus piores inimigos para mitigar parte das humilhações e dos grandes golpes que estes estavam lhes infligindo com a ajuda econômica e militar que davam aos governos da Colômbia.

No entanto, os subornos nesta etapa do narcotráfico eram mais seletivos, e a administração dos laboratórios e das plantações estava a cargo, conforme a região geográfica, da guerrilha e dos paramilitares, grupos que justificavam esta ação contraditória com a premissa de não dar vantagem ao inimigo, pois ambos conseguiam, com as receitas monumentais da atividade ilícita, dinheiro suficiente para comprar as armas que lhes garantiriam a permanência na guerra sem sentido que dessangrava a pátria e que já custara a vida de mais de um milhão de pessoas desde os anos 1960 e o deslocamento de 3 milhões de colombianos desde os anos 1980. Nenhum outro país do mundo veria cair assassinados em um lapso de nove anos, entre 1986 e 1995, cinco candidatos à presidência: Jaime Pardo Leal, Luis Carlos Galán, Carlos Pizarro, Bernardo Jaramillo e Álvaro Gómez Hurtado, que atravessaram com valentia o caminho dos ousados e soberbos traficantes de drogas dos cartéis de Medellín e Cali.

3

O final da flor

Catalina estava discutindo, de novo, com Albeiro na sala de casa quando Yésica apareceu na porta, pálida de susto, e a chamou fazendo sinais. O namorado não quis que ela saísse, mas, como sempre, Catalina o ignorou e correu até a rua para ouvir a notícia que estava esperando há muitas semanas:

— Cara, Mariño chegou do México! — disse Yésica com a garganta seca e os olhos arregalados.

Na mesma hora várias imagens passaram pela mente de Catalina. Uma, a da operação de seus seios, outra, a de um sutiã imenso que, frouxo, a entristecia, e mais uma visão, a de seu corpo dançando ao vento com uma blusa decotada que atraía os olhares de inúmeros homens boquiabertos. Ao voltar à realidade, afastando-se dos sonhos com um traço de melancolia no fundo da alma, começou a fazer todo tipo de pergunta. A que horas ele chegou, onde estava, como a amiga ficou sabendo, como ele era, se era simpático, se poderia conseguir os 5 milhões de pesos da operação, como fariam para se encontrar e, bem, que era claro que Albeiro não podia ficar sabendo de nada ou a mataria. Yésica respondeu com a mesma animação. Disse que ele tinha acabado de ligar para ela, que vinha cheio de si, portanto cheio da grana, que o cara não era nem tão feio nem tão simpático e que lhe pedira para arranjar umas duas garotas muito bonitas e muito gostosas que pudessem vir na noite seguinte, porque passaria o dia acertando contas com os chefes e que não se preocupasse porque o idiota do Albeiro não ficaria sabendo de nada, como podia pensar uma coisa dessas, e que lhe dava raiva que a avisasse sobre aquilo.

Mas Albeiro não precisava que alguém lhe contasse que sua namorada, ou ao menos a cabeça de sua amada, não ia lá muito bem. Da janela da casa, escondido atrás de um lençol usado como cortina, observava com estranhamento e extrema surpresa os gritos e pulos que Catalina dava a cada fala de Yésica. A imagem de D. Hilda indo de camisola para a cozinha foi a única coisa que conseguiu distraí-lo.

Quando Catalina entrou em casa em estado de felicidade absoluta, Albeiro já tinha voltado ao seu posto no sofá da sala, fingindo que não vira o que tinha acabado de ver, mas morto de raiva por dentro, pressentindo que a menina de seus olhos desapareceria de maneira rápida e irrevogável. Por isso não soube se devia abordar furiosamente a namorada para que contasse o que Yésica tinha dito ou se seria melhor lidar com a situação com habilidade. Supôs que se a colocasse contra a parede para que lhe contasse o que pretendia fazer ela teria muitos pretextos para cortá-lo de sua vida e por isso preferiu a segunda opção:

— Como gosto de ver você feliz, meu amor — disse, fingindo com perfeição e hipocrisia absoluta. Catalina respondeu-lhe com um beijo, um abraço e uma desculpa tão hipócrita quanto a expressão de seu namorado:

— Eu consegui um emprego, meu amor, vou trabalhar!

Albeiro não pôde se conter e protestou:

— Para que você quer ter um emprego? Ainda é muito menina para trabalhar! E quem é que está lhe oferecendo trabalho, porra? Não confie nessa pessoa, ela só está querendo se aproveitar de você. — E completou dizendo que, com certeza, algum advogado pervertido queria empregá-la como secretária para comê-la logo no primeiro dia de pagamento. Que faria melhor se continuasse a levar seus estudos a sério porque ele, apesar de suas limitações, podia lhe dar de vez em quando um dinheiro de presente para que comprasse umas coisinhas. O problema é que quando dizia "coisinhas" Albeiro se referia a um refrigerante, um saquinho de batatas fritas, absorventes, uma blusa em promoção, um prendedor de cabelo, um pôster da Shakira, do Carlos Vives ou do Juanes, uma pulseira feita de sementes, um xampu, um cinto, uma fivela, algumas outras besteiras e dinheiro para o ônibus. Mas Catalina pensava em "coisinhas" que eram mais, muito mais, definitivamente muito mais caras: a operação de seus peitos, roupas de grife, perfumes finos, três carrinhos cheios de compras para a mãe, um carro para ela e, se chegasse a namorar Mariño, um apartamento que fosse, no mínimo, como o das Ahumada.

Havia dois problemas em tudo isto. O primeiro era que Catalina sentia um amor profundo por Albeiro, e, o segundo, que D. Hilda não a deixaria passar um fim de semana com Mariño sem uma explicação convincente. Resolveu o primeiro problema afastando seu remorso e o peso na consciência pelo que faria com Albeiro. Por isso perdoou sua ladainha e recebeu com carinho e dissimulação as migalhas de dinheiro e as pequenas ninharias que ele lhe deu com grande esforço; ficou mais carinhosa e prometeu que reduziria em três anos o prazo para lhe entregar sua virgindade.

Albeiro, que agora estava a apenas alguns meses distante da felicidade que seria possuí-la, achou que estava no paraíso e aceitou todas as condições da pequena e manipuladora namorada. Até lhe deu permissão e um pouco de dinheiro para que fosse passar o fim de semana com suas colegas de escola. Chegou a interceder junto à D. Hilda para que a deixasse ir, usando de sua dupla condição de namorado e protetor:

— A senhora acha, minha sogra, que se eu desconfiasse de Catalina daria permissão para que ela ficasse andando por aí? A senhora acredita, D. Hilda, que Catalina seria capaz de enganar a gente, a nós, que a amamos tanto? A senhora desconfia da educação que deu a sua filha, D. Hilda? A senhora acha que Catalina é uma garota louca a ponto de não poder deixá-la fazer um pequeno passeio? Então por que não a deixa ir? Olhe que ela tem estado muito ajuizada nos últimos tempos! Ela precisa sair, se divertir, conhecer o mundo! E as amigas da Cata são garotas muito saudáveis! Trancar a menina vai ser pior! Minha mãe não deixava minha irmãzinha ir sozinha nem até a porta e, sem saber como, nem quando, nem onde, ela acabou engravidando!

D. Hilda aceitou o arsenal de argumentos do genro, mas completou:

— Está bem, pode ir, mas que não me apareça depois inventando histórias!

Logo se arrependeu de ter lhe dado permissão e acrescentou uma série de condições e considerações:

— E não pode levar o irmão? E se acontecer alguma coisa com ela? E se essas meninas se embebedarem e a deixarem sozinha? E se lhe ensinarem coisas esquisitas? E se aprender palavrões e, que Deus não permita, aprender até a fumar? Sim, é melhor que Bayron também vá. Se for assim, ela pode ir. Do contrário, não vai.

Chorando diante das imposições da mãe, Catalina disse que se tivesse de levar Bayron então era melhor não ir, que lhe agradecia por desconfiar dela e que era mesmo uma boba por ficar pedindo sua permissão em vez de sair com as amigas inventando mentiras. Que não estranhasse se na próxima vez acordasse e não encontrasse a filha na cama, porque, desse jeito, nunca mais iria fazer as coisas direito, como estava fazendo nesse momento e que... Nesse instante, D. Hilda a interrompeu, convencida de que a menina tinha razão, e permitiu que fosse.

— Está bem, vá, mas tenha muito juízo — disse, e acrescentou: — Comporte-se bem, tenha muito cuidado, não vá ficar fazendo loucuras, e se acontecer alguma coisa não diga que não avisei.

Catalina agradeceu a Albeiro o favor de ter convencido sua mãe a deixá-la ir passear enfiando-o em sua cama na manhã do dia seguinte, depois que D. Hilda saiu para ir ao supermercado, e Bayron, ao colégio ou à sinuca, conforme seu estado de espírito. Naquela manhã chuvosa, com as gotas d'água batendo alegremente no telhado, Catalina ofereceu a Albeiro uma prévia do que aconteceria dentro de alguns meses, quando completasse 15 anos, beijando todo seu corpo.

Albeiro respondeu pedindo-a em casamento. Catalina disse que sim, mas que para isso haveriam de esperar um tempo, porque nenhum padre a casaria com a idade que tinha. Albeiro lhe disse que para se amarem não precisavam da bênção de padre nenhum e propôs que fossem morar juntos. Jurou amor eterno, jurou fidelidade incondicional. Disse que tinha algumas economias, suficientes para alugar um quarto e comprar um colchão e todos os travesseiros e lençóis necessários. Que, como ela sabia, não era rico, mas que trabalharia arduamente por toda sua vida para lhe oferecer tudo de que necessitasse, para que tivessem dois filhos e pudessem criá-los com bons princípios e muito amor. Que se o Deportivo Pereira se classificasse para as finais, podiam pensar em sair para passear a cada dezembro nas termas de Santa Rosa, na Feira de Manizales e, por que não, se economizassem um pouco mais, no Parque Nacional do Café, em Armênia. Catalina, que tinha em mente viagens a Miami, Paris, Argentina ou, no mínimo, a San Andrés ou Cartagena, disse que a deixasse pensar e lhe agradeceu com beijos apaixonados e sinceros a disposição de se entregar a ela por toda a vida.

Comovida com as nobres e sinceras intenções do namorado, Catalina entrou no banheiro e chorou pela ingenuidade dele e pelo que faria ao lado de suas amigas a partir daquela noite na propriedade de Mariño. Sentiu-se tão falsa que até pediu perdão a Deus por trair um homem que só merecia amor e sinceridade de sua parte.

Albeiro fez tudo o que podia, se desdobrou em carícias tentando convencer a namorada a se entregar a ele naquela manhã mesmo, mas não conseguiu, porque, embora o desejasse, Catalina sabia que entregar sua virgindade a ele e não a Mariño significaria abrir mão de seu grande sonho.

Triste por não tê-la transformado em sua mulher, mas entusiasmado com a ideia de se casar ou viver com ela, Albeiro voltou à oficina onde as bandeiras do Deportivo Pereira eram impressas com tanto ânimo e felicidade que aumentou em mais de duzentos por cento sua produtividade. Queria demonstrar à amada, quando voltasse de seu passeio, que a viagem às termas de Santa Rosa não era mais uma utopia. À noite e com o coração sangrando, Catalina saiu caminhando de casa em companhia de

Yésica, Ximena e Vanessa. Dois quarteirões adiante, uma caminhonete com placa de Cali e insulfilm nos vidros as apanhou.

Chegaram à meia-noite a uma chácara alugada por Mariño só pelo fim de semana, um lugar onde patos passeavam cheios de pose ao redor de um lago artificial em cujo ancoradouro um pequeno iate e dois barcos a motor eram acariciados por pequenas ondas geradas pelo vento. Os comparsas e os guarda-costas de Mariño brigavam para tomar conta da área da piscina, pois sabiam que, como de hábito, eles acabariam jogando as meninas peladas na água. Assim haviam visto atrizes famosas, apresentadoras de televisão, vencedoras de concursos de beleza e modelos em posições escandalosas pelas quais a revista *Playboy* pagaria milhões de dólares. Até se poderia dizer, sem nenhum exagero, que muitos daqueles guarda-costas haviam escolhido aquela profissão mais por luxúria e voyeurismo do que para ganhar dinheiro arriscando suas vidas. Por isso nenhum deles queria ficar vigiando o lado de fora da chácara, e então resolveram apostar, no cara ou coroa, quem ficaria dentro ou fora da casa. Os derrotados entraram em depressão. Teriam preferido ter o salário reduzido a se privar de observar seu chefe trepando com as meninas que haviam acabado de chegar.

Entre elas estava Catalina, morta de medo, pois sabia que sua primeira vez com um homem era iminente. Um arrepio de frio percorria seu corpo e parava no cóccix, enquanto ela pensava em Albeiro, na mãe e em como os havia enganado, e em Mariño nu com sua barriga de novo rico montada sobre seu corpo frágil. De vez em quando, enxugando as mãos suadas nas pernas da calça, dizia em voz baixa a Yésica que precisava com urgência de uma bebida para se acalmar.

— Fica tranquila, amiga, que bebida é o que esse cara vai engolir a partir de agora até encher a cara — respondeu ela, meio que zombando e atemorizando Catalina, que entrou em pânico ao ouvir outro detalhe inesperado: — Eles têm o hábito de lambuzar de bebida todas as partes do nosso corpo. Adoram tomar um gole em nossas vaginas.

Quando a caminhonete com insulfilm parou, Mariño se aproximou de maneira impetuosa e ofereceu com delicadeza a mão a Catalina e suas três amigas, demonstrando com isso que não se comportaria como os verdadeiros chefões, impedidos pelo orgulho e pela prepotência de agir com cavalheirismo. Mariño, que acreditava que para que tudo corresse bem devia impressionar suas convidadas, inventou que a chácara era dele e convidou-as a ir até a piscina, dando ordens ao longo do caminho aos homens que tinham ganhado no cara ou coroa. Coloquem música, sirvam as bebidas, me deixem sozinho com as garotas, mandem buscar comida na aldeia, pilhas para os rádios, não deixem o sol ir embora e fiquem de olho porque "vocês sabem, a DEA está me procurando para me extraditar" e diversas mentiras desnecessárias que faziam com que se sentisse um autêntico chefão do tráfico e levavam as garotas a acreditar que ele era mais do que era, pois se dissesse a verdade todas se decepcionariam.

Quando chegaram à área da piscina, Mariño chamou Yésica num canto para lhe dizer o que pensava e como queria fazer as coisas. Catalina tentava sorrir sem que percebessem sua angústia, enquanto Mariño olhava para ela e suas amigas com mais seriedade do que o necessário. E enquanto as três aspirantes à cama e ao dinheiro de Mariño se ofereciam à distância, este conversava com absoluta franqueza com Yésica. Dava para perceber que ele estava incomodado e inconformado, mas nenhuma das mulherezinhas sabia por que ou por quem. Para dissimular que não estavam escutando a discussão entre o cliente e Yésica, Vanessa e Ximena ficaram admirando o suntuoso lugar com assombro, enquanto Catalina tentava se controlar sem saber que o pior estava por acontecer. Claro que suspeitou quando viu o rosto de Mariño olhando para ela com desprezo enquanto dizia a Yésica:

— Quer saber de uma coisa, parceira? Eu não gosto muito da franguinha que você diz que é virgem.

Yésica não soube o que responder, enquanto Mariño acendia um cigarro e olhava Ximena com uma sobrancelha mais levantada do que a outra, em uma autêntica pose fanfarrona própria do homem Marlboro.

Catalina, que observava com atenção os gestos de Mariño, começou a ficar muito insegura e tentou estufar o peito a fim de ocultar o que para ela era um defeito.

— Mas por que você não gosta dela? É a única das três que é virgem! — exclamou Yésica, tentando evitar que a amiga passasse por outra frustração.

— Não sei, é bonitinha, mas é muito nova — disse, examinando-a, e completou: — Além do mais, quase não tem peito.

— Mas é virgem como você gosta, Mariño. — E depois acrescentou com desgosto: — Eu trago para vocês o que me pedem!

— Eu sei, é verdade, mas vamos deixar a menina crescer um pouquinho... Aposto que deve ter, sei lá, uns 14 aninhos...

— Quinze — mentiu Yésica, acrescentando um ano, e Mariño respondeu com um sorriso de pesar e uma frase compassiva:

— Não, não! Que pecado! Ela tem a idade da minha filha. Não, não sou capaz de fazer isso, fico com a da blusa branca — sentenciou, apontando Ximena. — A outra que me espere, mais tarde mando chamá-la.

Quando Yésica começou a lhe contar o que Mariño dissera, Catalina entrou em desespero e começou a chorar. As amigas tentaram consolá-la, mas foi em vão, pois ela não queria ouvir nenhum argumento. Estava mais triste do que nunca, seus sonhos se evaporavam como uma poça sobre o asfalto de uma tarde ensolarada, sua autoestima estava sendo arrastada pelo chão e não conseguia parar de chorar. Primeiro afirmou que ia se matar. Depois, quando lembrou que não tinha coragem suficiente para fazer uma coisa dessas, disse que, se fosse o caso, ia começar a roubar para fazer a operação, porque já não aguentava mais ser tão humilhada por aqueles sujeitos. Que se os grandes babacas se achavam muito lindos, que fossem comer merda e que esperava que a polícia os pegasse para que deixassem de ser tão filhos da puta. No meio da confusão, Mariño mandou chamar Ximena. Um guarda-costas chamado Javier, apelidado de Cavalo, levou a menina até a porta do quarto do chefe e, quando voltou, se aproximou de Catalina para perguntar porque ela chorava tão ressentida e decepcionada.

No começo, Catalina ficou arisca e até pediu que a deixasse sozinha, mas Cavalo insistiu com bondade e modos gentis, e por isso a menina acabou lhe confiando suas mágoas e dores. Disse que estava chateada por ser rejeitada pelos homens por não ter peitos grandes e, de passagem, perguntou por que eram assim e se não eram capazes de ver nada além do lado material. Cavalo respondeu, com desenvoltura, que não, porque eles estavam possuídos pelo demônio da luxúria e que contra semelhante diabo, um diabo muito delicioso, ninguém queria nem podia lutar. A resposta levou Catalina a rir e a se abrir mais. Disse que tinha um namorado e que o amava, mas que o coitado ganhava muito pouco e que por isso não podia comprar as coisas que ela queria.

Ao fundo se ouvia Yésica contando a Vanessa como conhecera Mariño e os gritos de Ximena na piscina onde Mariño a atirara nua diante do olhar satisfeito de seus guarda-costas, que, na escuridão, esfregavam as mãos sem parar de olhar as tetas da menina, apostando se eram de verdade ou de silicone.

Catalina a observava com inveja e chorava de raiva, mas Cavalo tentou tranquilizá-la pedindo que não choramingasse mais porque se o problema era dinheiro ele podia resolver. Catalina olhou-o com espanto. Não conseguia acreditar e começou a secar as lágrimas com o antebraço direito enquanto o guarda-costas continuava tentando convencê-la de que seus dias de tristeza haviam terminado. Disse que havia se apaixonado por ela assim que a vira descer da caminhonete do chefe, e até jurou que uma mulher daquelas era o que pedia a Deus em suas orações todas as noites.

Quando Catalina lhe perguntou, com alguma ansiedade, de onde ele tiraria 5 milhões de pesos para a operação, Cavalo respondeu que levantar aquela grana era mais fácil do que ela imaginava. Que muitas vezes o mandavam recolher pacotes de dólares que os aviõezinhos da organização atiravam no mar ou que os tirava da balança quando o mandavam pesar a grana, porque era tanta que contá-la era um trabalho tedioso, demorado e quase impossível. Catalina começou a se animar, mas foi quando ele lhe contou que dessa maneira havia conseguido comprar um táxi para o pai que ela viu seu sonho de aumentar os peitos mais próximo de se concretizar.

Quando Ximena apareceu sorridente, ocultando sua nudez com uma toalha branca que mal cobria as nádegas e os seios, e foram ouvidos os gritos de Mariño pedindo a Yésica que lhe mandasse Vanessa, Catalina aproveitou a oportunidade para escapar com Cavalo.

— Vamos à estrebaria, lá tem ar-condicionado — disse ele, e os dois aproveitaram o descuido dos demais e as sombras da noite para chegar ao suntuoso lugar onde dormia cerca de uma dúzia de cavalos, cada um em um estábulo dotado de ar-condicionado, chão de madeira, teto de telhas de argila que repousavam sobre vigas de madeira e paredes com acabamento perfeito.

Sorrindo e com certo sentimento de perseguição, os dois entraram na estrebaria, onde Cavalo abandonou com cuidado sua metralhadora AK-47 tentando não fazer ruídos que pudessem acordar os corcéis de fino trato que dormiam ali ou chamar a atenção de seus companheiros de trabalho que o tinham visto desaparecer com a menor. Catalina, sentindo-se muito culpada, só pensava em Albeiro, e na dor que a penetração iria lhe causar, de acordo com os relatos e as advertências de todas as amigas.

Quando Cavalo começou a beijá-la e a despi-la com alguma grosseria, a garota inexperiente entrou em uma espécie de letargia. Em sua mente as palavras da mãe advertindo-a para que se comportasse bem entrecruzavam-se com as de Albeiro pedindo-a em casamento. Quando voltou a si, já se encontrava de sutiã e calcinha e Javier começava a beijar seu colo, tirando a calça todo trêmulo e ansioso. Catalina pensou que a hora irremediável de virar mulher tinha chegado e lamentou muito estar fazendo aquilo com um desconhecido e naquele lugar nada romântico, mas não lhe restava opção: seu único patrimônio neste mundo era seu hímen e se o entregasse a Albeiro, como sua alma lhe pedia, perderia a oportunidade de conseguir o dinheiro para o implante de silicone. Por isso resolveu relaxar, desconectando, oportunamente, o coração de suas decisões.

Mas não conseguiu isolar os sentimentos por completo. Quando Cavalo, ereto, atirou-a num fardo de feno, Catalina só conseguiu fechar os olhos para que as lágrimas não escapassem, temendo pôr tudo a perder naquele momento, o que para ela significava realizar um de seus dois sonhos. Cavalo lutava e lutava, enquanto ela mordia os lábios para não gritar de dor, e os companheiros do esperto guarda-costas, loucos de desejo, observavam a cena pela porta entreaberta do estábulo. Mas o homem não conseguia realizar sua façanha e, de repente, se enfureceu e a empurrou com força para o lado.

— Por que esta merda não entra? — perguntou, enquanto seus companheiros tapavam a boca para que suas gargalhadas não os delatassem.

— Não é melhor no chão? — perguntou a coitada em um tom de voz suave e humilhado, com o qual pretendia contornar a situação constrangedora. Sem responder e possuído pelo diabo da luxúria que ele apelidava de delicioso, Cavalo a segurou pelos ombros, como se fosse uma boneca de trapo, atirou-a com brutalidade no chão e trepou nela com violência e selvageria, disposto a saciar seus desejos antes que Mariño o chamasse e o tirasse do delicioso êxtase.

De repente, o corpo de Catalina estremeceu. Sem lubrificação nenhuma, o homem bestial a penetrou. A menina sentiu a pior dor de sua vida. Sua boca se abriu completamente como se tivesse sido impulsionada por uma mola e suas unhas se cravaram nas costas de Cavalo, abafando um grito triste que atravessou sua alma e lhe arrancou uma dúzia de lágrimas imensas que escorreram pelo pescoço do animal possuído, que, tendo entrado no ritmo, não parava de se mexer sobre ela com absoluta angústia, desespero e irresponsabilidade. Sua excitação era tal que quando ia ejacular pensou em perguntar se ela se precavia, para evitar imprevistos, mas preferiu ficar calado para não prejudicar o momento, sem saber, sequer, que tinha acabado de se transformar no primeiro homem da vida sexual da menina.

Um nó ficou pulsando na garganta da nova mulherzinha, que não conseguiu acreditar quando se viu toda ensanguentada e sem ter desfrutado nem um instante, por mínimos que fossem, os prazeres do sexo, como haviam lhe garantido suas experientes amigas nas conversas no parque.

Quando começou a se vestir com uma expressão de satisfação no rosto e um pouco de vergonha pela brutalidade exibida, Cavalo percebeu que a menina chorava, mas não conseguiu entender por quê. Ela também não sabia. Estava em dúvida se soluçava pela dor que lhe causava a abertura de sua vagina, pela perda definitiva de sua inocência ou por ter sido infiel a Albeiro. Seus sentimentos se misturavam e tropeçavam uns nos outros, de modo que, enquanto a culpa lhe arrancava uma lágrima, o sentimento de saber que era uma mulher à beira de atingir uma de suas metas lhe arrancava um sorriso.

Quando acabou de se vestir, Cavalo percebeu que Catalina era virgem e entrou em pânico. Achou que a possibilidade de que engravidasse era grande e lhe pediu que fizesse depressa um exame para evitar surpresas. Censurou-a por não tê-lo avisado de sua inocência e se desculpou dizendo que o simples fato de ter vindo a uma chácara com um traficante como o chefe dele o levara a supor que devia ter alguma experiência para, por exemplo, se prevenir. Ela perguntou se ele sempre fazia aquilo sem camisinha e ele mentiu dizendo que só daquela vez, e isso porque não esperava que Deus fosse lhe enviar uma menininha tão linda na hora do trabalho.

Sorriram, se abraçaram com falsidade, e enquanto ela se apressava a vestir a calcinha apareceram dois colegas de Cavalo. A menina ficou envergonhada, muito assustada, e cobriu o corpo nu com as roupas, enquanto Cavalo reclamava da ousadia dos amigos. Estes lhe pediram que os deixassem ser felizes por um momento, mas Catalina entrou em pânico e começou a chorar de novo. Cavalo dissimulou um pouco sua contrariedade, mas, diante da chantagem dos companheiros, pressionou para que Catalina os satisfizesse. Lembrou à menina que tinha o dinheiro que ela lhe pedira, mas que devia se comportar bem com eles, porque, se o delatassem, Mariño ficaria furioso e o chutaria como se fosse um cachorro, acabando com qualquer possibilidade de conseguir a grana.

Incrédula e fechando os olhos, Catalina não teve alternativa a não ser satisfazer os outros dois desconhecidos, enquanto Cavalo lhes dirigia gestos de vitória à distância.

Desta vez relaxou e, enquanto chorava por causa da dor que sentia na alma e na vagina, deixou ser tomada pelos dois homens e pelas lembranças: recordou-se de Albeiro lhe entregando um urso de pelúcia, de El Titi a rejeitando, de Mariño olhando-a de viés, do padrasto levantando a saia de seu uniforme e acariciando suas pernas, da galinha do relógio dando bicadas eternas no nada, dos aviões aterrissando sem ela no aeroporto de Pereira, de Yésica lhe mostrando suas tetas de silicone, de uma professora da escola gritando com raiva, de sua mãe fazendo amor com outro padrasto, de Bayron fumando maconha e lhe oferecendo um baseado e, por último e antes que Javier avisasse a seus violadores que Mariño estava à procura deles, a visão de Cavalo lhe entregando um pacote de dinheiro debaixo da estátua de Bolívar nu no centro de Pereira.

Sem se importar com a dor da menina, Cavalo e seus companheiros saíram da estrebaria sorrindo, um batendo a mão na do outro.

Catalina ficou para trás se vestindo com muita dor e se levantando com bastante dificuldade. Quase não conseguia caminhar, mas sabia que as paredes do estábulo só iam até a porta e desistiu de se apoiar nelas. Penteou-se com as mãos, usando como espelho os olhos de um cavalo malhado que a observava impassível, e depois saiu, olhando tudo pela última vez, gravando na memória e talvez para sempre a desgraça da qual acabara de ser vítima.

Insensíveis à dor da mulher, os três seguranças, os três primeiros homens da vida de Catalina, aqueles que haviam acabado de transformar Albeiro no possível quarto homem da lista de amantes da menina de seus olhos, saíram disfarçando e tentando levar os outros a achar que estavam fazendo uma ronda de rotina. Catalina finalmente apareceu, fingindo que nada havia acontecido, e tentou abordar Cavalo para tratar da questão da grana. O guarda-costas ficou nervoso e começou a titubear e a recorrer a todo tipo de desculpa. Disse que o dinheiro não estava com ele porque poderiam descobrir, que precisava esperar até o dia seguinte para ir à sua casa e apanhá-lo e que ficasse tranquila porque não falharia com ela por nada desse mundo, pois queria namorá-la e não estava disposto a perdê-la por tão pouca coisa, e menos ainda quando já tivesse operado os peitos, pois queria estreá-los como seus patrões faziam com as meninas que patrocinavam.

Falou, além disso, sem o menor tato, que dessa maneira iria poder se vingar um pouco das humilhações dos patrões, que lhe esfregavam na cara todos os dias pelo menos duas mulheres maravilhosas. Catalina reclamou gritando, perguntando se ele a considerava um troféu, mas Cavalo consertou a ofensa recordando que não, que tinha gostado dela, logo porque era exatamente o contrário daquelas mulheres, todas transformadas em um modelo estereotipado que as deixavam iguais, isto é, anoréxicas, com cabelo liso e louro, nariz arrebitado, barriga definida, olhos com lentes coloridas, peitos inflados, bochechas ossudas, sapatos pontiagudos, calças com apliques brilhantes, blusas apertadas e curtas, relógios Cartier, bolsas Louis Vuitton ou Versace e óculos Gucci, Channel ou Christian Dior de lentes imensas.

Catalina acabou convencida, acreditando em todas as histórias, e se despediu dele, não sem antes acertar um encontro para receber o dinheiro na praça da estátua de Bolívar no dia seguinte, às quatro da tarde.

E enquanto Cavalo e seus dois amigos se pavoneavam pela chácara morrendo de rir, contando aos colegas que tinham desvirginado uma das garotas do chefe, como se esta tivesse sido a maior façanha de suas vidas, Catalina fingia estar se divertindo diante de Yésica, que não parava de lhe fazer um sermão por ter ido com Cavalo.

— Esse cara é um mentiroso — dizia, enquanto ela começava a ficar assustada. — Nunca perde a oportunidade de atirar alguém aos cães. Não se esqueça, parceira, de que os guarda-costas são apenas isso, guarda-costas, e estão sempre muito duros. Na verdade, é preciso lhes dar dinheiro — continuava.

Catalina permanecia calada, temendo o pior.

— Por que você não diz nada, amiga? Aconteceu alguma coisa?

— Não, nada — respondeu com uma voz insegura, querendo, por dentro, morrer, e pensando na possibilidade de ter perdido seu bem mais precioso à toa.

No dia seguinte, quando se protegia da chuva sob a estátua do Bolívar, o sino da catedral começou a repicar: o relógio marcava cinco da tarde. Era o primeiro chamado à missa das seis e foi então, uma hora depois de ter chegado ao encontro, que Catalina compreendeu que havia perdido, por nada, o que lhe era mais valioso. Cavalo nunca apareceu e com ele desapareceram as fantasias da menina de haver conseguido os 5 milhões para a operação. Embora o tivesse esperado até a meia-noite com a esperança de ele não ter escutado direito a hora, Cavalo não apareceu nem com nem sem o dinheiro, e ela foi embora para casa a pé, chorando ao longo do caminho e mandando que os bêbados que a abordavam para perguntar seu preço naquela hora da madrugada fossem procurar a mãe.

Chegou de manhã, com a aurora, quando o sol mal despontava e o céu se revestia de glória e pólvora por alguma celebração distante que ela nunca compreendeu. Pensou com ironia que se tratava de Cavalo comemorando seu lance. Chorou dois dias seguidos sem que D. Hilda, Albeiro nem o irmão Bayron conseguissem lhe arrancar uma única sílaba. No terceiro dia, abriu a boca para pedir um copo d'água e ficou calada até quinta-feira, quando Yésica foi procurá-la achando que sabia como reanimá-la, mas ignorando que aquilo que Catalina lhe contaria acabaria de liquidá-la:

— Amiga! — disse, inchada de felicidade. — Mariño mandou chamar você. Disse que agora sim gostaria de ficar com você! Quer sua virgindade, parceira!

Enquanto Catalina morria por dentro, Yésica continuava o relato malicioso que queimava seus ouvidos, seus outros sentidos e também sua alma:

— Então se alegre, porque já acertei com ele o pagamento da operação, amiga. Ele até mandou os 5 milhões de pesos! — disse, exibindo três maços.

Catalina sentiu que o espelho da penteadeira de sua mãe se estilhaçava em seu rosto, despedaçando sua pele com toda razão. Resolveu não dizer nada e, em seguida, chorou por mais quatro dias. Quando as lágrimas secaram, foi procurar Yésica e lhe contou toda a verdade. Indignada, a amiga lhe disse que precisava contar tudo a Mariño para que mandasse matar Cavalo e seus outros dois empregados por traição, mas logo se arrependeu porque lembrou que dissera a ele que Catalina ainda não poderia aparecer porque estava menstruada.

— Podemos enganá-lo como Paola fez com o segundo namorado! — sugeriu Catalina com inocência, mas Yésica se recusou:

— Com Mariño as coisas têm outro preço. Ele me disse que já se deitou com 26 virgens e que deseja chegar depressa a cinquenta, para poder superar em alguma coisa seus chefes. Ah, quer saber de uma coisa? — disse Yésica com raiva diante da perda dos 2 milhões de pesos que Mariño lhe prometera de comissão: — Vamos esquecer esse assunto agora mesmo e no caminho vou apresentar você a Margot, para ver se ela põe você para trabalhar como modelo enquanto isso.

Catalina disse que não queria ser modelo nem atriz, que a única coisa que queria era operar o peito para namorar um traficante, mas Yésica respondeu que nessas condições era mais fácil que um deles se interessasse por ela ao vê-la na televisão do que a oferecendo como estava fazendo, porque sabiam que algumas menininhas de outros bairros davam por menos, mesmo quando tinham peitos maiores.

4

As meninas pré-pagas

— É porque seu peito é muito pequeno! — respondeu Margot, a gerente da agência de modelos, a Catalina quando esta a censurou por ter insinuado que ela jamais seria uma top model.

— Mas eu já vi muitas modelos na televisão e a maioria não tem busto grande. Algumas têm até menos do que eu — replicou, esperançosa.

— Sim, mas as modelos que você vê na televisão são europeias. Não se esqueça, filhinha, de que isso aqui é a Colômbia e que uma modelo que se respeite tem que ter no mínimo seios manequim 42.

Margot, uma simpática, bela e desalmada empresária da luxúria, se esqueceu de dizer que não era apenas uma intermediária entre modelos e agências de publicidade, mas também entre modelos e traficantes. Mesmo assim, deu algumas recomendações a Catalina e sugeriu que voltasse quando completasse 15 anos, de preferência com os seios operados, e disse a Yésica, em segredo, que antes disso não se atreveria a agenciá-la por medo de acabar presa.

Com mais uma frustração nas costas, Catalina voltou ao bairro e se dedicou por completo ao namorado. A data do aniversário se aproximava. Entretanto, e diante de seu olhar de inveja e impotência, as casas de Paola, Ximena, Vanessa e Yésica expandiam sem parar e ficavam cada vez mais bonitas e coloridas, assim como os cabelos das meninas, pois da noite para o dia todas viraram louras de lábios grossos e olhos azuis.

As três foram aceitas pela agência de modelos de Margot, mas não para exibir roupas de grandes estilistas nas melhores passarelas do país, nem mesmo da cidade, e tampouco para gravar comerciais ou aparecer em revistas, mas sim para frequentar as camas de traficantes dispostos a pagar por seus serviços. Passaram a fazer parte do famoso grupo das meninas pré-pagas, assim conhecidas devido a uma modalidade existente na época: as garotas recebiam presentes caros, roupa e dinheiro e os retribuíam depois com favores sexuais.

Não era qualquer garota que podia aspirar a ser chamada assim. Elas deviam ter certa estatura, corpos perfeitos, mesmo que fosse à ponta de bisturi, cabelos longos e bem-cuidados, usar lentes de contato coloridas, roupas caras mas não finas, na época monopolizadas por três fabricantes, e possuir uma conversa um pouco mais refinada do que a de uma outra prostituta qualquer. Não era difícil identificá-las na rua, nos shopping centers e muito menos a bordo de um carro luxuoso, porque tinham cara de tudo, menos de donas de casa.

Meninas pré-pagas como Yésica, Paola, Ximena e Vanessa torravam dinheiro em ritmo endemoniado. Tudo o que ganhavam indo para a cama com os traficantes e seus amigos era gasto aos borbotões em cirurgias estéticas, pagando por tratamentos dentais, passando longas horas nos melhores salões de beleza, alisando o cabelo, fazendo as unhas, pagando massagistas, trocando a cor do cabelo a cada semana, comprando lentes de contato, sapatos, roupas, comida para casa, perfumes, pagando o aluguel, limpando as prateleiras dos principais supermercados e fazendo algumas coisas estranhas como ensaios fotográficos e pôsteres com fotomontagens nos quais podiam aparecer na capa de alguma revista famosa, oferecendo seu rosto para que um mago do desenho gráfico o inserisse no corpo da personagem que ocupava originalmente a página principal da revista, em geral uma top model internacional ou uma artista do rock ou da música pop. A verdade é que nenhum dinheiro lhes era suficiente. Apesar de ganhar milhões, sempre estavam sem um tostão e à espera de uma ligação de Margot, de algum cabeleireiro ou de algum dentista amigo que as pusessem em contato com seus clientes.

Quando percebeu que Margot levantava grandes quantias de dinheiro com seu estupendo negócio de fachada, Yésica achou que poderia montar algo semelhante e começou a entrar em contato com seus amigos da máfia, sondando a possibilidade de lhes oferecer as mulheres que quase sempre procuravam. El Titi disse que por ele não havia problema, porque não era tão exigente como seus chefes e, além do mais, sua namorada era a mulher mais bonita da cidade. Que, no entanto, com os maiorais a coisa tinha outro preço, pois estavam sempre procurando uma maneira de levar para a cama as mais belas modelos de todos os concursos inventados por aquela gente que não tinha profissão e também modelos de renome, apresentadoras de televisão e atrizes famosas. Evidentemente esse era de fato um imenso obstáculo para Yésica, por não ter os contatos de alto nível de Margot, que a faziam ser muito respeitada naquele mercado que não era diferente em nada do tráfico de escravas.

Porém Yésica não se deu por vencida e pediu a El Titi que a ajudasse a marcar um encontro com os chefes mais importantes da organização, como Cardona e Morón, não mais para se deitar com eles, como fizera quando havia começado alguns meses atrás, mas para lhes propor o negócio. El Titi a advertiu que não seria fácil, mas Yésica esperou com paciência de mártir a chegada desse dia. O encontro foi na chácara de Morón, para onde ela e El Titi foram em um carro esportivo vermelho e incrivelmente belo que este último acabara de comprar com o dinheiro trazido por Mariño do México.

Cardona viu a proposta de Yésica com simpatia e admirou a coragem e a disposição de uma menina daquela idade. Por isso lhe deu a oportunidade de ser a responsável por providenciar os prazeres de que ele necessitava, desde que ela se comprometesse a lhe conseguir, para o fim de semana seguinte, uma mulher da televisão que o deixava louquinho e pela qual se disse disposto a pagar 50 milhões de pesos. Morón já tinha feito várias tentativas, oferecendo 10, 20 e 30 milhões de pesos à diva, mas nenhuma quantia conseguiu convencê-la, até porque ganhava muito bem em seu trabalho. Por isso disse a Yésica que estava muito excitado e que aquela mulher estava se tornando um enorme desafio para ele e seu orgulho, e então que lhe oferecesse o quanto ela quisesse, mas que a colocasse no aeroporto de Cali na manhã de sábado, quando um de seus aviões estaria esperando por ela.

Cardona sabia, por experiência própria, que até a mais orgulhosa das mulheres e a que aparentava maior seriedade tinha um preço, e quis confirmar sua tese mandando lhe dizer que ela mesma colocasse os zeros no cheque e as condições que imporia para aceitar o convite. Também disse à aprendiz de cafetina que se ela fosse capaz de convencer aquela mulher, essa seria sua carta de apresentação, e então ele poderia recomendá-la aos outros membros do cartel, para que, dali em diante, não voltassem a pedir mulheres a nenhum cabeleireiro, nem professor de ginástica, nem dona de agência de modelos.

Yésica aceitou o desafio e compreendeu que dar conta dele seria a salvação de sua vida. Por isso, e sem saber como iria fazer para levar a mulher da televisão que tinha deixado Cardona obcecado até a chácara dele, saiu da reunião focada em seu futuro econômico.

Sabia que se conseguisse realizar aquela façanha sua relação com os chefes da droga estaria mais do que bem-encaminhada. No entanto, precisava conhecer alguns segredos do negócio, e por isso voltou a Margot com o objetivo de arrancar dela as informações que acabou obtendo.

A empresária lhe disse que não tinha segredos, que as mulheres gostavam de dinheiro e que a grana deveria ser oferecida com toda desfaçatez do mundo em uma espécie de "pegar ou largar", e que, a partir daí, teria de começar a administrar duas possibilidades. Que lhe dissessem sim ou que lhe dissessem não.

Com esse segredo prático e simples em mãos, Yésica viajou a Bogotá, entrou em contato com a mulher da televisão desejada por Cardona e a enfrentou com absoluta segurança. Esperou muito tempo na porta de um canal de televisão até a moça aparecer. Fez o que pôde para que ela descesse o vidro dianteiro de seu carro e a ouvisse:

— Olha, amiga, o que acontece é que há uma pessoa que quer conhecê-la e mandou que a convidasse para ir à chácara dele neste fim de semana.

A bela mulher respondeu que não, obrigada, que não estava interessada e pediu que a respeitasse. Quando o vidro do carro estava prestes ser fechado, Yésica jogou pesado porque sabia que não teria outra oportunidade como aquela e só conseguiu lhe dizer que 100 milhões de pesos esperavam por ela. O vidro continuou subindo, mas, pouco antes de ser fechado por completo, Yésica aumentou a oferta em 50 milhões e o vidro se deteve e logo desceu outros dez centímetros. A alma de Yésica voltou ao seu corpo quando a mulher perguntou em tom de surpresa de dentro do carro:

— Quanto?

Yésica repetiu o valor de 150 milhões de pesos, e acrescentou que seriam entregues em dinheiro e embrulhados em pacotes de 5 milhões cada um.

A mulher, que tinha uma excelente reputação em seu meio, fez as contas de cabeça e sucumbiu às acusações de sua consciência, mas negociou um preço mais alto, que pudesse cobrir com decoro a venda de sua dignidade.

— Diga-lhe que quero 200 milhões e que coloque as passagens no aeroporto sábado de manhã.

Yésica se assustou com a quantia porque não achava que Cardona tivesse montanhas de dinheiro em um cofre-forte do tamanho de um quarto e lhe propôs 180 milhões. A mulher respondeu que já não tinham mais o que conversar e começou de novo a fechar o vidro, e por isso Yésica gritou que pagava até 190. Como o vidro continuou a subir e o carro começou a andar, Yésica correu atrás dele e gritou com angústia que tudo bem, fechariam então por 200.

O resto já faz parte da história. Depois de se desgastar em um necessário show de dignidade e uma negociação dura em torno do preço, a mulher da televisão e Yésica chegaram a um acordo. A modelo estaria pronta na tarde do sábado quando passassem para buscá-la, desde que se comprometessem a depositar metade do dinheiro em sua poupança na sexta-feira e a deixassem em sua casa, com o restante do pagamento, o mais tardar à noite, domingo, pois tinha gravação na segunda-feira

Com o sim da mulher, Yésica foi ao encontro de Cardona para lhe contar a novidade. O homem não conseguia acreditar e não sabia se ficava mais emocionado pela eficiência de Yésica ou pela visita da mulher que o deixara louco desde que a tinha visto na televisão alguns meses atrás. Quando Yésica lhe disse o preço, pensando em fazer todos os rodeios do mundo por achar que ele ficaria enfurecido, Cardona, que tinha dinheiro suficiente para reconstruir as Torres Gêmeas cinco ou seis vezes, lhe respondeu, sorrindo, que tudo bem, não havia problema.

— Mas são 220 milhões! — repetiu.

Cardona lhe disse que não achasse que era surdo e foi embora feliz por ter vencido a soberba e o orgulho humano com seus dólares.

A mulher cumpriu o acordo e ganhou 200 milhões de pesos, Cardona se divertiu e pagou 220 milhões, e Yésica, que a levou, ganhou 20, virando de quebra, desde então, a menina mimada e preferida de Cardona e depois de Morón, a quem conseguiu um *affair* com uma modelo famosa. Morón pagou 250 milhões por uma única noite, pois tinha consciência de que se deitar com uma pessoa asquerosa, de maus modos, mau hálito e que pesava 140 quilos, como era seu caso, não era tarefa fácil. Mas nem todas as modelos e apresentadoras eram fáceis ou se vendiam por dinheiro. Algumas, como uma modelo de Medellín que odiava os traficantes ou uma apresentadora de televisão que detestava as gangues, não se prostituiriam por nada no mundo. Outra modelo, cujo rosto aparecera nas capas de todas as revistas, deixou Morón obcecado. É bom descrevê-la. Era simplesmente divina e tinha enlouquecido há muitos meses o chefe de Cardona, que, comparativamente, possuía dinheiro para construir trinta ou quarenta vezes as Torres Gêmeas. Morón, o número um dos chefões do crime, mandou um recado pelo cabeleireiro da modelo, dizendo que a convidava a ir ao México. A moça, que se orgulhava diante das amigas de ser improstituível, não aceitou a viagem e, se não fosse porque nunca aprendera a ter maus modos, teria cuspido nos olhos do cabeleireiro com uma expressão de nojo absoluto diante da proposta. Mas Morón a queria e tinha todo o dinheiro do mundo para comprá-la, embora ela, supostamente, não tivesse preço. Depois a convidou para ir à Europa. Nada. Mais tarde mandou lhe oferecer ajuda para tirar o visto norte-americano, que era uma coisa pela qual morriam de vontade todas as modelos, misses, atrizes, meninas do teatro e até um ex-presidente da Colômbia, e também ouviu um não. Por meio de outros intermediários lhe ofereceu joias com diamantes, relógios com pedras preciosas, apoio para ser a rainha de um concurso de que iria participar e até um furgão cheio de roupa. Mas nossa heroína não cedia. Morón estava tão obcecado por ela que certo dia lhe mandou um recado pela dona de uma agência de modelos: daria 300 milhões de pesos se aceitasse ir a sua chácara. Mas a modelo loura se recusava, cada vez com mais afinco, e até ameaçou tornar públicas as propostas indecorosas.

Assim como Cardona, El Titi e outros 250 mil traficantes que naquela época circulavam sem preocupação por todo o país, Morón não era dessas pessoas que desistiam com facilidade diante de algo impossível. Sentia o desafio ferver em seu sangue, considerava seu orgulho ferido. Ficou com raiva ao encontrar, pela primeira vez em sua vida, uma pessoa que não aceitava dinheiro. O mesmo dinheiro que já havia comprado promotores, jornalistas, advogados, políticos, policiais, funcionários da alfândega, membros do Exército, do Congresso, da Igreja, da procuradoria e até guardas de trânsito. Como era possível, ele se perguntava, que alguém, ainda mais uma mulher, fosse capaz de escapar de seus tentáculos dolarizados? Foi então que decidiu atacar com todas as suas forças financeiras. Mandou El Titi comprar um BMW conversível, série 7, vermelho, último modelo, cujo preço se aproximava dos 500 milhões de pesos, uns 200 mil dólares na época, e cujas portas não se abriam como as dos outros bilhões de automóveis que povoavam o mundo, mas se escondiam no teto ao serem acionadas por um mecanismo interno.

Fez com que embrulhassem o automóvel com um gigantesco laço de um tecido brilhante e o enviou à modelo. O carro era tão espetacular como a garota que até aquele dia se recusara a dormir com ele. Diante do brilho vermelho-sangue e dos reflexos das rodas de liga leve aro 16, o cheiro de novo do veículo, o teto solar e as luzes de seta piscando até nos espelhos laterais, a modelo enfim sucumbiu. Foi numa manhã em que Yésica a visitou em seu trabalho e lhe pediu que fosse até a rua para que visse algo que tinha para ela.

Quando a modelo se aproximou, viu o carro amarrado pelos quatro lados por uma faixa dourada e com um cartaz gigante que dizia: "Não encontrei uma maneira mais original de dizer que você me enlouqueceu." Imaginando o momento em que chegaria à sua cidade natal montada em semelhante nave, a mulher não teve mais remédio senão sorrir e aceitar o presente, sabendo, claro, o preço que teria de pagar por ele.

Morón desfrutou de sua companhia durante três fins de semana e até pensou em torná-la sua namorada oficial, mas, a partir da quarta semana, a mulher começou a ficar problemática. Para onde você vai, porque chegou a essa hora, o que estava fazendo em tal lugar com tal pessoa, porque não responde ao celular, porque não me leva aonde você vai, por que se mete em negócios estranhos, você teve algo a ver com a morte do seu motorista, você está metido com os paramilitares, a fotografia que está no jornal é sua etc. Dois meses depois da dispendiosa conquista e cansado dos ataques de sua outrora deusa do Olimpo, Morón mandou que dois de seus homens roubassem o carro usando uma cópia da chave do BMW que guardara no momento da compra. A bela mulher apareceu numa tarde chuvosa coberta de lágrimas e cheia de desassossego para contar ao amante o que havia acontecido.

Ela tinha certeza, sem qualquer sombra de dúvida, que ele lhe compraria outro carro, igual ou melhor, sem problemas, dado ao exagerado conforto com que vivia em suas várias casas e chácaras da região, mas estava enganada. Morón, que àquela altura já tinha escondido o carro em uma de suas fazendas, terminou xingando-a de inútil e descuidada e a expulsou de seu apartamento a patadas por ter permitido que roubassem um carro tão caro. Nunca mais quis vê-la e, embora ela tivesse esperneado e o procurado angustiada, o teimoso chefão fechou-lhe as portas de sua vida e de sua fortuna até obrigá-la a voltar à televisão, o que era necessário para manter seu espetacular e caro padrão de vida.

Graças à incrível eficiência de Yésica, durante semanas as chácaras de Morón, Cardona e El Titi ficaram mais cheias do que nunca de modelos, misses, atrizes e protagonistas de novelas. Eles sabiam que aquelas mulheres tinham o mesmo que as outras, mas a diferença estava em seus nomes. Gostavam de contar em suas festas movidas a drogas qual era a famosa com quem tinham se deitado naquela semana.

Filmavam muitas delas em segredo enquanto transavam e trocavam os vídeos com seus colegas em meio a gargalhadas e comentários rasteiros sobre suas personalidades, seus caprichos, suas fantasias e extravagâncias. Que fulana era muito viciada e lésbica, beltrana muito interesseira, sicrana insaciável, que não sei quem era muito puta, fulaninha, muito feia sem maquiagem, que uma outra era uma grande ladra, que uma terceira, muito simples, que mais uma outra era siberiana demais e que siberiana queria dizer metade cachorra metade loba.

Cheia de dinheiro, Yésica voltou ao bairro, reuniu as amigas e pediu que se afastassem de Margot, pois dali em diante ela conduziria os negócios. Todas aceitaram, mas era perceptível no ar um inconformismo geral porque não se sentiam mais que prostitutas completamente à mercê da sorte, quando o que na verdade queriam e sonhavam era levar uma vida tranquila, confortável e cheia de luxos ao lado de um mafioso que pudesse chegar a amá-las de verdade. Mas a realidade era outra: nenhuma tinha sequer chance de virar a preferida de um deles.

5

O filho de Cavalo

Catalina ficou sabendo com inveja do sucesso de Yésica perante os mais importantes chefes da droga, mas recuperou um pouco a esperança quando a amiga lhe disse que no fim de semana seguinte "os tais", como os traficantes eram chamados em códigos, iriam promover uma festa muito grande e por isso haviam lhe pedido dez garotas, entre as quais ela estaria. Porém mais uma vez a sorte não lhe foi favorável, pois no dia anterior à festa e depois de Yésica ter lhe comprado uma roupa cara e extravagante, Catalina percebeu que estava grávida. Daria à luz um filho de Cavalo ou de um dos amigos dele. Pensou com raiva que era a única coisa que lhe faltava e começou a chorar pela enésima vez.

Quando foi procurá-lo para lhe pedir que contribuísse com pelo menos o dinheiro para o aborto, ficou sabendo que a chácara em cuja cavalariça ela havia concebido com ódio seu primogênito não pertencia, na verdade, a Mariño, como ele fingira para se passar por traficante poderoso, mas a uma família de cafeicultores falidos que a alugava nos finais de semana para pagar pelo menos parte da manutenção. Era claro que Cavalo também não estava lá, e ela decidiu resolver o problema sozinha, pois sabia, além do mais, que o guarda-costas mentiroso lhe pediria que provasse que o pai da criança era ele e não um de seus amigos e por isso ela teria de, pura e simplesmente, matá-lo.

Durante longas noites amadureceu a decisão com ideias loucas e absurdas. Pensou em ter o filho, mas abandonou essa alternativa quando percebeu que perderia Albeiro e supôs que, com um filho, seu corpo iria ficar disforme e o sonho de virar namorada de um traficante se tornaria ainda mais utópico. Pensou em enganar Albeiro antecipando a noite de sexo por ela tantas vezes prometida e por ele tantas vezes esperada, para enganá-lo depois de sete meses, quando seu filho nascesse "prematuro", mas se assustou com o próprio cinismo. Pensou que o namorado não havia feito besteiras suficientes para merecer criar um filho que não era seu ao longo de vinte anos, ao cabo dos quais este se insurgiria contra ele, desferindo-lhe patadas quando o pobre e débil Albeiro tentasse exercer sua autoridade de pai fracassado. Descartou uma a uma todas as possibilidades que passaram por sua cabeça, inclusive a de desaparecer do bairro durante nove meses, entregar o filho para adoção ou vendê-lo e voltar como se nada tivesse acontecido, contando a história de que estava estudando em Manizales, onde vivia na casa de um tio materno. Por fim, Catalina pensou como a maioria das estudantes quando ficavam grávidas.

Sem alternativas, e sem pensar muito mais sobre o assunto, abortou. Abortou o filho que esperava usando o dinheiro que Albeiro lhe dava para suas "coisinhas" e que economizou com muito juízo, deixando inclusive de andar de ônibus, pois Yésica já havia averiguado para ela que o assassinato da pequena criatura custava 200 mil pesos. Na noite anterior ao infanticídio, bebeu muito leite, como havia recomendado o falso médico quando foi lhe entregar os 100 mil pesos de adiantamento pelo "trabalho". No dia do aborto, fugiu do colégio, uniformizada e com os livros nas costas, para se submeter à terrível tortura de matar o filho de Cavalo que crescia sob a cintura de seu uniforme quadriculado azul e branco. O "açougueiro" ficou pasmo quando viu sobre a cadeira de tortura uma menina daquela idade com sinais de mudanças físicas próprios da puberdade, mas sua ambição foi mais forte que qualquer outra consideração e começou a despi-la e a ligar o aparelho de sucção. O massacre brutal durou 15 minutos.

Yésica a recebeu com o rosto pálido e inexpressivo na sala de espera da clínica clandestina e a levou para a própria casa em um táxi. Catalina parecia um pouco avoada, não sentia remorsos, não sentia culpa, não sentia dor, não sentia nada. O filho de Cavalo ficou esmagado no vidro do aparelho de sucção e, no mesmo instante em que ela contemplava a cidade pela janela do táxi, o feto era jogado em uma bacia de dejetos clínicos cujo conteúdo iria parar à noite e de maneira irremediável no leito de um rio no qual já não se sabia o que havia mais: merda ou fragmentos humanos, que os camponeses acabavam consumindo desintegrados em suas panelas.

Foram para a casa de Yésica e contaram à sua mãe que Catalina havia saído da sala de aula por estar passando mal. Yésica cuidou da amiga com caldo de pombo, ovos de codorna, maus conselhos e cabeça de peixe até que a noite chegou, e com ela o momento de devolver a menina à própria casa.

Albeiro a esperava com uma careta e os braços cruzados, mas ao vê-la abatida e triste conteve sua ira para não pôr a perder a proposta que lhe trazia com o recibo original da compra de um colchão e de um contrato de aluguel que esperava preencher se ela aceitasse ir morar com ele. Mas Catalina estava muito fraca, e por isso aquela conversa foi adiada para outro dia. D. Hilda ficou muito preocupada e, embora tenha suspeitado de alguma coisa, pediu perdão a Deus por ser tão maldosa e desconfiar da filha, que não passava de uma menina. Catalina pediu que a deixassem descansar e D. Hilda levou Albeiro para a cozinha.

— Venha me ajudar a esquentar a comida, meu filho — pediu com amabilidade enquanto Albeiro se despedia de Catalina com um beijo em um canto da boca, pois ela virou a cara quando ele quis grudar seus lábios nos dela.

Na cozinha, o jovem reafirmou sua admiração por D. Hilda, que naquela noite vestia uma calça branca apertada, realçando ainda mais seu traseiro, muito digno para uma mulher de 38 anos. Albeiro, que não parou de olhar um só instante para a sogra, se questionou sobre seu amor por Catalina, mas se justificou pensando que seu afeto era tão grande que abarcava as raízes ancestrais da namorada ou que, simplesmente, sua paixão por ela era um câncer incurável que estava fazendo metástase em sua mãe.

Quando Catalina cumpriu em segredo trinta dos quarenta dias de resguardo sugeridos pelo falso médico que tinha feito o aborto, quis voltar ao colégio para retomar sua ilusão de chegar a ser alguém na vida, mas se encontrou de supetão com Yésica. Percebeu no rosto da amiga a crença de que ela havia encontrado uma solução para seus problemas, mas a ouviu sem muito entusiasmo. De fato, Yésica tinha a solução para os persistentes fracassos da amiga. Disse que no fim de semana seguinte os traficantes iriam comemorar o aniversário de Morón em uma chácara e que haviam lhe pedido sessenta mulheres, duas para cada um dos trinta convidados, e que lhe parecia impossível que "todos os trinta filhos da puta" fossem rejeitá-la.

Catalina recordou que seu ventre estava disforme devido à gravidez, que as raízes de seus cabelos estavam escuras, que sua autoestima estava destruída e que sua bunda já não era firme como antes, e por isso recusou a proposta. Não queria voltar a se iludir. Yésica insistiu, afirmando que aquela era a grande oportunidade de sua vida e que não podia abandonar seus sonhos jamais. Que se reanimasse, se levantasse e se desse uma nova oportunidade. Sem opções, mas cheia de pessimismo, Catalina decidiu competir em desvantagem com as outras 59 mulheres que, com certeza, estariam estonteantes naquele dia e aceitou o convite de Yésica. Decidiu entrar com firmeza em um mundo que lhe parecia distante. Com a autoestima no chão, mas querendo resgatar seu sonho das cinzas, Catalina zarpou no sábado seguinte em direção ao prólogo de sua verdadeira história.

6

"Você não precisa disso"

Foi em uma chácara suntuosa pertencente a Morón, no município de Zarzal, que Catalina começou a escrever o romance de sua vida com tinta cor-de-rosa. O espaço aéreo da ostentosa propriedade estava sendo sobrevoado por um helicóptero que aterrissou com o anfitrião da festa no meio de um campo de futebol, ao lado de uma praça de touros repleta de arcos assimétricos, repetidos muitas vezes e pintados de branco. Várias veredas cobertas de grama muito verde e bem-aparada e cercadas de jardins floridos serviam de tapete aos convidados, muitos dos quais já não se surpreendiam com tanta ostentação. A chácara era do tamanho de uma vila olímpica ou de uma pequena cidade e tinha inúmeras instalações esportivas como aquela. Havia quadras de tênis, vôlei de praia, squash e raquetebol, uma piscina olímpica e áreas para mais três esportes que os donos não entendiam nem praticavam, mas para os quais os guarda-costas inventavam novas regras nas horas de lazer. E o que dizer da sauna, do banho turco e das estátuas em tamanho real que olhavam distraídas os trinta convidados ali presentes para comemorar o quinquagésimo aniversário do líder do maior cartel jamais visto?

Yésica penou para conseguir as sessenta mulheres de que necessitavam na extravagante festa, programada para durar três dias e três noites e na qual a lealdade de cada aliado do cartel seria recompensada com duas mulheres, meia dúzia de garrafas de uísque envelhecido durante 18 anos nos barris de alguma destilaria escocesa e o direito de pedir aos *mariachis*, ao trio de músicos, à orquestra ou ao DJ a canção que tivessem vontade de ouvir. Não importava se os *mariachis* tivessem que tocar rock, o trio, música eletrônica, ou a orquestra, *vallenatos*.

Quando as mulheres chegaram em dois ônibus, depois de atravessar a pé os 18 buracos de um campo de golfe muito bem-cuidado, os mafiosos, seus assessores, os filhos de alguns dos chefões, alguns meros aprendizes e também alguns que apenas fingiam ser mafiosos, como Mariño, começaram a disputar as mais gostosas. El Titi optou pelo de sempre e escolheu os serviços de Paola e Ximena. Vanessa ficou com Morón, apesar de ter nojo de sua gordura, e Yésica ficou com Cardona, porém estava mais preocupada em conseguir companhia para Catalina. Olhava por cima do ombro dos convidados tentando descobrir o que devia fazer para satisfazer o número dois da organização.

Inexplicavelmente, a menina ainda não havia chegado. Antes de entrar na casa, viu com raiva uma coisa que a levou a sumir por seis minutos e meio. Quando chegou à beira da piscina onde a festa aconteceria, encontrou um estrado cheio de luzes e um DJ mexendo em uma mesa de som com tanto cuidado que mais parecia estar arrumando ovos em uma cesta. Cinquenta e nove das sessenta mulheres contratadas já ocupavam um dos braços de cada traficante, menos o esquerdo de Cardona, que continuava desocupado, esperando com impaciência que Catalina aparecesse. Quando Yésica a apontou, ele a olhou de cima a baixo, passeou os olhos por suas pernas e pelo vale de seus pequenos seios como se estivesse comprando um quilo de carne e, desenhando no ar um círculo com seu dedo indicador, mandou que desse uma volta. Examinou a bunda dela com ansiedade e quando ela, com um sorriso hipócrita, completou o giro, Cardona ficou extasiado com seus olhos. Gostou bastante do fato de a menina parecer muito feliz, embora ignorasse que aquela satisfação profunda era causada por uma coisa que ela havia acabado de fazer na porta da chácara em pouquíssimo tempo. Mesmo assim Catalina não passou no exame. Observando suas tetas, o homem começou a rir e a cochichar com um de seus colegas. Ela sentia que estava morrendo de tristeza, fazendo um papel ridículo no meio de 59 mulheres tão pobres quanto ela, mas com peitos muito maiores que os seus.

Yésica tentou salvá-la, intercedendo com Cardona. Contou tantas e tão variadas mentiras que o segundo da organização resolveu trocá-la por Yésica, que estava mais interessada em se manter à margem do negócio para não perder seu status de empresária.

Disse que aquela menina magrinha e sem peito era, entre todas as sessenta que tinham vindo, a melhor na cama. Que nenhuma conhecia tão bem os segredos do sexo oral e que não tinha peitos de silicone porque muitos pervertidos adoravam fantasiar que estavam fazendo amor com uma estudante. Que ele não iria se arrepender e, com toda certeza, voltaria a solicitá-la em menos de uma semana.

Em benefício da dúvida, Cardona aceitou a troca, e Yésica foi atrás dela, apressada, pois Catalina precisava saber e assimilar sem demora as mentiras que a amiga dissera ao homem que a tiraria da pobreza.

— Cara — disse Yésica enquanto as duas percorriam os quinze metros que as separavam de Cardona —, você tem dez segundos para se transformar na mulher mais safada de Pereira, na melhor foda do mundo. O segundo homem mais importante de todos esses filhos da puta que estão aqui está esperando pela sua performance.

Ruborizada e com o coração prestes a explodir, Catalina se viu obrigada a se transformar, em um segundo e sem que seu namorado suspeitasse, na mais hábil prostituta de toda a cidade. Por um lado, para não permitir que Yésica passasse por mentirosa, e, por outro, porque sabia, no íntimo de seu ser, que esta seria a última oportunidade que teria na vida para conseguir, de uma vez por todas, o dinheiro da operação.

Yésica lhe ensinou tudo o que era possível para que a mentira funcionasse e, recordando sua experiência anterior, Catalina foi cumprir sua missão. Cardona estava tão encantado com os relatos da cafetina sobre a jovem que a enfiou em seu quarto antes mesmo que cantassem parabéns para seu chefe. Morta de medo, Catalina começou a realizar ao pé da letra as mentiras de Yésica.

Ao cabo de uma longa e agitada jornada, Cardona ficou tão satisfeito, tão impressionado e tão cansado que adormeceu observando Catalina se vestir. Do banheiro ela ouviu que ele roncava com a boca aberta e se aproximou para checar o que lhe provocava tanta repulsa. Sentiu até vontade de revistar uma maleta que o mafioso carregava para roubar o dinheiro de que precisava e sair correndo, mas a explosão das cornetas dos *mariachis* que começavam a cantar "Las mañanitas" para Morón a intimidaram. Além disso, conspirou contra ela sua pouca inteligência, ou seu medo; o fato é que optou por conquistar a confiança do quarto homem a possuí-la em sua vida, destinando a Albeiro a terrível oportunidade de ser o quinto.

Por isso, quando Cardona acordou, encontrou sobre seu peito a cabeça de Catalina e sobre sua cabeça os dedos de uma menina que o penteava sem parar, submissa como uma escrava. Cardona sempre tivera medo de que estas coisas se misturassem com o carinho e, por isso, um dia, adotou como lei abandonar na hora qualquer mulher que tocasse seu coração. Curiosamente, desta vez se esqueceu das próprias regras e se permitiu ser acariciado sem freios. Depois se enterneceu como um garotinho e a abraçou.

— Durma, que eu fico cuidando de você — disse ela com toda doçura, despertando nele um sentimento inequívoco de conforto e talvez de carinho que não estava muito habituado a dar a uma pessoa que não fosse Lina María, sua amante oficial, ou Lucy, sua quarta esposa, com a qual estava vivendo.

Quando ele voltou a acordar, a cabeça de Catalina estava enfiada entre suas pernas, fazendo-o se contorcer de prazer. Ela estava disposta a levá-lo a se esquecer dos peitos dela e também a se tornar indispensável na vida daquele homem de maneiras bruscas, mas que já dera mostras de nobreza ao lhe confiar seu sono sem ter sentido necessidade de enfiar a maleta debaixo do travesseiro. Quando Cardona ouviu um trio de cordas na área da piscina, pegou-a pela cabeça e levou-a até sua boca, agradecendo pelo cuidado e manifestando sua vergonha em relação a Morón por não estar comemorando o aniversário do chefe. Catalina disse que precisava falar com ele sobre algo muito importante, mas Cardona se desculpou e se vestiu com muita pressa, prometendo que conversariam durante a festa.

— São só cinco minutos — insistiu ela, e Cardona aceitou reduzindo o tempo para um segundo, embora com certa decepção.

— De quanto você precisa?

— Como você sabe que preciso de dinheiro?

— Ah, meu bem, eu conheço vocês como a palma da minha mão e por isso sei que o que precisam é dinheiro — respondeu com altivez, abotoando a camisa.

— Cinco milhões de pesos — disse ela, arrancando-lhe um sorriso.

— Cinco milhões? — perguntou incrédulo e repetiu em tom de brincadeira. — Cinco milhões eu pago por uma modelo, filhinha! Eu já acertei com Yésica 500 mil para cada uma. Se acerte com ela e se ficar satisfeita, ótimo, e se não, também. Eu vou procurar meu chefe.

Catalina começou a chorar e disse que 500 mil não davam para nada, que a ouvisse, que lhe pedisse para fazer o que fosse durante o tempo que quisesse, mas que, pelo amor de Deus, lhe emprestasse aquele dinheiro porque precisava fazer um implante de silicone.

— E para que você vai mandar colocar peito? Catalina, meu Deus! Você não precisa disso! Ora, você faz tudo tão direito! Não, não precisa disso! — repetiu até não poder mais, criando na menina a pior das confusões. Como era possível que depois de ter suportado todas as penúrias pelas quais passara, depois de ter entregado sua virgindade a três desconhecidos, depois de ter abortado o filho de um deles, depois de ter vivido frustrada e de ter se humilhado e se degradado pelo sonho de ter os seios operados, aparecesse agora um sujeito lhe dizendo que ela não precisava de peitos grandes? Isso para ela era inacreditável, não, não podia ser.

Confusa e compreendendo a vida menos do que nunca, Catalina queria entender as palavras de Cardona, mas não conseguia. Por isso batalhou recorrendo a explicações e súplicas adicionais, usando todos os argumentos a seu alcance. No entanto, Cardona não estava disposto a lhe dar todo aquele dinheiro por uma única noite de amor.

— Vamos fazer uma coisa — disse ele, frio e calculista. — Eu empresto essa grana a você, mas como vai me pagar de volta, hein?

— Como você quiser, mas me empreste o dinheiro, por favor — implorou Catalina fazendo todo tipo de promessa em tom de súplica até que, aparentemente, conseguiu amaciá-lo, porque de repente Cardona afirmou:

— Está bem... Vou emprestar, mas com uma condição: você vai ter de estrear os peitos comigo...

Catalina sorriu diante da condição óbvia e lhe prometeu esta vida e a outra, mas Cardona reiterou sua opinião:

— Ponha os peitinhos, meu bem, mas vou repetir que você faz tudo tão bem que não precisa se preocupar com isso...

Para não enlouquecer, sentindo na pele as contradições da vida, Catalina prometeu voltar à cama de Cardona depois que os músicos acabassem de tocar as canções que Morón lhes pedia, e assim o fez.

Na pracinha que ficava atrás da casa, parte dos convidados e o dobro de mulheres ouvia boleros de Los Panchos interpretados por um grupo musical formado por um trio de homens mais velhos que nunca sorriam. O sujeito das maracas fechava os olhos por longos períodos e só os abria quando lhe cabia apoiar com sua voz fanhosa os refrões de algumas músicas. O do violão solo era o mais concentrado de todos, pois, apesar de ter a tarefa mais difícil, que era a de fazer com que as cordas falassem, jamais olhava para o instrumento, passeando os dedos por todo o braço do violão e no meio da floresta de trastes como se os conhecesse perfeitamente desde sempre. O do violão de acompanhamento, que também cantava, mantinha a cabeça virada em diagonal para o céu, e as artérias de sua garganta se insinuavam cada vez que os tons agudos lhe eram exigidos. Dava para perceber o grande esforço que fazia para não desafinar, consciente talvez do risco que corria se provocasse a fúria de seus empregadores, caso não lhes desse o que esperavam. Era como cantar com uma guilhotina no pescoço, porque haviam lhe contado, com certo exagero, que qualquer desafino poderia levar o dono da casa a sacar sua pistola e matá-los a tiros. Por isso cantaram como nunca. A execução de cada peça foi magistral e arrancou muitos aplausos da plateia.

As mulheres que acompanhavam os convidados em duplas tampouco sorriam, pelo menos não com sinceridade. Já de madrugada e depois de cumprir mais ou menos suas funções, estavam notavelmente aflitas. Como se entendessem, por ondas de remorsos, que não estavam fazendo a coisa certa. Que viver era mais, muito mais, do que sacrificar a dignidade pelo conforto, que o mundo se estendia muito além das camas e das casas que frequentavam, que suas histórias não estavam sendo escritas porque os anais universais só registram as façanhas, boas ou más, de homens e mulheres dispostos a mudar o rumo da humanidade sem ter sua integridade destruída. Pareciam ter consciência de que só estavam passando pela vida, sem momento de transcendência.

Uma delas, por exemplo, lutava contra o sono titanicamente. Seus olhos se fechavam por milésimos de segundos, que ela, imersa em seus temores, contabilizava como minutos, e ao cabo dos quais sua companheira de infortúnio lhe dava uma cotovelada que a deixava tão desperta como assustada e com o coração a ponto de enfartar. Desconfiava que seu cliente podia ficar chateado e entrava em pânico diante da possibilidade de perder os 500 mil pesos que já gastara em sua mente, e que para uma prostituta de baixa categoria como ela bastava para algumas despesas básicas: 50 mil para Yésica, 80 mil para a mãe, 80 mil para Nacho, o cabeleireiro, 30 mil para a massagem,

140 mil para uma calça, 60 mil para uma blusa, 10 mil para as bugigangas que daria ao irmão menor, 30 mil para convidar o namorado para tomar uma cerveja ou jantar e 20 mil para o ônibus. No próximo trabalho reservaria 80 mil para os sapatos, 80 mil para cosméticos e cremes de todo tipo e para cada região do corpo, 10 mil para fazer as unhas, 90 mil para acessórios, 30 mil para os óculos, 20 mil para um relógio e os mesmos 190 mil de custos fixos para distribuir entre a mãe, a cafetina, o namorado, o irmãozinho e as passagens de ônibus.

Os convidados, por sua vez, só se diferenciavam de suas escravas sexuais por dois detalhes: dormiam em suas cadeiras sem pedir permissão e não havia qualquer espaço na mente deles para espécie alguma de remorso. Para eles, o que faziam estava bem-feito, não estavam roubando de nenhum rico, não estavam infringindo as leis de um país justo. Pelo contrário, tinham sentimentos messiânicos em relação a seus feitos, pois davam dinheiro aos pobres para uma receita médica, uma compra de supermercado, ou, então, pelo grande número de empregos que seus múltiplos investimentos e suas grandes extensões de terra geravam. Porém, a verdade é que só faziam obras de caridade para lavar suas consciências e só geravam emprego para aumentar e lavar seu próprio dinheiro.

Os outros participantes da festa eram os seguranças, os três grandes chefões, os músicos da famosa orquestra, os *mariachis*, o DJ e os garçons. Não havia neles nada de especial. Os músicos, espalhados em rodinhas, contavam piadas com discrição a respeito dos colegas que estavam no batente, os garçons se esmeravam para atender melhor aos homens, e os seguranças se mantinham atentos para aproveitar o momento em que um de seus chefes desabasse, para conseguir algum favor sexual de suas companheiras de ocasião.

Às quatro e meia da manhã e muito entusiasmada com a promessa de Cardona, Catalina voltou para sua cama com todo vigor e ficou ali até o final da manhã, quando Yésica acordou-a para lhe dizer que o ônibus estava prestes a partir e perguntar se ficaria ou iria embora.

Cardona respondeu por ela:

— Fica. Mais tarde mando que a levem.

Yésica sorriu, feliz diante da mudança da sorte de sua pequena amiga, e foi embora gritando que Cardona se lembrasse de que ela nunca lhe dizia mentiras.

Minutos mais tarde, comunicaram a Cardona que um dos seguranças de Mariño, um homem de sobrenome Benítez, conhecido pelo apelido de Cavalo, acabara de sofrer um acidente fatal.

7

A vingança da flor

Catalina levou seis minutos e meio para planejar sua vingança. Ao descer do ônibus que a tinha levado, com as outras 59 mulheres, à chácara de Morón, notou que entre os muitos seguranças do local estavam Cavalo e os dois homens que haviam abusado dela. Um deles, Orlando Correa, se aproximou com todo descaramento e lhe perguntou se ainda se lembrava dele. Dissimulando seu ódio e pensando no desfecho que teria, Catalina respondeu que não. Orlando, desesperado por repetir a façanha com Catalina, tentou refrescar a memória dela mencionando o que acontecera na cavalariça da chácara de Mariño, sem pensar que naquela noite havia plantado na inofensiva menina a semente de um ódio visceral que mais cedo ou mais tarde terminaria destruindo-o. Catalina sorriu com hipocrisia e respondeu que agora, sim, se lembrava e perguntou por Cavalo e seu outro amigo. Orlando lhe contou que estavam jogando cartas e aproveitou para dizer que vivia pensando nela. Arquitetando habilmente sua vingança, Catalina continuou a fazer o jogo e garantiu que dos três ele também era o de quem ela mais se recordava, mas começou a semear a discórdia contando que Cavalo a proibira de falar com ele. Orlando estranhou, porque Javier vivia repetindo que ela tinha sumido. Mas Catalina continuou a maquinar e disse que isso não era verdade, porque pedira muitas vezes seu telefone a Cavalo, e lhe garantiu que este se recusava a entregar o número a ela, na última ocasião usando até um argumento que soou-lhe infame e mentiroso. Orlando se interessou e lhe perguntou cheio de raiva o que o outro havia dito. Catalina respondeu que Cavalo vivia contando para todo mundo que ele era veado e bissexual e que gostava tanto de mulheres quanto de homens. Orlando se enfureceu e sentiu, na mesma proporção, vergonha, raiva e um desejo infinito de matar o colega.

Desempenhando seu papel com perfeição, Catalina pediu que ele não se aborrecesse, porque o destino já tinha feito com que os caminhos dos dois voltassem a se cruzar, que ela não pensava em deixá-lo partir depois de tê-lo procurado e sonhado com ele durante tanto tempo e que não acreditava nas calúnias de Cavalo, que, para ela, não passavam de acusações invejosas lançadas por um homem ciumento. Orlando disse a Catalina que iria matá-lo, mas ela criticou-o por pensar assim, procurando uma forma de induzi-lo a achar que era a coisa certa a se fazer, mas permanecendo com as próprias mãos limpas. Disse que Cavalo merecia mesmo morrer por ser um mentiroso, mas o instou a procurar outras formas de se vingar, porque o homem merecia de fato ser castigado por tê-los separado à custa de mentiras.

Orlando não conseguia acreditar, pois, embora Catalina não fosse a mulher mais desejada pelos traficantes, para um segurança comum e simples como ele, a menina era o mesmo que um colar de pérolas no pescoço de um cachorro. Ela era muito bonita. Seus traços eram delicados, e o cabelo comprido, preto e liso servia de moldura a um rosto quase perfeito e impecável, no qual se destacavam um nariz reto e pequeno, lábios carnudos e olhos negros. Quando sorria com seus dentes perfeitamente alinhados e brancos, os homens sucumbiam e as mulheres morriam de inveja. Suas mãos eram finas e seus dedos, longos e delgados. O corpo, cultivado de madrugada a madrugada nas ruas de Pereira em corridas intermináveis, era um dos melhores e mais saudáveis quando comparado aos das outras mulheres, embora sempre passasse despercebida pela ausência de seios. Quando queria, era uma menina bem falante, e qualquer homem pobre poderia se sentir como se tivesse tirado a sorte grande ao passar o resto da vida ao seu lado. Por isso Orlando ficou muito entusiasmado e pediu a Catalina que lhe permitisse matar Cavalo. A menina aceitou com prazer, mas demonstrando ter ficado um pouco perturbada, e o pobre homem, que já se via como namorado dela, lhe jurou que de madrugada, quando todos estivessem dormindo, o assassinaria. Ela pediu perdão a Deus por aceitar a morte do pobre Javier, mas declarou que era necessário que ele fosse em frente, pela felicidade dos dois.

Orlando, que não passava de um bobo apaixonado e iludido, encontrava-se enfurecido pela calúnia que o companheiro tinha espalhado. Esperou a madrugada, parou ao lado do colega e o convidou a dividir um baseado. Cavalo sabia que o cheiro da maconha era odiado pelos patrões e sugeriu que fossem fumar em algum lugar afastado da chácara. Orlando, que o induzira a fazer esta proposta, aceitou satisfeito, e os dois se dirigiram às cavalariças. Quando Cavalo estava acendendo o cigarro, voltado para a parede, Orlando lhe desferiu, sem piedade, duas punhaladas nas costas, que atravessaram o pulmão e atingiram o coração. O homem caiu de bruços sem saber o que acontecia e tentou dizer alguma coisa a seu assassino, mas este apoiou a sola do sapato em sua boca e pisou nela várias vezes, como se estivesse apagando um cigarro, tal como Cavalo fizera com milhares de guimbas ao longo de sua vida. Em poucos segundos a história de Cavalo chegou ao fim.

— O veado aqui é você — disse Orlando com raiva e foi correndo até a garagem, onde os outros guarda-costas jogavam cartas e dominó.

Por isso, quando contaram a Cardona que um segurança havia sido encontrado morto em uma das cavalariças da chácara de Morón, ele, convencido da impossibilidade de encontrar o assassino no meio de tantos bandidos, só conseguiu ordenar que se livrassem do cadáver, o queimassem, mutilassem e lançassem seus restos nos vários rios e esgotos que cruzavam a região. Seis minutos e meio depois de ter arrancado de Orlando a promessa de matar Cavalo e de lhe pedir o seu número de telefone, Catalina voltou ao lugar onde os trinta amigos de Morón repartiam as sessenta meninas contratadas por Yésica como se fossem bugigangas. Foi a última a chegar ao local e a que se saiu melhor, pois não apenas conseguiu arrancar a promessa dos 5 milhões de pesos da boca de Cardona, como também, de quebra, conseguiu eliminar o homem que mais odiava na vida.

Quando os capangas de Cardona foram cumprir a ordem de retalhar o cadáver de Cavalo e dar um sumiço nele, Catalina não sentiu remorso e começou a ficar assustada com si própria, observando pela janela o corre-corre daqueles que tentavam se livrar do corpo do pai de seu primeiro e malogrado filho. Sabia que estava começando a virar uma mulher dura, insensível e sem escrúpulos, e pediu perdão a Deus por isso ao mesmo tempo em que implorava que lhe desse as forças de que precisaria para se vingar dos outros dois homens. Ela não percebia que os dois pedidos não tinham a menor coerência entre si. Tampouco lhe interessava perceber.

Quando saíram da chácara dois dias depois, Cardona mandou que um de seus motoristas e um de seus guarda-costas fossem com Catalina a um shopping center para comprar o que ela quisesse e depois a levassem para casa. Combinaram que no dia seguinte a menina iria à clínica do Dr. Alberto Bermejo se informar sobre tudo para a cirurgia, e que quando soubesse direito o preço iria até o apartamento do traficante de drogas para buscar o dinheiro. Cardona viu-a se afastar e sentiu saudade, mas afastou depressa a verdade com machismo e orgulho e voltou para a cama, enrolado em uma toalha e pedindo aos gritos uma cerveja para rebater a ressaca. No shopping, Catalina levou a sério a ordem de Cardona e comprou de tudo. Absorventes para seis meses, uma dúzia de blusas de diferentes marcas e cores, meia dúzia de calças, quatro pares de sapatos, dois cintos, dois relógios, três perfumes, duas jaquetas grossas — embora jamais tivesse ido para nenhum lugar frio —, uma pelúcia de dinossauro e uns dois CDs de Darío Gómez para alegrar o pobre Albeiro, que não devia estar nada feliz da vida. Um boné e outro CD, do Metallica, para o irmão, uma bolsa e uns vestidos para a mãe e uma lembrancinha para Yésica, em agradecimento por ter se esforçado tanto e lutado contra a corrente para tornar realidade o sonho que Catalina podia agora praticamente tocar com as mãos. No total, os seguranças de Cardona tiveram de aguentar oito horas esperando que Catalina comprasse tudo o que queria. A cada hora, a agora menos ingênua mulherzinha perguntava a eles se ainda sobrava dinheiro, e eles assentiam com raiva, recordando que, quando o chefe dizia "o que ela quiser", eles tinham que comprar para a menina o que ela quisesse.

Ao chegar em casa, Catalina encontrou Albeiro chorando, D. Hilda abatida e o irmão enfurecido. Alguns moradores do quarteirão, os mais fofoqueiros, aparentavam estar preocupados com o desaparecimento de Catalina e inventavam uma maneira de entrar na casa para descobrir o que estava acontecendo, e por isso não poupavam esforços para oferecer panelas fumegantes repletas de café ou água de flor de laranjeira a fim de acalmar os nervos dos desesperados vizinhos. A verdade é que a preocupação de todos era imensa, pois não tinham notícias de Catalina há três dias e cogitavam todo tipo de tragédia. Albeiro pressentia que a menina de seus olhos havia sido sequestrada por um daqueles serial killers esperando na saída dos colégios, que não eram difíceis de se encontrar em Pereira; D. Hilda, por sua vez, tinha a certeza misteriosa de que a filha fora atropelada por um táxi.

Quando Catalina apareceu, sorridente, na porta de casa, cheia de sacolas e com um sorriso ingênuo, D. Hilda e Bayron já estavam indo ao necrotério à procura de seus restos em uma das bandejas dos freezers daquele terrível lugar. Como as explicações de Catalina foram muito vagas, limitando-se a dizer que nunca estivera tão bem, Albeiro lhe deu uma bofetada e terminou com ela, D. Hilda surrou-a com o cinto e a enxotou de casa e Bayron ficou xingando a irmã até o amanhecer.

8

A fábrica de bonecas

Dois dias depois, ainda com hematomas roxos por todo o corpo, devido a surra de D. Hilda e mergulhada em uma grande tristeza pela perda de Albeiro, Catalina apareceu com Yésica na clínica onde, meses antes, a amiga havia operado os seios. Perguntaram pelo Dr. Alberto Bermejo e ficaram esperando toda a manhã até que o cirurgião plástico terminasse de fazer uma blefaroplastia. Nenhuma delas entendeu o que significava aquela palavra tão "dissimuladora" e esquisita, e por isso decidiram ir logo ao ponto depois de assentir com a cabeça para não passarem por ignorantes quando o médico perguntou se sabiam o que era uma blefaroplastia, antes de perguntar como poderia lhes ser útil.

— Dr. Bermejo, minha amiga aqui precisa aumentar o peito.

— Uma mamoplastia de aumento... — disse o médico em voz baixa sem tirar os olhos da menina e espantado com a pouca idade.

Com certa compaixão, começou a difícil tarefa de convencer Catalina a adiar a decisão. Perguntou sua idade e quase desmaiou quando a menina dos olhos de Albeiro contou que tinha cerca de 14 anos. Balançando a cabeça para os lados, o cirurgião respirou fundo para não ficar constrangido diante da inocência da menina à sua frente, mas de nada valeram suas palavras nem suas advertências nem sua tentativa de fazê-la desistir com um discurso digno de congresso médico, usando expressões tão complicadas e palavras tão técnicas que Catalina e Yésica ficaram na mesma.

Começou dizendo que tinha de constatar, com auxílio de uma ecografia, se o tecido mamário tinha uma distribuição e uma ecogenicidade normal e se o padrão fibroglandular não produziria reforço acústico, sinal de ausência de fibrócitos, fibroadenomas ou lesões dominantes no quadrante superior externo até a cavidade axilar, que era por onde, presumivelmente, se implantaria o gel de silicone coesivo com paredes rugosas, sem afetar o tecido celular subcutâneo nem a região retroareolar com posição subfascial subglandular.

Diante da premeditada verborragia do Dr. Bermejo, os rostos de Catalina e Yésica ficaram tão perplexos como o de alguém que desperta de um ataque de epilepsia. Sem dúvida, o cirurgião rebuscou toda a terminologia a seu alcance para confundi-las, e conseguiu. Quando elas lhe pediram que repetisse na língua delas o que tinha acabado de dizer, o médico tentou baixar um pouco o nível de seu discurso:

— Ou melhor... Como explicava a vocês — disse ao ver os rostos confusos —, posso implantar as próteses de silicone ou pela cavidade axilar ou pela circunferência areolar, ou seja, pelo mamilo. O problema é que, devido à idade da menina, nenhuma destas áreas, nem mesmo as glândulas mamárias, se desenvolveram ainda o suficiente, e por isso corremos o risco de deformações não congênitas no final do desenvolvimento.

Assim, se você insistir na cirurgia, serei obrigado a deixar uma pequena cicatriz em forma de T invertido bastante feia ou, no lugar dela, uma cicatriz de corte vertical no sulco submamário.

Catalina continuava sem entender metade das palavras do médico, mas lhe disse, com extrema esperteza, que ele era o cirurgião e que ela confiava no que ele sabia fazer. Que enfiasse o silicone por onde quisesse e por onde pudesse, mas que o enfiasse, porque senão ela morreria de tristeza. E que não se preocupasse com as cicatrizes, porque a única coisa que importava ao namorado dela era que tivesse peitos grandes, mesmo que fossem listrados.

Sem alternativa, Alberto Bermejo aceitou fazer o exame e o orçamento da cirurgia, prescreveu uma dieta rigorosa e exigiu uma série de testes, pré-requisitos para se comprometer a operá-la. Catalina disse que não se preocupasse, pois ela seguiria com muita seriedade todas as indicações, e o médico lhe lembrou que a principal era trazer 5,5 milhões de pesos em dinheiro, e Catalina respondeu que não se preocupasse, mas que ficasse por 5 milhões redondos porque ela não conseguiria mais dinheiro.

Acertaram assim, e Yésica aproveitou a oportunidade para se informar sobre como era uma cirurgia de queixo. Alberto Bermejo disse que se chamava mentoplastia e que era possível aumentar a região, usando implantes de silicone, ou então diminuí-la, lixando o osso da mandíbula inferior. Quis saber o que ela queria fazer, se aumentar ou diminuir o queixo, porque, para dizer a verdade, ele não sabia qual era a operação de que a menina precisava, demonstrando claramente que ela não precisava de nenhuma das duas. Yésica se olhou no espelho, primeiro de frente e depois de perfil, e não soube responder.

Optou então por pedir o orçamento de uma plástica para aumentar as nádegas e outra para diminuir as bochechas.

O doutor lhe disse que o pós-operatório da primeira cirurgia era imundo e desesperador, mas, assim como Catalina, Yésica não ouviu seus argumentos e agendou uma operação que consistia, segundo Alberto Bermejo, em implantar próteses sob o músculo glúteo ou em injetar nas nádegas um líquido gorduroso extraído do abdômen ou de outro lugar através de uma lipoaspiração.

A outra cirurgia era conhecida como bichectomia e consistia em extrair um par de glândulas do rosto para diminuir o tamanho das bochechas. Yésica ficou de conseguir o dinheiro para as duas intervenções.

Acreditando piamente em seu futuro, visualizando seu corpo transformado por completo e imaginando como sua vida se tornaria rentável depois da operação dos seios, Catalina perguntou quanto poderiam custar todas aquelas cirurgias que o doutor tinha mencionado — ou seja, a dos seios, a das nádegas, a dos lábios, a lipoaspiração, a do queixo, a do nariz, a das bochechas e a da boca —, e o médico, com certo cinismo, péssimo humor e muito conhecimento das relações comerciais entre as mulheres e os traficantes, respondeu que muito dinheiro:

— Mais do que vocês podem ganhar durante todos os fins de semana de um ano inteiro, mas, desde que haja quem as apoie, não se preocupem, que a gente aqui faz até fiado.

Um pouco incomodada com a brincadeira, mas ao mesmo tempo animada, Catalina saiu da clínica pensando em como diria a Cardona que a operação não custaria 5 e sim 6 milhões de pesos, para poder ficar com 1 milhão e ajudar a mãe nas despesas da casa.

— Fica calma, parceira, que para aqueles demônios essa grana não é nada. É como tirar um pelo de um gato — disse Yésica, rindo para tranquilizá-la, e até se ofereceu para acompanhá-la no dia seguinte ao apartamento de Cardona, que ficava na cobertura de um prédio de quinze andares, onde, entre outras personalidades, viviam traficantes de drogas, políticos, empreiteiros do Estado, ex-guerrilheiros reintegrados à sociedade, militares aposentados, ex-funcionários de um ex-presidente que financiara sua campanha com dinheiro do narcotráfico, paramilitares e uma ou outra pessoa honesta.

Ao chegar em casa, Catalina encontrou um Albeiro muito arrependido de ter batido na namorada e se aproveitou do sentimento de culpa dele para se impor: disse que fosse embora porque não queria voltar a vê-lo nunca mais na vida. Que nunca esqueceria a bofetada, que jamais o perdoaria, que não se casaria e muito menos viveria como amante de um canalha que batia em mulher e que, desde aquele dia, ela faria o que tivesse vontade porque, em suma, todos a consideravam uma perdida, então dava no mesmo fazer ou deixar de fazer alguma coisa.

Albeiro, por sua vez, fez um discurso sentido e sincero esperando ser perdoado. Falou que jamais havia agredido uma mulher e que não voltaria a fazê-lo pelo resto de sua vida. Que se deixara levar pela ira, mas que era a segunda vez em sua vida que essa raiva se manifestara. Que ele a amava mais do que a própria existência e que se ela não o perdoasse e voltasse a ficar com ele acabaria morrendo. Repetiu, como já havia feito inúmeras vezes, que ela era a menina de seus olhos, que escrevia canções para ela, que lhe fazia poemas, que dançava pensando nela, que seu rostinho angelical estava esculpido em sua memória e que se lembrava dele a cada respiração, que sem ela não era nada, que jamais desconfiaria de sua inocência e que sem seu amor tudo perdia sentido.

— Você está me ameaçando? — perguntou Catalina com ar de quem não estava disposta a ceder às chantagens do namorado, e ele respondeu com a mesma sinceridade:

— Não, meu amor, mas juro que sem você prefiro deixar de viver.

Catalina ficou bastante impressionada com a expressão decidida no rosto de Albeiro ao prometer que se mataria caso não o aceitasse de volta. Mesmo assim, não sucumbiu. Pensou que, se cedesse à chantagem, passaria a vida inteira sob suas ameaças de se atirar do viaduto diante de qualquer ataque seu. Albeiro chorou a cântaros e até se ajoelhou para que ela o absolvesse, mas a menina de seus olhos sabia que, embora quisesse e morresse de vontade de voltar para ele e beijá-lo e abraçá-lo e deixar-se ser mimada, não podia perdoá-lo sem lhe arrancar, pelo menos, a promessa de que a deixaria operar os seios.

Por isso o deixou em suspense e se trancou no quarto sem que tivessem qualquer efeito as lágrimas de Albeiro, nem as pancadas de D. Hilda na sua janela que dava para a rua, tampouco os novos xingamentos de Bayron.

No dia seguinte, quando saiu do quarto e encontrou o pobre Albeiro dormindo de joelhos com a cabeça recostada na porta, Catalina ajudou-o a se levantar com pena, deitou-o em sua cama, deu-lhe água da moringa e o perdoou, depois de fazer um longo discurso cheio de reivindicações, a maioria injustas, e de obrigá-lo a jurar que não ia ficar com raiva porque ela ia aumentar os seios.

Dentro da extensa lista negociada por Catalina, que incluía liberdade para andar com as amigas, mais compreensão em relação à sua imaturidade por causa da pouca idade, menos desconfiança, menos perguntas quando ela chegasse tarde em casa e mais ajuda econômica, entre outras não menos absurdas, ficou explícita uma cláusula que impedia o fraco Albeiro de averiguar a origem do dinheiro que ela gastaria na operação. Ele aceitou todas as exigências da pequena e maquiavélica namorada. Em todo caso, e para não se sentir derrotado, se convenceu de que aquela era a única maneira que tinha de continuar vivendo. Satisfeita com o acordo vantajoso, Catalina foi descansar, desejando que a noite passasse logo para ir à casa de Cardona pegar os 6 milhões de pesos que ele lhe havia prometido para a operação.

Mas as coisas não corriam bem. Um fato inesperado estava para acontecer. Nas ruas se percebia um movimento estranho e o ar estava rarefeito. O trânsito estava instável, os motoristas dirigiam seus carros com extrema insegurança. As buzinas contaminavam o ambiente. O vento não movia uma única folha das árvores e o sol não apareceu durante todo o dia. Os rostos de todos os transeuntes pareciam cheios de suspeitas e os carros da polícia se movimentavam em silêncio, mas a toda velocidade.

9

Peitos extraditáveis

Catalina não ficou sabendo de nada, pois na casa dela a televisão ficava ligada nas novelas e os telejornais noturnos nunca eram vistos, mas um deles, alardeando um furo de reportagem, exibiu uma declaração do embaixador dos Estados Unidos na Colômbia de que a DEA, em colaboração com os órgãos de segurança do Estado colombiano, havia acabado de concluir uma rigorosa investigação que levantara os nomes dos novos chefes da droga, responsáveis por enviar mais de 200 toneladas de cocaína por ano aos Estados Unidos e à Europa.

Entre eles estavam Morón, Cardona e El Titi, nessa ordem de importância.

No dia seguinte, os jornais deram manchetes de primeira página com os nomes dos sucessores de Pablo Escobar, dos Rodriguez Orejuela, Carlos Lehder, Santacruz Londoño, dos Ochoa e Gonzalo Rodríguez Gacha, enfatizando que estes novos chefes do crime pertenciam a uma geração mais inteligente, no sentido de não ostentarem excessivamente, conseguirem subornar mais e serem mais escorregadios e educados porque, inclusive, alguns deles haviam estudado em grandes universidades, ao contrário de seus parentes, de quem haviam herdado o negócio. Em resumo, eram mais discretos.

Óbvio que a notícia, que se espalhou como fogo e chegou aos ouvidos de todo mundo, menos aos de Catalina e de Yésica, colocou em debandada os membros do novo cartel.

Algumas pessoas disseram que eles estavam refugiados em acampamentos guerrilheiros para escapar da ação da justiça. Outras, que estavam em negociação com os paramilitares que pactuavam naquele momento um acordo de paz com o governo, para que estes os fizessem passar por comandantes e conseguir, assim, um status político que os livrasse de um pedido de extradição que os Estados Unidos não negavam a traficante algum. Outras fontes garantiram tê-los visto voando às pressas para a Venezuela, para o Panamá e para Cuba em seus aviões particulares. O certo é que, quando Catalina e Yésica chegaram ao edifício onde Cardona vivia para pedir o dinheiro, só encontraram agentes da polícia, da procuradoria, da DEA, do Exército, da Interpol, da Sijin, da Dijin e do DAS e pelo menos uma dúzia de jornalistas abarrotados de câmeras.

As meninas não se preocuparam porque muitas pessoas públicas moravam naquele edifício e acharam que se tratava de seus seguranças, mas compreenderam que alguma coisa grave estava acontecendo quando foram paradas na porta por um oficial com aspecto inquisidor, que lhes perguntou aonde pretendiam ir. Nenhuma das duas soube responder e foram expulsas do lugar sem explicação.

Catalina começou a suspeitar que sua sorte estava novamente mudando quando Yésica perguntou a um dos policiais, que era seu amigo, o que estava acontecendo. O policial estava na folha de pagamento do cartel e respondeu em código que os patrões tinham sido levados dali por seus seguranças, que tinham escapado por pouco da polícia e tiveram de sair correndo antes que um avião da DEA os levasse para o outro lado. Queria dizer com isso que seriam extraditados para os Estados Unidos. Catalina voltou a sentir seu mundo desabar e entrou em pânico quando soube que Cardona e seus cúmplices haviam fugido em debandada. Yésica ligou várias vezes para seus celulares e todos encontravam-se desligados. Catalina acreditou no que o policial acabara de lhe contar e sentiu, de novo, a mesma vontade de morrer que havia experimentado no dia em que El Titi a rejeitara ou quando Albeiro lhe dissera que se tivesse um pouco mais de peito seria a rainha de Pereira.

— Cara, a gente se fodeu! — disse Yésica assustada, andando de um lado para o outro, morta de medo porque esta nova situação acabaria matando-a de fome e a Catalina, de tristeza.

— E agora? — Mal conseguiu dizer a petrificada Catalina enquanto sentia suas forças se esvaindo.

Yésica não disse nada e as duas foram tentar entrar em contato com seus clientes da máfia, mas o único que respondeu, e com voz alterada, foi Mariño. Yésica perguntou por Cardona, mas o homem se assustou, afirmou muito nervoso que não conhecia nenhum Cardona e que, com certeza, se tratava de um engano. Depois encerrou a chamada. Voltaram a ligar, mas o telefone já estava desligado. Sem alternativas e vendo como estavam as coisas, Yésica só conseguiu dizer com tristeza à sua pálida amiga:

— Cara, a gente se fodeu. Os desgraçados fugiram e deixaram a gente na mão.

Para descarregar a raiva que sentia diante desta nova decepção, Catalina procurou o telefone de Orlando Correa e marcou um encontro no parque principal, sob a estátua do Bolívar, onde Cavalo a deixara plantada cheia de esperanças na tarde chuvosa em que não apareceu. Parabenizou-o em código por ter feito "a coisa" como devia, ou seja, por ter matado Cavalo sem que ninguém o tivesse flagrado, e acertou que se veriam às quatro da tarde, porque precisava encontrá-lo para declarar o quanto o amava e lhe pedir o favor de levá-la para a cama.

Achando que estava vivendo um conto de fadas por ser desejado por uma mulher tão linda como Catalina, Orlando Correa chegou às quatro em ponto ao local do encontro e cumprimentou-a com afeto e esperança. Usava perfume e estreava uma calça de linho bege e sapatos de camurça marrom. A camisa branca de listras verdes e caramelo, que não era nova, estava muito limpa e elegante. Catalina também estava bonita e fazia um esforço sobrenatural para que Orlando não percebesse nem o ódio que ela sentia por ele nem como estava triste pela debandada dos traficantes, especialmente a de Cardona.

Angustiado, Orlando quis atender ao principal pedido que Catalina lhe havia feito ao telefone e convidou-a a um motel. A garota respondeu que aceitava com prazer, mas, tecendo a rede de sua vingança, explorou a vulnerabilidade do machão e perguntou se ele gostaria de ir para a cama com duas mulheres ao mesmo tempo, pois ela tinha uma amiga que também estava precisando de um homem e ficava triste de deixá-la sozinha nesse estado, sendo, como era, sua irmã de consideração. Orlando respondeu com um nó na garganta que sim, que lógico, que claro, como não, que não havia problema. Não conseguia acreditar. Estava prestes a realizar sua fantasia sexual e ir além ao lado da mulher que começava a amar. Foram então buscar Yésica, que estava por dentro do plano, e os três se enfiaram em um dos quatro motéis que encontraram em um mesmo quarteirão na saída para Armênia.

Por grande gentileza de Orlando, se instalaram na suíte mais luxuosa que encontraram naquele lugar decorado com mau gosto, que combinava colunas cheias de ranhuras e seus pedestais enormes copiados da antiga Babilônia, grandes vitrais pós-modernistas e jardins com floreiras penduradas nas janelas típicas das fazendas de café. No quarto encontraram uma cama para três cuja estrutura servia de suporte a duas mesas de cabeceira sem graça, dois abajures presos na parede e um rádio de automóvel incrustado na maior gaveta de uma das mesinhas. Perto da porta havia um confortável sofá listrado, uma mesa com três cadeiras e um vaso de vidro grosso e pesado. As cortinas eram vermelhas, assim como o tapete do quarto. Uma televisão presa na parede exibia as imagens pornográficas de sempre: uma mulher chupando o pau de um homem. Diante do olhar incrédulo e ansioso do homenageado, as duas jovens começaram a tirar a roupa com uma alta dose de premeditada sensualidade, enquanto o ingênuo guarda-costas se despia com lentidão e angústia, sem tirar os olhos de cima delas.

Seguindo o plano, de repente elas interromperam o show e pediram a Orlando que se deixasse amarrar para tornar a brincadeira mais excitante. Correa, como era chamado por seus companheiros e chefes, aceitou a irresistível proposta sem objeções. As mulheres amarraram seus pés e suas mãos à cama usando cordas que haviam trazido nas bolsas. A agitação não permitiu que ele suspeitasse de nada.

A verdade é que, assim que o inocente homem foi reduzido à impotência, elas começaram a se vestir diante de seu total espanto e subiram sobre ele querendo fazê-lo pagar por tudo o que o guarda-costas e seus dois amigos haviam feito e também por tudo o que não fizeram. Bateram nele de maneira impiedosa, em uma espécie de julgamento sumário, enquanto recordavam seus delitos.

Espancaram-no até a exaustão, ferindo sobretudo os órgãos genitais, para que jamais pensasse novamente em abusar de uma garota. Catalina batia com fúria no pênis e nos testículos com o vaso que estava lá para enfeitar o quarto. Os gritos de Orlando competiam com o rádio, cujo volume Yésica tinha aumentado ao máximo. O refém gritava pedindo perdão, mas as súplicas não surtiram o menor efeito. As mulheres estavam dispostas a despojá-lo para sempre da arma com que violentava as meninas, e o fizeram. Orlando perdeu um testículo, a sensibilidade da glande e a possibilidade de algum dia procriar.

Antes de fugir do motel, Catalina o obrigou a contar o nome do terceiro homem que a havia estuprado naquela noite, e o pobre Orlando, abatido como estava e sob a ameaça de perder para sempre o pênis e o testículo que lhe restava, não teve remédio a não ser contar que se chamava Jorge Molina, ao mesmo tempo em que revelava o número de telefone do colega.

As duas marcaram um encontro com Jorge Molina no mesmo lugar. Catalina lhe disse que ficava cheia de tesão ao se lembrar dele, que dos três era de quem ela mais havia gostado, perguntou se ele tinha algum problema de fazer amor com ela e se ficaria chateado se Catalina levasse ao encontro deles uma amiga que estava necessitada de homem, pois tinha pena de deixá-la morrendo de desejo, ainda mais depois de ter lhe contado que ele era a melhor foda do mundo. Jorge Molina, o mais tarado dos três, não se incomodou. Seu ego de macho onipotente foi às nuvens.

Era como se o céu não fosse mais aquele conjunto de nuvens brancas e cinzentas sobre o fundo azul que via todas as manhãs de sua janela, e sim o paraíso de fazer amor com duas lindas meninas como Catalina e Yésica. Levou a coisa tão a sério que, antes de ir ao motel, entrou em uma sex shop e gastou uma fortuna com vibradores feitos na China, lingeries sensuais, retardadores de ejaculação e até uma fantasia de garçonete para que as meninas ficassem mais provocantes do que já eram.

A caminho do motel, imaginou todas as fantasias do mundo. A principal era a de propor que as duas se casassem com ele. Pensava em lhes dizer que as amava muito e em propor que fossem viver a três porque, se agora ele usava um carro emprestado, protegendo seus patrões, em pouco tempo seria um deles. Diria que já conhecia o negócio, que já sabia produzir cocaína, que já conhecia as rotas de memória, que já sabia onde encontrar os contatos no México, em Los Angeles, Nova York, Chicago e Madri e que, dentro de muito pouco tempo, quando delatasse seus chefes à DEA, teria dinheiro suficiente para permitir que vivessem como mereciam, como as duas princesas que eram.

Pensou também que não era má ideia gastar o que lhe restava do pagamento da quinzena levando-as a um shopping depois do motel. Poderiam comprar roupas bem bonitas, e sapatos também, para que fossem se familiarizando com seus modos expansivos e generosos. Entrando no quarto, chegou a dizer às meninas que iriam às compras ao sair do motel. Elas lhe agradeceram na mesma hora, cada uma beijando uma bochecha sua, e o aconselharam, pensando em quanto dinheiro ele teria, que não deveria se incomodar porque elas eram muito exigentes, razão pela qual qualquer besteira poderia acabar sendo muito cara para ele. Jorge Molina, que durante toda a vida teve a presunção de um traficante, lhes disse que não se preocupassem, porque quando ele prometia uma coisa era porque podia. Que o dinheiro era o de menos, porque ele estava começando a negociar dois quilinhos semanais e que era melhor que começassem a tirar a roupa porque ele já estava pegando fogo.

Assim fizeram antes de amarrá-lo com o pretexto de deixar as coisas mais emocionantes, e horas depois o pobre Jorge Molina jazia sobre a cama, ensanguentado, prestes a perder a consciência, com os genitais em estado lamentável, o rosto cheio de hematomas e revelando o código do cartão de débito que, com 300 mil pesos, era a única coisa que justificava seu falatório. Em um caixa eletrônico do centro de Pereira elas sacaram 860 mil pesos, que era tudo o que o pobre Molina tinha, e foram se embebedar por dois motivos. O primeiro era comemorar a vingança contra os três homens que impediram Catalina de vender sua virgindade a Mariño, e o segundo era para afogar as mágoas provocadas pela fuga de seus amigos traficantes.

Naqueles dias, tanto Orlando Correa quanto Jorge Molina se viam em situações muito semelhantes, com a masculinidade e os rostos destroçados, mas ambos tiveram vergonha de admitir que estavam naquelas condições deploráveis graças à ira de duas mulheres e por isso um deles inventou que um táxi o tinha atropelado quando descia da caminhonete do patrão, e o outro, Jorge Molina, mais malandro, que um homem havia tentado matá-lo, certamente porque não quisera ceder a uma extorsão de um grupo guerrilheiro que o chantageava.

Disse que, pela sua aparência, pelos carros em que andava e pelas roupas de qualidade que usava, uma frente das Farc o confundia, frequentemente, com um rico. Nenhum dos dois acreditou na versão do outro, mas as histórias inventadas serviram para justificar diante dos demais a mudança física de seus rostos e fizeram com que o status de Jorge Molina crescesse perante sua família e seus amigos.

A fuga dos traficantes, porém, não se limitou a afetar pela terceira vez o ego e os sonhos de Catalina ou o bolso de Yésica, ou o número de atendimentos na sala de cirurgia da clínica estética, ou os planos do Dr. Bermejo de comprar um BMW.

Também afetou as relações familiares de Ximena, Vanessa e Paola, cujas mães, acostumadas a receber grandes compras de supermercado e o dinheiro do trabalho das filhas, começaram a despejar ladainhas em cima delas, dia e noite, até levá-las a tomar uma decisão desesperada e humilhante: trabalhar em um bordel onde, por muito, muito menos dinheiro, iriam para a cama três vezes por noite com desconhecidos de todos os níveis.

Não contaram isso a Catalina e a Yésica, que terminaram em Bogotá indo de uma clínica estética à outra e passando da casa de um amigo — que se cansaria delas em uma semana — à casa de outro, que não sabia que se cansaria delas em uma semana.

O primeiro cliente da outrora valorizada Paola foi um funcionário público. Estava perfumado e muito bem-vestido, mas não era exatamente um bom amante. O burocrata combinou que pagaria 200 mil pesos por uma hora de prazer com ela. Uma vez fechado o negócio, o sujeito se enfiou no banheiro, tirou do paletó uma caixa de Viagra e tomou um comprimido com água da pia, bebendo-a com as mãos em cuia.

Paola, que o esperava em um dos seis quartos úmidos e cheios de más vibrações da casa, só pensava em El Titi e no que ele iria lhe dizer quando soubesse que, por sua culpa protecionista, tivera de virar puta.

E então o homem de aspecto bonachão e cara de corrupto apareceu e começou a esboçar um sorriso estúpido e nervoso que usou para lhe pedir um beijo. Ela disse que os beijos eram exclusividade do namorado e conseguiu aborrecê-lo tanto que o homem, sem dizer palavra, subiu na cama, se enfiou sob os lençóis, tirou a calça e a cueca, dobrou-as de maneira obsessiva, colocou-as sobre a mesa de cabeceira, puxou Paola e começou a trepar, em completo silêncio e sem tirar nem a camisa nem as meias pretas, finas, leves e tão compridas que iam até os joelhos. Paola chorou de raiva, em silêncio e sem sentir prazer algum.

Naquele momento, não sentiu tanto sua queda vertiginosa ao abismo da desgraça como no instante em que o homem sorridente e com cara de corrupto tirou da carteira duas notas de 50 mil e cinco de 20 mil e as atirou com mesquinhez sobre a cama desarrumada, para depois sair sem se despedir.

Com Ximena foi pior. Na primeira noite ela foi obrigada a se deitar com o dono do estabelecimento — um homem que tinha em seu histórico pelo menos quinhentas mulheres, a maioria prostitutas —, sem receber um único peso por seus serviços.

A sorte de Vanessa não foi melhor do que a das duas amigas. Para começar, teve de lutar com um cliente que se recusava a transar com ela usando preservativo. Dizia que não ia trepar com camisinha, que assim não sentia prazer e que pagaria o dobro se ela permitisse que a penetrasse sem aquela pele de borracha incômoda e asquerosa. Vanessa, que precisava do dinheiro, quase permitiu, mas começou a pensar que se aquele sujeito fazia a mesma coisa com todas as prostitutas da cidade certamente já tinha Aids ou alguma doença venérea. Por isso reprimiu a vontade de aceitar e, em troca, propôs que a deixasse fazer coisinhas muito interessantes sem que precisasse penetrá-la.

O sujeito aceitou com relutância e se despiu de má vontade. Chegou a manifestar sua intenção de sair do quarto para procurar outra mulher, mas Vanessa lhe pediu que não fosse embora, que a deixasse tentar algo porque ela não queria que ele partisse com uma má imagem das mulheres daquele lugar.

O homem, que tinha cara de serial killer, olhar de louco, sobrancelhas grossas, maçãs do rosto salientes, queixo pronunciado e óculos de armação preta e pesada, lhe disse que ela tinha dois minutos para demonstrar por que ele não deveria ir embora.

Mas Vanessa só precisou de um minuto para mostrar ao homem que era a melhor. Quando acabou, o anônimo sujeito vestido de preto ficou tão satisfeito com a versatilidade e a imaginação da mulherzinha que resolveu, simplesmente, lhe pagar em dobro pelos serviços. Uma vez para honrar a tabela e a outra porque ela o tinha levado ao êxtase. Pediu também que se tornasse sua amante, mas Vanessa, imaginando que a vida ao lado de um depravado como aquele não seria fácil, logo o enrolou com um argumento muito inteligente. Disse que não podia fazer uma coisa daquela porque tinha de ser muito sincera com ele e precisava confessar o motivo que a levara a se negar a trepar sem camisinha. Ele lhe perguntou que motivo era este e Vanessa não hesitou em inventar que estava infectada com o vírus HIV, que não queria prejudicar ninguém e por isso exigia de todos os clientes que usassem camisinha.

O estranho personagem soltou uma gargalhada e a empurrou com carinho para depois dizer que não se preocupasse, que não havia problema nenhum que vivessem juntos, uma vez que ele também tinha Aids. Um calafrio intenso percorreu o corpo de Vanessa enquanto o louco, vestido de preto, lhe explicava como era sua curta vida agora. Disse, sem esconder sua bissexualidade, que havia sido contaminado por um namorado, e que, quando o companheiro morreu, resolveu se vingar do mundo transmitindo a doença a quem pudesse, tanto fazia se fossem homens ou mulheres. Que uma dúzia de prostitutas e outra dúzia de jovenzinhos da cidade já haviam sido contaminadas por ele e que sua meta era chegar a 150 vítimas antes de morrer.

Vanessa, que estivera perto de virar a vítima número 25 do desequilibrado, entrou em pânico e tentou se livrar o mais depressa possível do homem. Falou que tudo aquilo era uma maravilha. Que achava bom que todos sentissem na própria pele o que eles estavam sentindo e que de agora em diante passaria a sugerir a seus clientes que trepassem sem proteção. O desequilibrado mental ainda sugeriu que, se eles insistissem em usar camisinha, ela devia beliscar dissimuladamente o preservativo na ponta, para lhes aprontar uma "cachorrada". Combinaram de se ver no dia seguinte para ir às compras e o assassino desapareceu com cara de felicidade.

Quando calculou que o depravado já estava longe do quarto, Vanessa começou a tremer de medo, com a certeza de ter estado à beira da morte, e foi correndo, enojada, se lavar com uma bucha. Depois saiu perguntando a todo mundo se era possível contrair Aids por via oral.

As mães de Vanessa, Paola e Ximena voltaram a ficar calmas. A tranquilidade voltou à vida das três, e também as compras de supermercado às suas geladeiras. Felizes com o retorno do dinheiro, nenhuma delas fez perguntas e todas as três começaram a censurar os irmãozinhos das meninas por não deixá-las dormir durante o dia.

O fato é que, com a chegada das vacas magras após a debandada dos traficantes, todas as mulheres que tiravam seu sustento dos ilimitados talões de cheque deles tiveram de recorrer a diferentes estratégias para não sofrer uma queda em seu padrão de vida e ter sua renda reduzida. Paola, Ximena e Vanessa viraram profissionais do sexo, Catalina e Yésica foram tentar a sorte em Bogotá, muitas outras que não conheciam viraram misses disso e daquilo, e as mais bonitas e inteligentes foram trabalhar na televisão. Algumas, as menos talentosas, foram para a cama com diretores, roteiristas e produtores para ganhar um papel, o que gerou uma onda de indignação entre as atrizes que haviam passado vários anos estudando artes cênicas para merecer um papel de segunda categoria em uma novela.

10

Benditos sejam os hóspedes, pela alegria que nos proporcionam no dia em que partem

O primeiro amigo que Catalina e Yésica visitaram em Bogotá com o objetivo de passar uma noite, que se transformou em nove, foi Oswaldo Ternera. O amigo gordo das meninas de Pereira era um ex-funcionário da procuradoria que tinha sido demitido da instituição por má conduta, quando ficou comprovado que deixara expirar os prazos legais que permitiriam que um mafioso fosse condenado.

Oswaldo Ternera aproveitou sua proximidade e amizade com alguns ex-colegas do setor da justiça e começou a trabalhar como espião para os traficantes, a quem revelava com antecedência as decisões judiciais que os afetariam para que tivessem tempo de agir, seja fugindo, assassinando os juízes em cujos gabinetes repousavam seus processos ou subornando aqueles que se deixavam ser comprados, que não eram poucos.

Yésica o tinha conhecido no aniversário de Morón, aproveitando que era a única das sessenta mulheres que não estava comprometida com um dos convidados. Nesse dia, acobertado pela comoção dos convidados durante a interpretação da *ranchera* "El rey", Oswaldo lhe deu seu telefone pedindo que ligasse para ele quando fosse a Bogotá. Por isso, quando a jovem telefonou perguntando se podia ficar em sua casa com uma amiga por uma única noite, Oswaldo Ternera disse que sim antes que ela acabasse de falar. E a possibilidade de um *menage à trois* despertou tanto sua lascívia que ele correu até o supermercado para se abastecer de bebidas, preservativos e comida.

As meninas chegaram por volta das sete da noite garantindo a seu anfitrião que viajariam no dia seguinte e, para ganhar sua confiança, lhe mostraram até as passagens de avião. Instalaram-se em um quarto que ele lhes designou, desfizeram as malas cheias de roupas, sapatos, perfumes e cosméticos, e foram ver televisão, enquanto o entusiasmado e ingênuo Oswaldo Ternera lhes preparava um jantar fantasiando a possibilidade de retê-las, nem que fosse por mais uma noite, no caso de aquela não ser suficiente para usufruir dos encantos das duas ou, pelo menos, das habilidades de uma delas.

Uma noite não foi suficiente para Oswaldo Ternera conquistar as mulheres, que inventaram todo tipo de desculpas para evitá-lo, e por isso ele mesmo, sem saber que estava cometendo o pior erro de sua vida, lhes pediu, não, melhor, suplicou, que ficassem mais um dia.

— Não vão embora, fiquem. Depois vocês recuperam o tempo perdido; se ficarem, vamos ao cinema ou dançar, não sei, aonde quiserem, vejam, se é para fazer alguma coisa, que a gente faça direito. Não me façam implorar tanto. O que vocês vão fazer em Pereira numa terça-feira? — perguntou antes de convencê-las, ignorando que para isso não precisaria ter aberto a boca.

Elas, que desde a noite que chegaram sabiam que não sairiam daquele apartamento até que Catalina tivesse seios grandes ou que Oswaldo as expulsasse por mau comportamento, resistiram um pouco, usaram alguns argumentos razoáveis e, com certa dificuldade, aceitaram ficar, conseguindo arrancar do pobre Oswaldo um sorriso semelhante ao dos vendedores de enciclopédia quando, finalmente, alguém assina um pedido de compra.

Dedicaram o dia seguinte inteiro a visitar, com uma obsessão digna de penitentes, os vários consultórios de cirurgiões plásticos de Bogotá. Como usavam as roupas de grife que haviam restado dos tempos áureos do tráfico, eram sempre bem-recebidas nas clínicas que visitavam. Na primeira, lhes disseram que a cirurgia custava 4 milhões de pesos, que requeria anestesia geral, que duraria trinta minutos e que o repouso era de duas semanas. O problema era que os exames preliminares custavam 300 mil pesos, o mesmo que as outras clínicas exigiram. As jovens não tinham essa quantia, então desapareciam de cena como que por encanto e jamais voltavam.

Uma vez se enganaram e voltaram ao mesmo lugar, só que por ruas diferentes, e se viram diante do Dr. Mauricio Contento, que ao vê-las exclamou rindo:

— Eu sabia que voltariam, ninguém mais vai oferecer a vocês os preços e a facilidade que temos aqui.

Referia-se ao fato de a clínica aceitar um cheque de cinquenta por cento do preço a ser descontado no dia e dois cheques pré-datados para trinta e sessenta dias pela metade restante. Elas, que não tinham cheques, nem cartões de crédito nem amigos nem nada, tentaram disfarçar sua situação, mas não fingiram bem, pois Mauricio Contento descobriu que nenhuma das duas tinha onde cair morta. Pediu-lhes 20 mil pesos para uma formalidade qualquer e Yésica respondeu, nervosa, que iriam ao caixa eletrônico para retirar o dinheiro e perguntou se ele sabia onde havia algum. Mas Mauricio Contento não queria perder a oportunidade de acrescentar à sua lista de mulheres uma menina tão jovem e tão bonita como Catalina, e por isso as deteve com uma mentira maior do que a do caixa eletrônico:

— Podem pagar depois. Entrem. Precisamos dar uma olhadinha em Catalina para ver o que podemos fazer.

Examinou-a, excitou-se, fascinou-se com seus quadris e sua bunda dura como espuma ortopédica e decidiu, como objetivo urgente, levá-la para a cama em troca da operação e da promessa de que ela pagaria quando seus amigos da máfia tivessem enfim subornado todo o mundo para poder sair da clandestinidade. Mas ele sabia que se quisesse tirar o máximo proveito de sua situação e posição deveria lhe dar a solução aos poucos. Primeiro diria que não era possível. Que ele poderia até fazer a sua parte de graça, ou seja, a mão de obra da cirurgia e o aluguel da sala de operações, mas que elas tinham de conseguir o dinheiro para a matéria-prima, ou seja, os implantes de silicone, que custavam pelo menos 2 milhões de pesos. No entanto, e pensando em trocar as próteses por momentos de prazer, deixou uma porta aberta para que as meninas não desaparecessem de todo e sugeriu que voltassem no dia seguinte para ver se ele ou elas haviam pensado em outra solução.

No dia seguinte, e com os olhos inchados de tanto chorar, Catalina apareceu no consultório do Dr. Mauricio Contento, acompanhada como sempre por Yésica, para dizer que por ora não era possível fazer a cirurgia, pois, para ser sincera, não tinha de onde tirar 2 milhões de pesos. Ao ver o pessimismo e o desalento estampados nos olhos da menina, o médico perguntou o que havia acontecido até descobrir o que já sabia. Mauricio Contento só se limitou a lhes instruir que tivessem paciência, porque ele também havia sido prejudicado pela fuga de muitos mafiosos que lhe deviam cerca de 80 milhões de pesos por conta de operações de namoradas, amigas ou familiares.

Em seguida, e observando atentamente as pernas e os quadris da menina dos olhos de Albeiro, o médico fez questão de demonstrar sua responsabilidade social, seu esforço em relação aos sem-teto e sua fome pela ilíquida jovem cliente de nádegas de aço. Disse que não se preocupassem, porque ele ia ver como podia arranjar uma maneira de operá-la fazendo outro desconto grande, excepcional. Que tivessem cuidado porque a praça estava cheia de médicos inescrupulosos e às vezes falsos que só queriam levar as meninas para a cama em troca de alguma cirurgia e que, em certas ocasiões, recebiam o adiantamento sexual e depois não faziam nada. Catalina voltou a chorar. O médico pediu a Yésica que os deixasse sozinhos. Disse que não chorasse mais porque acabaria ficando feia. Abraçou-a e pegou-a pelos quadris, imaginando que outro tipo de desconto poderia lhe fazer, e foi tão abalado pelo desejo que mandou para o caralho todo seu orçamento:

— Olhe, meu amor, vamos fazer uma coisa. Pare de chorar e se anime. Vou operar você! Depois você me paga!

Catalina mal podia acreditar, e ele repetiu a promessa abraçando-a e apertando-a contra o peito.

— Não vou cobrar nada pela operação e vou fazer os implantes de graça, porque me dói muito ver você desse jeito. Além disso, tenho medo que caia nas mãos de algum bandido que só queira se aproveitar de você. Está tão decidida a se operar que é capaz de cometer uma loucura, e não quero que nada aconteça a você, entendeu?

Catalina respondeu mexendo a cabeça para cima e para baixo enquanto limpava as lágrimas no colarinho da camisa branca do Dr. Contento. O médico fez algumas piadas, nem boas nem ruins, mas o fato é que conseguiu arrancar um sorriso de sua futura vítima. Depois lhe deu um beijo na testa apertando com força seus quadris contra sua pélvis, procurando, talvez, uma confirmação do negócio que haviam acabado de combinar. Catalina se balançou um pouco e beijou o médico, aceitando o compromisso de lhe pagar.

Felizes com a notícia, as mulheres voltaram ao apartamento de Oswaldo Ternera pela décima vez consecutiva, mas este não quis mais abrir a porta. Deixou as malas delas na portaria do edifício e disse ao porteiro que não lhes desse explicações. Justificou sua atitude, sem que o zelador pedisse, contando que aquelas garotas o tinham enganado. Que não arrumavam as camas, que largavam a roupa de baixo suja e espalhada por tudo quanto é canto, que não se dignavam a lavar um único prato, que lhe deixaram uma conta de telefone astronômica e que, fora isso, o pior, o imperdoável, nenhuma das duas quisera ir para a cama com ele.

A verdade é que elas estavam com o gosto um pouco mais refinado, e Oswaldo Ternera não tinha aparência nem dinheiro, o que, para quase todas as mulheres, era o melhor dos afrodisíacos. Por isso se dedicaram a seduzi-lo, a lhe dizer como era lindo, como era másculo, como era inteligente e muitas outras coisas que não o satisfaziam, pois o que ele sonhava mesmo era fazer sexo com uma das duas ou com as duas ao mesmo tempo, mas achava que essa era uma possibilidade cada vez mais remota.

Por isso, na manhã seguinte à noite em que Yésica o tinha deixado excitado, em plena madrugada, quando ele fora à sua cama no meio das sombras e quis deitar ao lado dela com o pretexto de que fazia muito frio, Oswaldo Ternera, em um ato de coragem, empacotou as roupas delas, tirou de uma de suas bolsas um relógio que era dele — e que uma das duas pensou em roubar — e levou as malas para a portaria. Desligou o telefone e ficou observando-as da janela de seu apartamento no terceiro andar, refletindo sobre sua malsucedida tentativa de comer Yésica e pensando, talvez, que se ela não o tivesse aceitado em sua cama e depois o acariciado, sua ira não teria sido tão exagerada.

Quando elas apareceram na rua, desconcertadas, aborrecidas e xingando Oswaldo, este as olhava com a cortina fechada, destroçado e frustrado. Sentiu saudade e tristeza, vontade de voltar atrás e chamá-las, mas pesaram mais as recordações desagradáveis como a da noite em que ficara observando escondido Yésica tocar com sutileza e morbidez o corpo de Catalina, sem que soubesse se ela dormia ou fingia dormir. Por isso voltou atrás em voltar atrás e deixou que partissem.

À meia-noite e depois de percorrer meia Bogotá em um táxi que, sem que soubessem, estava consumindo quase todas as suas economias, as duas conseguiram o telefone de um amigo que Yésica havia conhecido meses antes em uma boate de Pereira, na época em que o pessoal da máfia subornava os leões de chácara para que a deixassem entrar, embora não tivesse 18 anos.

Ligaram e pediram a Benjamín que as deixasse ficar em seu apartamento por uma noite, porque tinham perdido o voo, mas que ele não se preocupasse porque já tinham confirmado a volta à Pereira para as dez da manhã, de modo que às oito horas, o mais tardar, já estariam desocupando o quarto. Ele disse que sim, que podiam ficar, mas que estava preocupado com alguns problemas. O primeiro era que vivia sozinho em um pequeno apartamento-estúdio e, portanto, se veria na deliciosa obrigação de compartilhar sua cama com as duas, claro, se isso não as incomodasse; e, o segundo, que sua namorada chegaria ao meio-dia para preparar o almoço porque era aniversário dele. Catalina e Yésica lhe responderam que era uma pena, que o objetivo delas não era incomodá-lo, mas que aceitavam dormir com ele e que não se preocupasse com a namorada, porque quando ela chegasse as duas já estariam em Pereira.

Benjamín aceitou sem saber que aquele dia não teria 24 e sim 1.800 horas e que, também, perderia não apenas a amizade das meninas, que não lhe interessava mais nem um pouco, mas também a namorada, a crença nas pessoas em geral, uma agenda eletrônica, uma pulseira de ouro e os 2 milhões de pesos que lhe custou a conta telefônica que chegou um mês depois da partida delas, que partiram não por livre e espontânea vontade, mas pelo show que ele mesmo teve de montar junto a seus familiares, convidando-os para vir de uma cidade distante e passar as férias em seu apartamento.

Disse às meninas que sua mãe estava muito doente e que precisava vir à capital para fazer alguns exames, acompanhada de uma irmã e do sobrinho. Que, é claro, o apartamento era muito pequeno para alojar seis pessoas e que, por isso, suplicava, encarecidamente, sim, apelava a sua lógica, ficava de joelhos em nome de sua amizade, mas, por favor, que fossem embora. Sem dar nem um pio, mas que partissem, sem entregar algumas das coisas que tinham desaparecido, mas que fossem embora, sem agradecer, se fosse preciso, sem dizer nada e sem olhar para trás, mas que, por favor, desaparecessem de uma vez por todas e para sempre. Elas ficaram.

A mãe de Benjamín chegou com o neto, a filha, algumas malas grandes e o roteiro decorado. Apareceu se queixando e definiu seu território deitando com as pernas abertas ao longo da cama onde dormiam as intrusas, enquanto a irmã de Benjamín colocava compressas de água morna na cabeça dela e lhe dava aspirinas fingindo que eram relaxantes, antibióticos, anti-histamínicos, desoxidantes, estabilizadores do sistema nervoso, cicatrizantes e até antidepressivos. A senhora desempenhou tão bem seu papel que Catalina e Yésica acabaram levando-a a usufruir da situação e acharam que não era boa ideia abandonar, naquele momento tão difícil, o amigo que lhes estendera a mão quando mais precisaram. Elas ficaram!

Como se Oswaldo Ternera estivesse lhe dando conselhos, no dia seguinte, aproveitando que as hóspedes indesejadas tinham ido almoçar com Mauricio Contento, Benjamín colocou suas coisas nas malas e deixou-as na portaria com uma ordem peremptória ao porteiro para que proibisse a entrada das duas.

Chamaram-no de filho da puta e atiraram pedrinhas em sua janela para que aparecesse, mas Benjamín se limitou a observá-las por trás das cortinas e não apareceu. Ao contrário de Oswaldo Ternera, não sentiu remorso nem vontade de voltar atrás, nem dor, nem pena, nem nada diferente de desejos íntimos de pular, rir e gritar bem alto que não voltariam nunca mais porque ele não sentiria falta delas e que a única coisa boa de tê-las hospedado era vê-las partir.

Foram embora com mais raiva do que vergonha e se hospedaram em um hotel de duas estrelas pago por Mauricio Contento, que com a promessa de operá-la o quanto antes já havia metido Catalina uma dúzia de vezes em sua cama, transformando-se, assim, no quinto homem da vida dela e destinando ao pobre Albeiro a possibilidade de ser o sexto, e não o primeiro homem da vida da menina de seus olhos.

Mauricio disse que não podia levá-las à sua casa porque sua mãe reclamaria em alto e bom som, mas elas, que já sabiam que o cirurgião era casado, se fizeram de desentendidas e aceitaram a ajuda. O cirurgião instalou as meninas por uma noite em um hotel, convencido de que no dia seguinte voltariam a Pereira. Antes de partir, convidou-as a voltar uma semana depois para a cirurgia que, segundo ele, já encontrava-se preparada e programada.

Assim como a Oswaldo Ternera, uma noite virou mais de uma semana; e a Benjamín Niño, outra noite virou 75; a noite de hotel que Mauricio Contento deu de presente a suas amigas acabou sendo muito longa e só terminou 14 dias depois, no dia 18 de junho, quando Albeiro apareceu no saguão do hotel para cobrar o que Catalina lhe havia prometido: entregar sua virgindade quando completasse 15 anos.

Catalina não podia receber presente maior que a presença do homem que mais amava neste mundo. Albeiro largou com indiferença um urso de pelúcia que trazia e caminhou até sua amada com vontade de chorar e um buquê de 15 rosas compradas na porta de um cemitério.

Ela se atirou em seus braços, derretendo-se em felicidade e raiva de vê-lo. Beijou-o, abraçou-o com força e chorou com infelicidade por muitas horas, em meio ao assédio de Albeiro, cujo interrogatório pretendia descobrir o motivo de seu desdém. Não conseguiu, mas quase descobriu por pura coincidência, quando o interfone do quarto tocou e Yésica respondeu em código, pálida de medo, e fazendo sinais com os olhos para a amiga:

— Não, não, não. Diga que estou descendo — respondeu assustada, desligou o interfone e saiu correndo, enquanto Catalina, que tinha certeza de que Mauricio Contento estava no saguão do hotel, se esforçava para afastar Albeiro da janela para evitar que visse o esforço que sua amiga teria de fazer para impedir que o Dr. Contento subisse ao quarto.

Não conseguiu, porque a desconfiança de Albeiro levou-o a fazer conjecturas. Mas quando o namorado fraco começou com sua ladainha, ameaçando até descer para averiguar o que estava acontecendo, Catalina brandiu com inteligência os parágrafos mais importantes do rol de exigências que ele havia assinado meses atrás, depois de ter batido nela, e como condição de ser perdoado e que, entre outras coisas, lhe servira para ir a Bogotá sem que o pobre Albeiro pudesse dizer mais que tchau, amor, tenha cuidado.

Disse que ela não tinha nada a ver com o que Yésica estivesse fazendo. Que aquele senhor era um amigo dela e que se estavam discutindo a culpa não era sua. Que Albeiro se lembrasse da promessa de não incomodá-la nem desconfiar dela e que, se não fosse capaz de cumpri-la, que fosse embora para Pereira e a deixasse sozinha, porque não tinha interesse em ficar com um sujeito que desconfiava de seu comportamento. Como sempre, e enquanto Yésica afastava o perigo do andar térreo do hotel, o pobre Albeiro acabou derrotado a ponto de alguns minutos depois já estar pedindo perdão a Catalina por não confiar nela.

Ela o perdoou, impondo novas condições, e começou a suar frio quando ele aceitou todas e recordou, com incontáveis carícias, que ela também tinha se comprometido a fazer amor com ele naquele exato dia. Catalina se assustou, mas, em um instante, aceitou a obrigação e se acalmou. Precisava ganhar tempo. Não lhe ocorreu nada exceto fingir, garantindo que ela também estava esperando por aquele momento com ansiedade, mas que preferia esperar mais um dia e fazer tudo em Pereira, sem a pressão da viagem e longe da presença da amiga. Albeiro aceitou e sentiu vontade de morrer de felicidade.

Catalina ficou preocupada: sabia que com cinco homens e um aborto nas costas não conseguiria vender com facilidade o mito da virgindade ao namorado, mas tinha de tentar.

Quando Yésica voltou com óbvias e necessárias intenções de sair depressa daquele lugar, Catalina não fez perguntas e se limitou a guardar suas roupas, muito preocupada com a possibilidade de ter perdido para sempre a cirurgia gratuita de Mauricio Contento.

Como Albeiro estava por perto, não podia perguntar nada a Yésica, então inventou uma ida à lavanderia do hotel com o objetivo de recolher roupas que estavam secando desde a noite anterior, embora soubesse que tais roupas não existiam e que deviam voltar indignadas ao quarto xingando todos pela perda das peças.

No pátio do hotel, Yésica mostrou o presentinho de aniversário que Mauricio tinha lhe deixado e deu uma péssima notícia. Disse que o médico se ausentaria do país por uma semana, mas que ele entendia o que estava acontecendo "por causa da aparição intempestiva de sua mãe" e que não se preocupasse porque dentro de oito dias já teria acertado tudo para a cirurgia. Ao voltar ao quarto xingando a perda da roupa, Catalina e Yésica avisaram a Albeiro que estavam prontas para partir.

11

Renasce a flor

Depois de uma tediosa viagem de sete horas por terra contornando o cume da estrada mais alta do país, Albeiro, Yésica e Catalina chegaram a Pereira. D. Hilda e Bayron haviam preparado uma festa surpresa para Catalina, com amigos, parentes, um bolo coberto com morangos e um presente de tamanho médio bem-embrulhado em papel violeta e cor-de-rosa. Era um despertador com uma galinha dando bicadas, parecido com o que Bayron tinha quebrado com uma garrafada quando Catalina mal havia começado sua louca corrida para se transformar em uma mulher próspera e feliz. Todos cantaram e dançaram até o amanhecer comemorando em dobro: o aniversário de Catalina e sua volta para casa. Vanessa, Ximena e Paola, que ficaram até as dez da noite, se assustaram ao perceber que o peito de Catalina não havia crescido e foram trabalhar comentando que a coitada morreria sem peito.

Antes de ir embora, as outrora inseparáveis amigas fizeram perguntas, umas às outras, sobre tudo. Como viviam em Bogotá, perguntaram umas; como estavam indo em Pereira, indagaram as outras. Todas mentiram. As recém-chegadas afirmaram que estavam vivendo divinamente nas passarelas da capital e que Catalina não tinha vontade de se operar porque a dona da agência de modelos precisava de meninas com um perfil mais internacional, o que exigia seios pequenos. Yésica disse que estava estudando alta-costura porque pensava em lançar uma marca própria e fechou a série de mentiras afirmando que estavam providenciando um visto norte-americano para as duas, porque tinham um contrato para desfilar nas passarelas de Miami e Nova York para uma empresa de cosméticos cujo nome declarou não poder revelar por questões contratuais.

Vanessa, Paola e Ximena fingiram estar muito felizes pela sorte das amigas e desfiaram seu próprio arsenal de mentiras a fim de não ficar para trás. Disseram a Catalina e a Yésica que as coisas também estavam correndo a mil maravilhas para elas. Que os traficantes menores estavam voltando, e que elas eram as estrelas da agência de modelos de Margot. Que sempre participavam de eventos de moda nas chácaras de alguns figurões e que um produtor de televisão de Bogotá vivia assediando-as para que fossem à seleção de elenco de uma novela que começaria a ser gravada em alguns meses. Que nem Morón nem Cardona nem El Titi tinham dado sinal de vida e que, aparentemente, continuavam escondidos na Venezuela, em Cuba e no Panamá, mas que já haviam mandado lhes dizer por Mariño que chegariam em um mês, depois que os gringos se esquecessem um pouco de seus rostos, e que comemorariam sua volta em grande estilo, com uma festa que duraria uma semana em uma chácara perto do lago Calima.

A verdade é que todas faltaram à verdade, pois não reconheceram que estavam comendo o pão que o diabo amassou em quantidades nada desprezíveis desde a partida dos criminosos.

Nem as recém-chegadas de Bogotá disseram que estavam passando necessidades, indo de casa em casa, sendo expulsas de todos os lugares onde não faziam mais do que comer, roubar, dormir e chorar; nem as que ficaram em Pereira contaram que tinham virado prostitutas, suportando todo tipo de humilhação por parte do dono do bordel e dos clientes para não morrer de fome. Catalina tampouco admitiu que um médico havia se aproveitado dela prometendo operá-la de graça; nem as três companheiras de prostíbulo falaram que choravam de angústia existencialista nas tardes de domingo depois das jornadas inesgotáveis dos fins de semana, quando cada uma ia para a cama com oito ou dez homens, a maioria deles depravados, com mau hálito e sovacos, pés e paus fedorentos.

Enquanto as cinco amigas trocavam mentiras, Albeiro se inquietava e não desfrutava a festa com tranquilidade, focado, naturalmente, em imaginar o momento em que a noite acabaria, os convidados dariam no pé e a menina de seus olhos se despiria na sua frente disposta a lhe entregar a virgindade. Os pensamentos de Albeiro eram tão puros que todos os seus esforços se concentravam em como iria possuí-la sem machucá-la, em deflorá-la sem ferir suas pétalas, em torná-la sua sem lhe infligir dor. Catalina, por sua vez, pediu permissão a suas três vizinhas para conversar a sós com Yésica sobre como faria para enganar Albeiro, pois não estava disposta a jogar para o alto a fantasia que o bom namorado vinha alimentando há dois anos com tanta paciência e desejo, pois era certo que ele continuava convencido de que ela era virgem.

Yésica lhe disse que, como não estava menstruada, precisaria recorrer a um velho truque. Deveria considerar que nem todos os himens sangravam e tampouco todos se rompiam, pois alguns, como o que ela passaria a ter a partir daquela noite, eram elásticos e complacentes. Disse-lhe, também, que fizesse o que fosse possível para não ficar lubrificada e que, caso ficasse, se limpasse com um lenço ou um papel higiênico a fim de dificultar a penetração. O restante ela sabia. Tinha de fingir, gritar, chorar de dor e embebedar Albeiro. Confiando nos ensinamentos da amiga, Catalina se esforçou para deixar de porre o homem que a considerava a menina de seus olhos. Lá pelas tantas, Paola, Vanessa e Ximena se despediram para ir a seu humilhante trabalho, embora mentissem dizendo que iam desfilar em um evento do Festival da Cerveja. Yésica estranhou, mas preferiu ficar calada com certa compaixão, evitando constrangê-las.

Por volta das cinco da manhã, quando todos já estavam bêbados, alguns adormecidos e outros indo embora, Albeiro apresentou sua cobrança a Catalina no meio de sua embriaguez. Ela lhe disse que tudo bem, que sim, mas onde? Ele respondeu que não a levaria a um motel porque motel não era um lugar adequado a uma menina inocente de 15 anos como ela, e por isso terminaram fazendo amor no quarto dela, muito perto da cabeça de uma pessoa que caíra desmaiada na cama de Catalina e quase em cima do bracinho de um menino, filho de uma de suas tias, que dormia calmamente com meio corpo na cama e a outra metade no ar, quase caindo no chão.

No meio da bebedeira, Albeiro tentou tornar aquele momento o mais inesquecível para ele e sua namorada. Tremendo de medo e emoção, olhando os rostos adormecidos daqueles que estavam em volta, começou a beijá-la com suavidade, primeiro nos olhos, depois no nariz, depois na boca e por último no pescoço. Embora tivesse o desejo e a intenção de beijar as pétalas daquela flor que finalmente tinha o prazer de possuir, pensou que não era uma boa ideia fazer isso com uma menina tão pequena e tão inexperiente, e decidiu adiar as brincadeiras orais para uma ocasião futura, ainda mais porque não queria assustá-la logo na sua primeira vez. Embora Catalina tivesse fingido o quanto pôde e dificultado a penetração até onde sua manha lhe permitiu, às cinco e quarenta e quatro da manhã, de acordo com o relógio da galinha, Albeiro a possuiu com um gesto sublime de êxtase e preocupação com sua dor. Fez o possível para não agredi-la, não machucá-la, não prejudicá-la, não feri-la, e sentiu muita vergonha por não ter conseguido quando Catalina cravou as unhas em suas costas, mordeu os lábios com muita violência e deixou escapar a mesma dúzia de lágrimas que derramara em sua legítima primeira vez, numa tentativa inteligente e cínica de reconstruir, o mais fielmente possível, seu primeiro ato sexual, quando Cavalo e seus dois amigos a possuíram, numa época em que sua ingenuidade ainda lhe permitia confiar nos homens.

Querendo compensar a imensa felicidade que sentia, Albeiro ficou acariciando-a, amando-a e beijando-a até o amanhecer.

Horas mais tarde, quando a maioria dos convidados ainda dormia, Albeiro apareceu no quarto da amada trazendo, em uma bandeja, um prato fumegante de caldo de galinha preparado por ele mesmo e algumas flores recolhidas dos jardins da vizinhança. Catalina voltou a ficar triste por ele, mas foi obrigada a continuar representando. Inventou expressões de dor e fingiu que estava com dificuldades para se sentar na cama, cercada por todos os lados por várias pessoas. Vendo que ela sofria por sua culpa, Albeiro chorou em silêncio enquanto levava a sua boca sem parar uma colher cheia de caldo de galinha. Com malícia e timidez, agradeceu por ter lhe dado sua virgindade e reiterou com orgulho sua intenção de levá-la para viver em um quarto que ele já tinha visitado no bairro de El Dorado, onde a proprietária permitiria que colocasse no corredor um forninho para cozinhar. Disse que, embora o banheiro tivesse de ser compartilhado com outras quatro famílias, o bom era que o aposento que queria alugar era o que ficava mais perto dele e por isso o trajeto a ser percorrido com uma toalha em volta do corpo seria relativamente curto, bastaria uma pequena corrida de apenas quatro passos.

Ela tinha certeza absoluta de que esse não era o estilo de vida que queria levar e disse que ainda não estava preparada para viver com um homem, mas que a esperasse porque o amava e não era capaz de pensar em outra pessoa. Estavam nessa quando um táxi parou diante da casa e viram Paola, Vanessa e Ximena descendo do carro em um estado de completa degradação, ou seja, bêbadas, aos tropeções, rindo às gargalhadas e dizendo grosserias, com a maquiagem escorrida, a roupa amarrotada e uma garrafa meio consumida de vodca nas mãos. Albeiro comentou que achava que aquelas meninas estavam indo para o mau caminho e Catalina lhe perguntou por que ele desconfiava disso, suspeitando, talvez, que seu namorado tivesse frequentado sua casa durante o período em que estivera em Bogotá. Albeiro lhe disse que não era normal vê-las sair todas as noites, voltar sempre de madrugada e mais ainda saber que passavam o dia dormindo. Em relação à outra suspeita, disse que sim, que de vez em quando ia à sua casa para perguntar se a mãe dela tinha recebido notícias, mas nada além disso, pois D. Hilda não servia nem para entabular uma conversa. Disse também que a mãe lhe dissera que estava naquele hotel de Bogotá e que "a Sra. Hilda" se comportava muito bem com ele. Mas não disse que se comportar bem não significava, exatamente, cumprimentá-lo com amabilidade, fazê-lo entrar, perguntar por sua família, por sua vida e preparar-lhe um café e até comida.

Não lhe contou, por exemplo, que uma noite, quando ele chegou para perguntar por Catalina, D. Hilda vestia uma camisola transparente que revelava sua calcinha branca de lycra delineando suas partes íntimas com terrível precisão e que ele não aguentou mais a aflição que há vários meses sentia de possuí-la e lhe pediu o favor de deixá-lo ficar na casa argumentando que brigara com sua família e não tinha onde passar noite. Não disse que D. Hilda não recusou seu pedido, acolheu-o com carinho e o acomodou no quarto de Catalina sem sequer suspeitar que três horas mais tarde ele apareceria em seu próprio quarto, como se estivesse possuído pelo demônio, para fazê-la pagar por todas as angústias, sem exceções, que o fazia sentir cada vez que dava as costas para ele na cozinha. Albeiro não revelou que, aterrorizada, D. Hilda tentou expulsá-lo do quarto, mas ele pegou-a com força pelos braços, deitando-a com fúria na cama, para depois investir com a cabeça e beijá-la entre as pernas, coisa a que ela não resistiu como mulher alguma poderia fazer naquela época nem em tempos passados ou futuros. Foi uma noite repleta de ternura entre uma mulher que não sentia o peso de um homem sobre seu corpo há uns bons anos e um homem que permanecia fiel à sua namorada em completo celibato há tanto tempo quanto.

Uma vez acontecido o que tinha de acontecer, um sentimento de culpa se apoderou da mãe de Catalina, que se sentiu usurpando o lugar da filha. Por isso pediu a Albeiro que não voltasse, por temer que a história se repetisse e também porque sua filha não merecia um homem que era capaz de ir para a cama com a própria sogra. Albeiro tentou convencê-la com todo tipo de argumento e desculpas psicológicas, biológicas e lógicas, mas D. Hilda não aceitou nenhuma delas e reiterou seu pedido para que desaparecesse de uma vez por todas do mundo. Albeiro não só não a levou a sério como voltou a violentá-la, com sua própria aquiescência, mais algumas vezes, argumentando que a culpa era dela, por se manter tão linda e tentadora, e também por abrir a porta da casa sabendo das intenções e dos subterfúgios dele.

De qualquer maneira, Catalina não desconfiou nem Albeiro lhe contou, até porque D. Hilda havia deixado muito claro, na quarta vez em que ele apareceu em sua janela batendo com uma pedra muito pequena, que tinha de colocar um ponto final naquela situação, argumentando que ela se sentia muito mal traindo a filha e porque ela, Catalina, tinha acabado de ligar de Bogotá. Albeiro aproveitou a oportunidade para perguntar onde estava hospedada, e D. Hilda se arrependeu depois de ter lhe dito que estava no hotel La Concordia. Albeiro agradeceu pela sensatez, pela informação, pelas três vezes em que fora para a cama com ele e por amar a filha a ponto de sacrificar por ela noitadas de luxúria tão intensas como as que os dois estavam vivendo, e então partiu para Bogotá com a missão apocalíptica de abortar pela quinta vez o sonho de Catalina. Chegou ali um pouco antes de Mauricio Contento ter ido anunciar à jovem que iria operá-la no dia seguinte porque teria de fazer uma viagem que o afastaria da cidade por uma semana.

Mas nem Catalina nem Yésica souberam que Mauricio Contento havia feito dessa situação uma tentativa de encontrar uma boa desculpa para fugir delas, que a essas alturas e naquelas condições, comendo, vivendo e lavando roupa no hotel, estavam lhe saindo mais caras do que a própria operação. E aproveitou a atitude suspeita de Yésica quando esta desceu para lhe dizer que a mãe de Catalina estava no quarto. Mauricio Contento sabia que era mentira, mas não falou nada porque procurava uma oportunidade como aquela desde o dia em que fizera amor pela última vez com Catalina, que agora estava em Pereira e ignorava as intenções de seu médico e amante.

Albeiro, por sua vez, não deixava de paparicá-la e acariciá-la por ter se entregado a ele, embora estivesse inquieto a ponto de revelar uma dúvida que o perturbava desde as cinco e quarenta e quatro da manhã. Com a última colherada de caldo e limpando a boca de Catalina com um guardanapo dobrado ao meio, resolveu perguntar:

— Meu amor — disse, olhando-a, mas ela o encarou de uma maneira tão defensiva que Albeiro pensou um pouco até se aventurar de novo a perguntar: — Por que você não sangrou?

Catalina ficou vermelha, mas recorreu à sua vasta experiência para sair da saia justa. Disse que não sabia. Que quem tinha de saber era ele e que ela não tinha a menor ideia do motivo. Como Albeiro continuou insatisfeito com a resposta, ela se aventurou a ferir seu orgulho de homem para obter a resposta que ele tinha na ponta da língua, mas que ainda não se atrevia a dizer, esperando que ela acabasse confessando que não era virgem quando se entregara a ele.

Ela falou, seguindo à risca o que tinha planejado, que o mais provável é que o membro dele não fosse grande e forte o suficiente para romper seu hímen, e sua estratégia de atingir o ego do namorado teve sucesso imediato. Ferido como um touro espicaçado, Albeiro pulou da cama justificando a ausência de sangue com a teoria simples dos himens elásticos e complacentes que não eram rompidos nas primeiras relações. Catalina disse que era possível que fosse isso, e ele garantiu, com ênfase, vigor e segurança absoluta que não era apenas possível que fosse isso e que sim, com toda certeza, era isso. Ao defender sua masculinidade, tudo o que conseguiu foi que Catalina saísse de novo vitoriosa, omitindo que ele acabara de virar o sexto homem de sua vida. Mas Albeiro tampouco saiu completamente derrotado, pois evitou que ela soubesse que não tinha sido a primeira e sim a segunda mulher da família a ir para a cama com ele.

D. Hilda, que ouvia de seu quarto os sussurros, as risadas espontâneas e as discussões passageiras da filha e do genro, mordia os lábios de raiva, invadida por um ciúme incontrolável e estranho que não sentia havia muito tempo, enquanto fingia que dormia e lamentava o momento em que abrira as portas de seu coração ao homem que amava sua filha. Estava convencida de que tinha errado, mas igualmente convencida de que não podia nem queria remediar suas ações. Estava apaixonada pelo genro. À noite, sonhava com ele, se contorcia de vontade de que a possuísse e não foram poucas as vezes que teve de tomar uma ducha gelada para evitar voltar aos seus hábitos solitários da puberdade, quando se masturbava pensando em um professor de educação física que a deixava louca.

Quando Albeiro viajou a Bogotá para procurar Catalina, D. Hilda lhe escreveu uma carta, que acabou desistindo de entregar, na qual pedia que não partisse. Que ele deixasse Catalina viver sua aventura em paz e ficasse morando com ela. Que precisava dele, que sentia sua falta, que o amava mais que a própria filha e que, por favor, fizesse o possível para esquecer a menina, pois seu espírito já murchava e entristecia ao saber que ele lhe dava atenção apenas por seus atrativos sexuais e não pela comida que com tanto amor lhe preparava à noite quando ele a visitava com o pretexto de saber se Catalina havia ligado.

A outra parte da carta era um manual de instruções a respeito de como deviam agir quando Catalina os visitasse, caso Albeiro aceitasse viver como cônjuge de sua sogra. Dizia que, diante dessa eventualidade, D. Hiida disfarçaria o máximo possível para que Catalina não suspeitasse que ela estava apaixonada ou que existia algo entre os dois. Prometeu que os deixaria ter seu namorico, embora soubesse que seria obrigada a morder os lábios, contendo sua raiva, e lhe propôs que compartilhassem sua casa, sua cama e o segredo de seu amor até que ele tivesse coragem suficiente para enfrentar a situação. Escreveu também que se Albeiro decidisse não abandonar Catalina, ela teria a paciência necessária para levar o segredo até o túmulo, desde que ele aceitasse se enfiar no mínimo uma vez por mês sob suas cobertas.

Albeiro nunca leu a carta, mas D. Hilda, que continuava ouvindo-o concordar com Catalina no outro quarto, estava pensando em entregá-la, e dobrou-a com delicadeza, tentando imitar a maneira como Catalina as dobrava no colégio, mas, naturalmente, não conseguiu. Acabou dobrando-a pela metade e em seguida repetiu o gesto, enfiou o papel no sutiã, vestiu a camisola e foi preparar um café forte para ter um pretexto que lhe permitisse irromper no quarto onde a filha chorava de ternura diante das palavras doces que o namorado pronunciava com um tom infantil e carinhoso.

12

O que há de sonho em um pesadelo

Ao meio-dia, quando Albeiro saiu para o trabalho depois de cochichar na cozinha com D. Hilda durante 45 segundos, Catalina não aguentou mais a curiosidade de saber o que estava acontecendo na vida das amigas e atravessou a rua com um robe da mãe sobre a camisola. A mãe de Paola abriu a porta, cumprimentou-a com grosseria e disse que a filha estava dormindo porque tinha começado a trabalhar à noite em uma fábrica de camisas. A mãe de Ximena abriu a porta, olhou-a de viés e disse que a jovem estava dormindo porque trabalhava em um restaurante de fast-food que ficava aberto 24 horas e que essa semana ela estava no turno da noite. A mãe de Vanessa abriu a porta, olhou-a direito e a cumprimentou com amabilidade, mas disse que a filha dormia naquele momento porque estava trabalhando como modelo em eventos noturnos.

Com as três versões obtidas, Catalina teve uma boa noção do que podia estar acontecendo e foi à casa de Yésica para lhe pedir que fosse conversar com elas, porque se suas suspeitas fossem confirmadas, tinham de fazer alguma coisa para ajudá-las. Afinal, uma coisa era um sonho, e outra, muito diferente, um pesadelo.

Só conseguiram falar com as amigas às sete da noite. Tinham acabado de se maquiar e estavam de cabelos molhados e pálpebras inchadas. Todas pareciam ter perdido peso e nenhuma conservava o brilho juvenil e vivaz nos olhos, responsável muitas vezes pelos elogios que ouviam sem parar quando andavam pelas ruas, pelas montanhas de cartas de admiradores e pela quantidade assustadora de suspiros de colegas na escola. Não. Agora estavam desgastadas, bêbadas, deprimidas, tristes e sem senso de humor. Em seus olhares se percebia um choro patético e silencioso que não as deixava se apagar completamente. Paola tinha perdido a veia irônica que a distinguia das outras. Vanessa falava muito menos do que antes. E Ximena não sorria mais como costumava fazer quando ficavam no parque e Yésica lhes contava de suas aventuras sexuais com homens experientes.

Quando Yésica perguntou como estavam vivendo, nenhuma quis responder. Olharam-se entre si, Ximena começou a brincar com as pontas do cabelo, Vanessa soltou uma risada mais nervosa do que débil, e Paola mudou de assunto com habilidade.

— Como foi em Bogotá? Por pouco vocês não voltam!

Yésica, que, embora fosse mais nova que Ximena e Paola, se comportava, por ter mais experiência, como se fosse a segunda mãe de todas, disse que tinha corrido tudo bem, mas que não mudassem de assunto porque ela precisava saber o que andavam fazendo. Depois de muitos jogos de palavras, Ximena explodiu em lágrimas, como se tivessem estourado um balão com um alfinete. Um balão que foi murchando à medida que iam contando histórias tão cruéis, inverossímeis e trágicas como a que acontecera com Vanessa na noite em que teve de ir para a cama com um bêbado que roubou todo o dinheiro que ela havia ganhado naquela noite, atendendo a três clientes diferentes. Depois de ter terminado o trabalho, ela entrou no banheiro para tomar uma ducha. Contou que quando voltou para o quarto o sujeito não estava mais na cama e que tampouco o encontrou no bar do bordel, onde tinha o conhecido. Quando o dono do local cobrou a percentagem que lhe cabia, ela não encontrou um único peso na carteira.

Ximena contou que uma vez teve de ir para o quarto com um maníaco sexual que queria pendurá-la no teto para transarem no ar, como um trapezista de circo, mas ela não concordou e por isso o homem, possesso, quis enforcá-la à força com a mesma corda que teria usado para pendurá-la amigavelmente antes de ela ter se recusado a participar da experiência erótica. Seus gritos a salvaram da morte certa, e o maluco teve de se conformar em não ser denunciado graças ao fato de o lugar ser clandestino e do seu proprietário não querer escândalos.

Paola não quis contar nada. Limitou-se apenas a dizer que não valia a pena chover no molhado e que o melhor era que Yésica encontrasse uma forma de tirá-las daquela situação terrível, porque haviam virado putas e estavam se destruindo aos poucos... Estavam morrendo gradualmente.

Morta de tristeza, Yésica lhes disse que ficassem tranquilas, porque de uma hora para outra "os tais" reapareceriam e tudo voltaria ao normal, ou seja, a rotina dos bacanais nas chácaras seria reinstaurada, em que compartilhavam a cama com duas ou três mulheres, mas com o consolo de estar ao lado de homens interessantes e cavalheiros, opinião que tinham dos traficantes de drogas. Nenhuma delas se atreveu a pensar que estava tão fodida na vida que participar de bacanais era a grande solução para seus problemas de dignidade. No entanto, e apesar de terem as almas destroçadas, foram ao trabalho naquela noite. Catalina e Yésica ficaram igualmente destroçadas e engoliram as lágrimas na hora de se despedir, tentando não deprimir ainda mais as amigas.

O fato é que a solução que elas imaginavam estar a seu alcance, ou seja, a volta dos traficantes, não estava tão próxima. Morón havia se escondido na Venezuela depois de ter subornado vários oficiais do Exército do país em troca de proteção em uma fazenda da fronteira com a Colômbia, onde guerrilheiros e paramilitares disputavam o controle de um corredor estratégico, o que significava poder escapar sem pressa do Exército colombiano durante perseguições implacáveis usando informações de um avião de espionagem que sobrevoava a região. Os guerrilheiros protegiam Morón em troca de uma boa quantia de dólares e de informação de rotas, contatos no exterior e segredos do negócio da droga que eles queriam continuar usando para financiar a libertação de um povo que, paradoxalmente, os ignorava.

Cardona estava em Cuba, onde chegou aproveitando a escassez de divisas da ilha e por isso nunca ficou sabendo o que pesara mais: se a ajuda de alguns funcionários corruptos do governo ou os 3 milhões de dólares com os quais havia desembarcado no único país comunista que restava no mundo. Ali recordou com sua esposa a noite em que o embaixador dos Estados Unidos colocara seu nome e os de seus amigos nos noticiários do país. Naquela ocasião Cardona estava se divertindo com a esposa e os dois filhos de 5 e 7 anos em um espetacular apartamento todo automatizado de 750 metros quadrados com vista para as montanhas de Los Nevados e o restante da cidade. Estava tão distraído com as travessuras dos meninos inocentes que não prestava atenção nas notícias, até que seu filho menor começou a rir e a se espantar ao ver a foto do pai na televisão. D. Patricia estranhou o comportamento do garoto, que só gostava de ver o canal Cartoon Network, e alertou Cardona para o fato quando a fotografia já estava prestes a se diluir na tela, enquanto Rogelio gritava. Tomado por um frio gélido, o segundo homem do cartel ouviu seu nome, seu sobrenome, o nome de Morón, o de El Titi e os de mais uma dúzia de traficantes, todos conhecidos seus. Seu rosto começou a se deformar enquanto pensava no avião da DEA, em seus filhos, na odisseia de sua esposa para conseguir um visto norte-americano que lhe permitisse visitá-lo e no que estariam pensando os milhões de telespectadores que acabavam de vê-lo em suas televisões.

— Filho da puta! O que é isso? — exclamou, e sem pensar duas vezes pegou um menino em cada braço e saiu correndo para o quarto enquanto dizia aos berros a Patricia que tinham de sair naquele mesmo instante porque viriam prendê-los.

No quarto, pegando os 5 milhões de dólares em dinheiro que tinha guardado para uma eventualidade como aquela, censurou a esposa por estar empacotando cremes e outras "frescuras" e sem tomar banho ou trocar de roupa correu em desespero até a porta, mandando, pelo rádio, que seus seguranças preparassem o carro. Como almas penadas, sem bagagem e só com a roupa do corpo, desceram para a garagem que ficava no subsolo, tipicamente frio, e pediram ao chofer que os levasse ao aeroporto de Cali. No caminho usou o celular para providenciar tudo o que era necessário para que um de seus pilotos os esperasse com o motor do jatinho ligado e quase em movimento, e para isso subornou todos os funcionários da polícia e da aeronáutica que se atreveram a lhe negar permissão para decolar. No total foram distribuídos 2 milhões de dólares para o pessoal do aeroporto, os policiais e os oficiais de uma blitz com que deram de cara na saída de Unión, depois de ter passado por Cartago. O fato é que Cardona chegou a Cuba com seus 3 milhões de dólares como passaporte, achando que ia encontrar a tranquilidade que tinha acabado de perder na Colômbia, mas ignorando que ali as coisas não correriam tão bem como esperava.

El Titi teve uma sorte melhor. Foi se esconder no Panamá, onde chegou depois de zarpar de Buenaventura em uma lancha. Durante a travessia de 12 horas, com paradas em Bahia Solano e em Punta Cabo Marzo, um minúsculo município do departamento de Chocó, pensou que o dinheiro era uma ilusão. Que não trocaria sua liberdade pela montanha de grana que tinha na Colômbia e começou a procurar uma maneira de levar, o quanto antes, Marcela Ahumada para perto dele. No Panamá, instalou-se em um hotel cinco estrelas e se registrou com um dos quatro documentos falsos que tinha, encomendados a funcionários corruptos do Departamento Nacional de Identificação. Assim como Cardona, chegou com muito dinheiro vivo e começou a levar uma vida de nababo nos cassinos da cidade enquanto transcorriam os três dias exigidos por Marcela para acertar alguns assuntos antes de viajar ao Panamá para encontrá-lo. O fato é que os três criminosos e uma dúzia de seus sócios menores estavam gastando dinheiro a rodo fora da Colômbia enquanto eram procurados ingênua e incessantemente no país por todos os órgãos de inteligência do Estado. Os três e seus lugares-tenentes pensavam em tudo, em absolutamente tudo: em como fugir no caso de a Interpol localizá-los nos países onde estavam, em como e quando voltariam à Colômbia, na maneira de vender alguns bens e de desenterrar pacotes de dólares que haviam enterrado em algumas de suas propriedades, em como negociar com a DEA e o FBI algum tipo de acordo que lhes permitisse voltar à legalidade depois de entregar algumas de suas propriedades e delatar alguns amigos. Enfim, pensavam em tudo, tudo mesmo, exceto em Yésica, Catalina, Paola, Ximena e Vanessa, que estavam esperando por eles para que ajeitassem suas vidas. A verdade nua e crua era que elas não faziam parte dos planos nem das lembranças daqueles "cavalheiros".

Ao voltar para casa, depois de ver as amigas partirem rumo ao prostíbulo onde trabalhavam, Catalina ouviu a voz de Albeiro e de D. Hilda na cozinha. Chamou sua atenção o fato de que estavam gritando em tom de reclamação, e ela foi caminhando nas pontas dos pés até a copa para tentar entender o que estava acontecendo. D. Hilda, atenta, percebeu a porta da casa se fechando e conseguiu disfarçar um pouco. A filha chegou quando a discussão já havia terminado, mas começou a alimentar suspeitas. Perguntou-lhes, querendo que percebessem sua raiva, o que estava havendo entre os dois, e eles responderam, desajeitados e nervosos, que nada tinha acontecido.

Sorriam respondendo às perguntas de Catalina, e Albeiro zombou dela pelo simples fato de ter imaginado a hipótese de que ele e D. Hilda estivessem tendo um...

— Porra, como vocês são descarados! — gritou para eles cheia de dúvidas e, interrompendo as desculpas de Albeiro, saiu chateada para o quarto. D. Hilda e o genro se encararam aborrecidos e depois foram lhe jogar na cara todo tipo de coisa. D. Hilda gritava que a respeitasse, como poderia pensar numa coisa daquelas, e Albeiro tentava lhe pedir perdão sem lhe pedir perdão para que não percebesse que ele era mesmo culpado. O fato é que Catalina aproveitou a oportunidade para brigar com os dois e voltar a Bogotá.

13

O narrador sou eu

Quando Catalina e Yésica voltaram a Bogotá, se depararam com uma surpresa previsível: Mauricio Contento tinha viajado para os Estados Unidos e ficaria no mínimo um mês fora. Catalina, que já tinha experiência com este tipo de descaramento e decepção, ficou mais preocupada com onde se hospedaria com a amiga durante os trinta dias de espera do que com a própria desilusão provocada, mais uma vez, pelo adiamento da realização do único sonho de sua vida. Ligaram para Fernando, mas ele disse que não poderia hospedá-las naquela noite, pois ainda estava vivendo com a namorada, uma mulher muito ciumenta, que em hipótese alguma acreditaria que elas não passavam de duas amigas. Recorreram então a Mario Esteban, mas ele lhes disse que estava indo para uma feira de gado e não poderia deixá-las sozinhas por temer que a esposa, que estava na Espanha, aparecesse no apartamento de uma hora para outra. Cristian mentiu, dizendo ao celular que não estava em Bogotá, mas que não se preocupassem porque na próxima semana estaria de volta. Ao desligar, aproveitou a incômoda ligação para atiçar o ciúme da namorada, com quem estava transando, e comentou que aquelas mulheres eram muito chatas, que não paravam de ligar para ele, mas que ele não gostava delas porque eram muito piranhas. Acabou saindo no prejuízo porque a namorada o provocou perguntando o que teria acontecido se elas não fossem tão safadas.

Depois ligaram para Luis Miguel, mas ele estava de mudança. Mentira, claro. Luis Miguel era amigo de Benjamín Niño e já sabia que aqueles furacões haviam passado pela casa dele deixando um rastro de destruição. Ligaram para Juan Pablo e quando o homem viu o telefone de Yésica na tela do celular, ficou louco, tirou o som do aparelho e não respondeu. Ligaram para três amigas dos tempos de farra em Pereira, mas as duas primeiras disseram que estavam tão fodidas quanto elas e a terceira que nem em sonho lhes daria o endereço de onde estava hospedada.

Conscientes de que estavam pedindo hospedagem por uma noite de 30 dias, Catalina e Yésica não insistiram com mais ninguém e resolveram ligar para mim, que só as tinha visto uma noite na vida. Havia sido em uma boate de Pereira onde fomos a convite de um amigo que me doou 20 milhões de pesos para uma das tantas campanhas eleitorais de que participei sem muito êxito ao longo de minha carreira política. Na última, me faltaram pouco menos de três mil votos para ganhar o pleito, mas em respeito à boa relação que estou tendo com vocês, que estão lendo meu tom moralista e desesperador há horas, devo lhes dizer que de alguma maneira ganhei a cadeira e hoje em dia sou um honrado membro da Câmara. Sou corrupto e não me entristece admiti-lo. A única pessoa que não roubei em minha vida foi minha mãe, não porque tivesse consideração com quem me trouxe ao mundo, mas porque a pobre nunca teve onde cair morta. Por isso, não se confundam ao me ouvir pontificar sobre a moral e os problemas do país em um tom que beira a santidade e a solenidade: só quero seus votos. E minha moral ambivalente me permitirá consegui-los.

Estava escrito que eu tinha de conhecê-las. Naquele dia liguei para meu amigo Aurelio Jaramillo, a quem chamavam de El Titi, e lhe disse que havia acabado de chegar à cidade com um colega e que estávamos entediados e queríamos "fazer alguma coisa". Ele respondeu que conhecia umas meninas e que, olhe só, se quiséssemos, poderia apresentá-las para que as acompanhássemos a uma boate, pois ele estaria muito ocupado comemorando o aniversário de um amigo. Respondemos que sim, claro, e ele nos deu o endereço de uma delas para que fôssemos pegá-las junto a um de seus lugares-tenentes a quem apelidavam de Marañón, um homem muito simpático, mas muito ordinário, com quem, duas horas mais tarde, chegamos à casa de uma das garotas, que se chamava Yésica e a quem se referiam com carinho e sarcasmo como La Diabla.

Pelas ligações que Marañón fez do carro, soubemos que as amigas de Yésica estavam na casa dela. Aurelio Jaramillo repetiu que não poderia se juntar a nós porque também estaria muito ocupado com o aniversário de um amigo.

Paramos o carro diante da casa de La Diabla e esperamos que as mulheres aparecessem. Deveriam ser três, mas depois de alguns minutos apareceram cinco. Não eram cinco mulheres. Eram três garotas e duas ainda mais jovens, todas lindas, verdadeiras rainhas da beleza. Nós nos acomodamos como pudemos na caminhonete e começamos a ouvir sugestões. Que deveríamos ir a tal lugar; não, que outro era melhor. Não, que tal lugar era o melhor de todos, mas que aquele outro o superava.

Em suma, sem saber, acabamos enfiados na mesma boate em que Aurelio Jaramillo, um amigo dele chamado Preguinho, as namoradas dos dois e outros amigos comemoravam o aniversário de um deles. O fato é que os membros daquele cartel haviam criado nessa boate um verdadeiro ninho impenetrável, um bunker privado. Naturalmente, meu amigo e eu ficamos sabendo disso tempos depois, porque da mesa na qual fiquei com ele, as cinco garotas e Marañón não era possível ver o fundo da boate, que era onde eles estavam.

Ao chegar, encontramos no estacionamento um bom número de carros, todos eles espetaculares, lindos, alguns blindados, quase todos com motorista, vários com vidros escuros e uma verdadeira multidão de seguranças jogando cartas, bebendo vinho, falando de mulheres e observando de maneira agressiva os estranhos que estavam ali pela primeira vez. Não se percebiam armas, mas não era difícil supor que estávamos entrando na cova dos leões. E o que era pior: voluntariamente. Ainda no carro, as mulheres vociferavam cheias de pretensão e experiência: olha lá o Mico, o Bochecha também veio. Aquele carro é do Uriel. E aquele é do Neruda. Olhem fulano com aquela mulher. As Ahumada estão aí, vejam a caminhonete de Marcela. Se não estiver com El Titi ele vai matá-la.

O ambiente ficou pesado logo na entrada do estacionamento. Meu amigo e eu nos olhávamos meio assustados, mas disfarçávamos com piadas de certo nível que só a metade das mulheres compreendia; a outra metade se aproveitava delas para nos catalogar como sujeitos gordos e chatos. Claro, como poderiam não achar que éramos uns chatos se, com exceção de Catalina, todas as outras já haviam experimentado o verdadeiro significado da opulência: viagens de helicóptero a certas chácaras, festas frenéticas que duravam uma semana, bolsas

Versace e Louis Vuitton de 5 milhões de pesos, relógios com diamantes, anéis de platina, operações por todo o corpo que, somadas, podiam custar mais que o carro em que viajávamos; enfim, pura e simplesmente um esbanjamento fantástico que beirava o pecado: homens acendendo cigarros com notas de 100 dólares, bandejas com cocaína nos oito banheiros da chácara, cavalos de 2 milhões de dólares, pistas para jatinhos, telefones via satélite, aviões cheios de grana descarregando pacotes de dinheiro no mar, iates descomunais singrando o oceano no meio de festas escandalosas e chefes do crime pelados, movendo-se como animais e distribuindo ordens imorais através de seus sofisticados equipamentos de comunicação, com uma mulher ou o que restava dela debaixo de seus corpos.

Depois entramos na boate onde a fumaça que inundava o lugar atenuava tudo, com exceção da música. Não sabíamos a quem aquelas mesas pertenciam, mas desconfiamos um pouco porque quatro das cinco mulheres que nos acompanhavam começaram a fazer esforços incríveis para dilatar a pupila e poder assim ter um vislumbre na escuridão que era uma espécie de cúmplice daqueles instalados nos cantos. O suspense crescia e as suspeitas de que tínhamos sido enfiados no lugar errado também.

Em cada mesa havia, pelo menos, duas mulheres dignas de capa de revista internacional e dois homens dignos de notícia com fotografia na seção policial de um jornal de circulação nacional. De acordo com a descrição que meu amigo fez dias depois para uma revista, elas eram muito bonitas, muito voluptuosas, muito elegantes, muito ignorantes, muito perdidas, muito altivas, muito plastificadas, muito escravizadas, muito dependentes, muito objetos, muito estúpidas, muito loucas, muito sem-vergonha, muito equivocadas, muito gatas, muito ingênuas, muito deslocadas, muito sujas, muito indignas, muito decadentes, muito covardes, muito humilhadas, muito primárias, muito arruinadas, muito angustiadas, muito ambiciosas, muito inescrupulosas, muito lacônicas, muito exageradas, muito caras, muito desperdiçadas, muito desapaixonadas de si mesmas.

Eles, muito cafonas, muito mal-encarados, muito perfumados, muito bem-vestidos, não para meu gosto, muito sombrios, muito frios, muito temíveis, muito assassinos, muito calculistas, muito desconfiados, muito assustados com o termo Estados Unidos, muito convencidos de serem intelectuais, muito incompetentes, muito primários, muito presunçosos, muito tediosos, muito manipuladores, muito entorpecidos, muito podres, muito dominadores, muito equivocados, muito equivocados, muito equivocados, muito equivocados, muito tediosos, muito evasivos, muito desleais, muito ambiciosos, muito incultos, muito desumanos, muito mal assessorados, muito desperdiçados, muito degenerados, muito anônimos, muito incógnitos, muito nervosos, muito inseguros, muito desafortunados, muito contidos, muito perdidos, muito desejados pelos agentes da DEA, muito pouca coisa diante de Deus e diante dos seres humanos inteligentes. Genocidas.

Sentamos à mesa que ficava mais perto da saída. Dali, nossas novas amigas começaram a falar diversas coisas arrepiantes que poderiam encolher as bolas dos homens mais corajosos e mais ainda de corruptos como eu, covardes por definição: ali estão "os tais", aqueles merdas são perigosos, se o fulano chegar vai dar a maior merda, se a polícia chegar finja que é jovem e fique bem atraente, tomara que os caras não resolvam se embebedar porque ia acabar acontecendo o mesmo que da outra vez e que merda, não vamos deixar que nos vejam porque desgraçados como são seriam capazes de aprontar para cima da gente.

— Não vai dançar? — perguntou Marañón interrompendo Yésica, que ameaçava nos provocar um enfarte se não calasse a boca. Nem meu companheiro de Bogotá nem eu respondemos nada. Tive vontade de dançar comigo mesmo ou com o próprio Marañón. Meu amigo da capital teve vontade de sair correndo. Sabíamos que dançar com qualquer uma delas podia ser nossa sentença de morte. Não sabíamos se de repente o ex-namorado de alguma delas apareceria com uma pistola na cintura e um guarda-costas carinhoso para fazer com que pagássemos pela ousadia de sair com uma de suas mulheres. Como nenhum de nós dois quis ir dançar, as meninas começaram a fazer comentários pesados entre elas, e por isso Marañón, que sabia quem estava nas mesas afastadas, tomou a iniciativa, convidou uma delas para ir à pista e colocou minha mão sobre a de Catalina, sugerindo que eu fosse com ela. Era uma daquelas ocasiões em que a morte inevitável e cheia de subterfúgios era preferível ao desplante e ao medo. Só me coube dançar. Mas eu não queria morrer sozinho, porque sabia que, se sobrevivesse, meu amigo de Bogotá contaria na capital que havíamos estado com traficantes de drogas e isso me deixava tão triste e com uma vergonha tão imensa que me via enrubescido dentro do caixão no momento em que aqueles que ainda mantinham uma boa imagem de mim me olhassem com surpresa e desprezo por ter me rebaixado tanto.

Na pista as coisas não foram diferentes. Meu companheiro de Bogotá dançava com uma garota que se chamava Paola, tentando adivinhar quem o observava das mesas do canto. Marañón dançava um pouco mais tranquilo com a adolescente chamada Vanessa, e eu, que dançava com Catalina, não tinha nem ideia da música que estava tocando. Nunca soube por que Marañón não me contou que seu chefe estava lá. Eu com certeza teria ficado mais tranquilo.

Ao meu lado, muito perto da minha cabeça, passavam e passavam seios e mais seios de silicone e, ao que parece, Catalina percebeu a curiosidade que me fazia mexer a cabeça, como se estivesse vendo um jogo de tênis, porque me disse, sem que eu tivesse perguntado nada, que tinha vontade de viajar para Bogotá a fim de procurar um médico que operasse seu busto. Ao notar que ela tinha peitos bonitos, perguntei se ela ia mandar diminuí-los, e ela me disse que não, que iria aumentá-los, porque aqueles que eu estava vendo estavam com enchimento de espuma. Não pude segurar uma risada e entramos em um clima de cumplicidade. Depois voltamos à mesa, onde fiquei um pouco mais tranquilo, e conversei com ela durante quase a noite toda. Ela me falou que sua mãe se chamava Hilda, que tinha um irmão que se chamava Bayron e que não tinha namorado. Que ia fazer 15 anos e me perguntou se meu amigo era sempre tão chato como estava sendo naquela noite. Eu disse que não, que ele era muito bem-humorado, mas que, assim como eu, estava um pouco assustado diante da presença daqueles tais senhores na boate.

Catalina respondeu que os estranhos éramos nós porque eles sempre estavam lá, e que não nos preocupássemos porque aqueles senhores eram excelentes pessoas. Fiquei apavorado diante daquela avaliação cínica, e ela, achando que não havia entendido a frase, me disse em seu jargão, que aqueles "caras" eram "tudo bem", "perfeitos cavalheiros". Logo percebi que estava conversando com uma imbecil. Dizer que os causadores da ruína moral do país, do assassinato de centenas de compatriotas e do envenenamento de milhões de pessoas em todo mundo eram boas pessoas me pareceu um monumento ao servilismo e à idiotice. Eu os conhecia e sabia que não era nada disso. Em muitas ocasiões, fiz campanhas usando o dinheiro deles, embora jamais tenha contado isso a ninguém. No entanto, continuamos conversando até descer ao seu nível de competência e acabamos brigando porque eu dizia que o melhor dos carros era o Mercedes Benz, e ela preferia o BMW. Eu gostava mais de sedans, e ela de caminhonetes 4x4. Eu disse que gostava de música clássica, e ela zombou de mim porque para ela a melhor música era a eletrônica. À medida que a conversa se tornava mais superficial, ela ia ficando mais entusiasmada e por isso decidi fazer a pergunta mais tola que fiz em toda minha vida a qualquer pessoa:

— Por que, se não está mais fazendo sol, quase todas as pessoas que estão aqui usam óculos escuros?

Ela respondeu com ares de sábia que os óculos estavam na moda e depois me pediu o número do telefone de meu apartamento de Bogotá. Eu não tinha a menor ideia do que ela queria, mas lhe informei, sem dar o número errado, como costumava fazer com as pessoas que achava que não me pudessem ser úteis.

Pouco tempo depois, meu amigo de Bogotá chegou, pálido e apressado, e falou no meu ouvido que tínhamos de ir embora imediatamente daquele lugar porque tinham acabado de lhe contar que um sujeito estava nos observando com cara feia porque havia sido namorado de Paola, a garota com quem meu amigo dançava, e que o homem tinha pagado por todas as operações que a jovem tinha feito, que não eram poucas.

Com as pernas trêmulas e disfarçando o medo, fomos apressadamente até meu carro. Quando cheguei ao estacionamento, vi um homem que parecia ser um segurança urinando na minha roda traseira direita e não me importei. Também esqueci o cavalheirismo e não abri a porta para nenhuma das mulheres que olhavam de relance o homem, constrangido, tentando urinar mais depressa. Entrei no carro, travei as portas, puxei o freio de mão e liguei o motor para que todos se apressassem. Quando pus o carro em movimento, surgiram na porta da boate quatro homens grandes, mal-encarados e também apressados, que nos olhavam enquanto saíamos. Pensei que iam sacar suas pistolas para disparar contra gente, mas não. Correram até nosso carro sem tirar os olhos da gente nem as mãos de suas cinturas enquanto chegávamos à portaria. Já na estrada, não sei o que aconteceu, mas corri tão depressa que os perdemos para sempre no meio de uma mistura estranha de paranoia e euforia.

Eu deveria saber. No dia seguinte, ficamos sabendo que os quatro homens vinham nos buscar para que festejássemos com El Titi, que, da escuridão de seu refúgio, já tinha resolvido me revelar seu paradeiro. Deixamos as mulheres em suas casas e não voltamos a vê-las durante nossa estadia em Pereira. As últimas a descer foram Yésica e Catalina. Saltaram diante de uma casa nem tão modesta nem tão bonita do bairro de Galán, perto de um parquinho. Catalina entrou na casa e Yésica atravessou a rua para entrar em um sobrado muito mais ajeitado. Na esquina, uma horda de bandidos nos observava ansiosamente, querendo nos fazer algum mal, mas nenhum de nós se abalou. A verdade é que, depois de ter escapado do covil dos homens mais perigosos do mundo, aqueles sujeitinhos meio carecas com argolas nas sobrancelhas e na língua, lenços na cabeça e pose de vaqueiros do oeste pareciam gatinhos fofos e inofensivos. Voltamos a Bogotá comentando a aventura durante todo o voo e não tive notícias delas até a manhã em que meu celular tocou. A ligação foi feita de um número de celular estranho. Raramente atendo quando não reconheço quem está me ligando, mas foi o que fiz. Era Catalina. Eu não esperava, mas tampouco fiquei contrariado com sua ligação, pois, apesar das coisas que vi em Pereira e que critiquei com meu companheiro de Bogotá durante toda a viagem de volta à capital, Catalina era linda e alguma coisa me motivou a não me aborrecer com seu telefonema.

Eu não soube até então que estava acompanhada por Yésica e menos ainda que elas precisavam de mim para me pedir moradia por uma noite porque o amigo que as hospedava tinha acabado de despejá-las com o pretexto da visita de alguns parentes. Meses mais tarde não tive problemas em concluir que o tal amigo não ia receber parente nenhum, mas que simplesmente estava de saco cheio de tê-las em sua casa por uma noite que durava muitos dias e havia deixado suas malas na portaria com a ordem de que não permitissem que elas se aproximassem do elevador sob pena de denunciar o porteiro por tentativa de homicídio e formação de quadrilha.

Atendi ao telefone, nos cumprimentamos alegremente, ela pensando no abrigo que meu apartamento lhe oferecia e talvez em uma cama de solteiro, eu pensando em seu corpo, talvez em sua boca e em uma cama de casal. Marcamos um encontro.

— Vamos nos ver! — disse em tom sedutor com sua voz de mulher deliciosamente resfriada, entre rouca e doce, meio carinhosa, meio acariciante. Eu tinha que aceitar. Afinal, um apartamento de 350 metros quadrados para um homem sozinho e recém-separado como eu não era o lugar mais aconchegante do mundo. Elas chegaram a nosso encontro com cara de que estavam angustiadas e rodando há muitas horas. Percebia-se sua preocupação, impotência, necessidade de dinheiro e alegria de estar de novo sob um teto seguro. No entanto, tentaram dissimular a situação fazendo-me acreditar que a crise era temporária e que terminaria no dia seguinte, quando aterrissariam em Pereira, onde suas mães as esperavam. Acreditei nelas.

Pediram que eu as deixasse ficar aquela noite e aceitei sem suspeitar sequer que elas tinham a invejável capacidade de prolongar as noites. Não sabia, por exemplo, que Oswaldo Ternera as aceitara por uma noite e que elas ficaram nove. Tampouco sabia que Benjamín Niño as viu amanhecer 75 vezes em sua casa ou que Mauricio Contento pagou 3 milhões de pesos a um hotel para alojá-las por uma noite de 14 dias. Por isso caí na história. Chegaram com suas duas inofensivas malas em meu apartamento quase meia hora depois de desligar o telefone. Gostei de Catalina e por isso tive vontade de pedir que ficassem mais dois ou três dias, mas não precisei. Às dez da manhã do dia seguinte me notificaram de seu suposto azar.

— Porra, perdemos o avião! — disse Yésica olhando um relógio que marcava nove e meia da manhã.

— Droga, já são nove e meia e daqui até a gente chegar... — disse a outra.

— E agora, o que vamos fazer? — perguntou a que olhava o relógio, e então respondi com toda inocência e um risinho malicioso:

— Então fiquem. O que mais podemos fazer? O mundo não vai acabar por causa disso.

Disseram que sentiam muito, que estavam morrendo de vergonha e que se sentiam muito mal, mas que iriam embora no dia seguinte e por isso no mesmo instante iam reconfirmar sua volta. Ficaram grudadas no telefone durante um bom tempo e começamos a viver... a conviver por muito tempo. Foram 82 dias durante os quais quase acabaram com a minha vida. Os detalhes são o de menos, o fato é que um dia tive de pedir à minha mãe que viesse com minhas irmãs e meus sobrinhos e se instalassem no apartamento com o pretexto de fazer uma série de exames médicos. Como este plano A não funcionou, tive de colocar em ação um plano B, que consistia em viajar e dizer à minha irmã que esperasse que elas saíssem para procurar o Dr.

Contento e então deixasse suas malas na portaria, proibindo que entrassem no edifício. Se nem eu nem Oswaldo Ternera nem Benjamín Niño nos conhecíamos e se usamos as mesmas estratégias para nos livrar de Catalina e de Yésica era porque havia algo de errado com elas. Isso foi o que descobri durante as 82 luas em que estiveram em meu apartamento.

Aprendi a amá-las ao longo dos primeiros dias. Pareciam duas pirralhas confusas, lutando por um sonho confuso, da maneira mais confusa. Estarem em Bogotá lutando para conseguir algo tão supérfluo, cafona e desnecessário para Catalina como um par de próteses de silicone era uma piada. Cheguei a acreditar nisso, mas numa das primeiras noites, quando Catalina chegou chorando e desabou no sofá da sala sem ânimo, sem esperanças e cheia de raiva, depois de receber a notícia de que o Dr. Mauricio Contento não ia voltar à clínica, compreendi que a obsessão por fechar nas costas um sutiã tamanho 44 não era brincadeira, e sim uma absurda realidade.

No entanto, elas achavam que o médico estava tentando tirar o corpo fora e se plantavam logo de manhã cedo em uma lanchonete na frente da clínica para esperar que o BMW azul-escuro que ele costumava dirigir estacionasse na entrada do Centro Estético com o intuito de abordá-lo imediatamente e cobrar dele o preço dos 12 dias de luxúria com Catalina. Todas as noites chegavam praguejando por não terem conseguido encontrar o Dr. Mauricio Contento. Faziam milhares de ligações que eu, por pena, não as impedia de fazer, e depois saíamos para jantar, porque não cozinho nem suporto que alguém invada meu espaço com o pretexto de cozinhar.

Começamos jantando nos melhores restaurantes. Uma semana mais tarde, depois das ligações de praxe, que eu não tolhia mas que começavam a me incomodar, passamos a jantar em restaurantes modestos. Duas semanas depois estávamos comendo em lanchonetes. E quando completamos um mês começamos a pedir entrega em domicílio. Foi quando a primeira conta de telefone chegou: 890 mil pesos. Fiquei de olhos arregalados e furioso porque esse dinheiro equivalia a uma viagem de quatro dias a Cartagena com uma amiguinha. Fiz as contas de cabeça e calculei que com essa soma poderia ter comprado uma caixa de aguardente para embebedar cem pessoas durante um comício, ou um potente equipamento de som para dar de presente aos líderes comunitários de um bairro em troca de seus votos.

Reclamei, admito que sem a seriedade e o barulho que o caso merecia, mas me tranquilizei quando elas responderam que não me preocupasse porque não sei quem iria lhes emprestar a grana com a qual prometiam pagar a conta. Não acreditei, e elas tampouco cumpriram a promessa. Não tinham porque cumprir. Ora, quando diziam que iam ficar uma noite em um apartamento acabavam ficando várias. Pensei então que devia reduzir os gastos com alimentação para compensar o pagamento da conta telefônica, e também cortar as despesas nos grandes restaurantes, nos restaurantes modestos, nas lanchonetes e com a comida em domicílio, e passamos a comer arroz com ovo frito e refrigerante no almoço e no jantar, todos os dias.

Não encontrei maneira mais original de incomodá-las. Nos fins de semana, ia com meus filhos, meus amigos, minhas amantes e às vezes sozinho para minha casa de campo porque achei que não seria uma boa ideia levá-las. Esse foi um erro que nunca cometi. Mas tampouco foi uma boa ideia deixá-las sozinhas no apartamento. Sempre que eu voltava alguns objetos de valor haviam desaparecido. Agendas, relógios, dinheiro, joias, CDs, DVDs e roupas. Depois de um mês, comecei a bater de frente com elas, a confrontá-las, a questioná-las. Catalina se mantinha sempre à margem da discussão, era Yésica quem respondia e defendia as duas. Às vezes as ouvia brigando entre elas porque Catalina censurava seu comportamento e suas atitudes abusivas. Pouco me importava se iam visitar o Dr. Contento ou procurar um traficante que financiasse as operações de que não precisavam, mas que de qualquer maneira iriam fazer. Só precisava recuperar meu território, vê-las sair com suas malas, expulsar o invasor, a exemplo do que conseguira fazer em nove dias e sem problema nenhum uma pessoa delicada como Oswaldo Ternera e em 75 dias um sujeito tão fraco e tarado como Benjamín Niño. Eu, que me sentia um tolo de coração mole, só consegui fazê-lo em 82 dias, e isso porque chegou a segunda conta telefônica, desta vez de 1.546 pesos, ou seja, quase o dobro da cifra do mês anterior. Foram 18 ligações para Pereira, algumas delas de até 78 minutos, 12 para Cartago, 14 para Montería, sete para Cartagena, duas para Unión Valle, 25 para Tuluá, quatro para a Espanha, três para os Estados Unidos, nove para o México, oito para Cuba, 12 para a Venezuela e mais de 170 chamadas para celulares.

Eu não sabia, tampouco suspeitei, mas em dois meses pude fazer a maior investigação sobre o paradeiro dos principais chefões do narcotráfico internacional. Fiquei sabendo disso no dia em que seus nomes apareceram nos jornais, deixando minhas amigas alvoroçadas. Eram os mesmos traficantes pelos quais ficaram esperando ao longo de dois meses e meio. Depois de localizá-los nos países onde estavam refugiados, ligavam para eles todos os dias para perguntar quando voltariam. Seus lugares-tenentes iam, inclusive, buscá-las em meu apartamento para suas farras às sextas-feiras. Eu mal conseguia acreditar. Entrei em pânico ao pensar no que aconteceria se a polícia os prendesse e encontrasse os números dos meus telefones em seus celulares e em suas contas telefônicas ou nos rastreamentos feitos pelas agências de inteligência. Estava, nem mais nem menos, diante da ameaça de perder meu mandato e minha reputação de político honesto e ir para a prisão por conta do maior escândalo narcopolítico depois do famoso Processo 8.000. Entrei de novo em pânico, fiquei extremamente estressado e resolvi pedir a minha mãe que viesse viver em meu apartamento com toda a família. Precisava tirá-las da minha vida antes que acabasse preso como traficante de drogas e meus amigos e eleitores lessem, estupefatos, a notícia da minha captura.

Minha mãe e minha irmã chegaram com meus dois sobrinhos e expulsaram as garotas depois de uma batalha longa, mas bem-sucedida. Aproveitaram uma ocasião que elas tinham saído para procurar pela enésima vez o Dr. Contento e deixaram suas malas na portaria. Eu tinha viajado no dia anterior para a ilha de San Andrés com meus dois filhos mais velhos depois de uma simples reflexão: se elas ficassem mais um mês em minha casa fazendo ligações intermináveis para todos os lugares do mundo e a conta telefônica dobrasse a cada trinta dias, a próxima fatura seria de mais de 3 milhões de pesos. Usei esse dinheiro para financiar as férias. Voamos numa sexta-feira. Antes de partir, disse a elas que minha família chegaria no dia seguinte, ao que prometeram ir embora naquela mesma noite. Mas não foi assim. Não tinha por que ser assim. Quando minha mãe, minha irmã e meus sobrinhos chegaram, elas ainda estavam no apartamento. Minha mãe cumpriu seu papel ao pé da letra e se aboletou, sem pedir licença, em uma das camas que elas ocupavam. A segunda parte do plano era deixá-las sem telefone, e por isso meus sobrinhos chamaram um de meus assistentes que já havia sido avisado e lhe pediram que os ajudasse a cortar o cabo que dava para a rua. E assim fizeram, com a cumplicidade do porteiro do edifício, o que só enfureceu ainda mais Yésica, que passou o dia inteiro testando velhos aparelhos, ignorando que o problema era da linha.

Gritava que se o telefone tinha sido cortado seria pior para todos, porque elas estavam esperando a ligação de um senhor que pagaria suas passagens de volta. Com este último argumento, passaram a atingir a disposição de minha irmã. Ela ligou para San Andrés e me informou que o telefone do apartamento já havia sido desligado, mas que encontrava-se diante de um dilema, pois Yésica dizia que estava esperando a ligação de um senhor que lhes daria as passagens de volta. Que se não religássemos o telefone não poderiam retornar à sua cidade e teriam de ficar no apartamento por mais tempo. Falei que não se preocupasse, que eu já ouvira essa história pelo menos quinze vezes e que seguissem com o plano, sem trégua, sem ceder um milímetro de terreno, que ocupassem todas as camas à noite, que fechassem o registro de água e que continuassem avançando. "Guerra é guerra!", me disse minha irmã feliz com o apoio que eu lhe dera, e confirmei: "Guerra é guerra!"

Quando ela cortou a água, Yésica saiu do banheiro xingando:

— Porra, não tem como tomar banho se não tem água! Porra, não tem como ir buscar as passagens sem ter tomado banho! Vocês vão ver, se não puder ir buscar as passagens não vou poder sair da porra desse apartamento!

Minha irmã não a levou a sério e tampouco precisou me telefonar, pois já sabia qual seria a resposta. Por isso manteve as rígidas medidas e suportou com valentia as arremetidas da mulherzinha mentirosa. Como minha irmã percebeu que Catalina tentava não criar problemas, não se fazer notada e se aborrecia com o que Yésica fazia e dizia, se aventurou a tentar uma aliança com ela e conseguiu. Ligou a água para que Yésica tomasse seu banho e se aproximou de Catalina aproveitando o barulho do chuveiro. Disse que ela parecia muito nobre para estar andando com uma pessoa como Yésica. Que não gostava de como às vezes a tratava e que aquela amizade não lhe convinha. Que fosse para casa, ficasse ao lado de sua mãe e parasse de ficar andando com pessoas que não valiam a pena. Catalina começou a chorar e disse à minha irmã que ela tinha razão, mas que a compreendesse, porque se estava ligada à Yésica era porque o maior sonho de sua vida era a operação dos seios e que sem a amiga esse sonho seria praticamente impossível de ser realizado.

Minha irmã ficou ainda mais preocupada e indignada com a maneira de pensar de uma menina que, para ela, estava no começo da vida. Disse que na sua idade era pecado ficar pensando nessas coisas, que não fosse tão bobinha e começasse a estudar porque o estudo era a única coisa importante na vida. Que um parente, um amigo ou qualquer pessoa podia apunhalar alguém pelas costas, mas que o estudo não. Que parasse de ficar pensando em homem porque ela, apesar de ter seios que não preenchiam um sutiã 38, jamais precisara na vida de algo assim para ser quem era. Que nenhum homem a havia rejeitado por não ter peitos grandes e que ela teria sido a primeira a rejeitar um homem que ousasse censurá-la por isso. Que a pessoa é o que é pelo que se sabe e não pelo que se tem. Que um par de peitos não era tudo na vida e que não fosse se prostituir para consegui-lo. Que a pessoa devia se aceitar como é, como Deus a trouxe ao mundo e que achava muito imbecil e asqueroso o homem que gostava de alguém por causa do tamanho dos peitos.

Quando o barulho do chuveiro parou, minha irmã ficou calada e Catalina lhe disse uma coisa incrível e inesperada.

— Quer saber de uma coisa? Você tem razão em tudo o que disse. Eu também estou cansada de andar com Yésica e agradeço seus conselhos, mas ninguém no mundo vai conseguir me fazer desistir de colocar peito. Se quiser nos expulsar de casa, posso levar Yésica para dar uma volta, e aí você aproveita para arrumar nossas roupas nas nossas duas malas e deixa tudo na portaria. Diga ao porteiro para entregar para a gente e que não nos deixe entrar por nada do mundo, porque caso contrário será demitido. Ela não vai estranhar. Eu sei o que estou dizendo — concluiu e voltou correndo para o quarto.

Minha irmã ficou feliz e ao mesmo tempo triste pela pobre Catalina. Pensou que uma pessoa que se sacrificava por ter vergonha merecia uma segunda chance na vida, mas aceitou a sugestão da menina. Chegou a lhe dizer, sem me consultar, que poderia deixá-la ficar no apartamento, desde que sozinha. Catalina respondeu que não, que as duas estavam juntas naquela batalha e que sua falta de sorte ainda não conseguira destruir sua lealdade. Quando Yésica apareceu de cara feia no quarto, chateada com a intimidade das duas, Catalina a tirou de casa. Queria dar uma volta e deixar o tempo passar para que minha irmã pudesse fazer as malas e levá-las à portaria, como tinha ficado combinado e como já havia acontecido tantas vezes com elas. E assim fez e assim aconteceu.

Na quarta-feira, quando voltei das ilhas de San Andrés, minha irmã mal me deixou sair do táxi querendo logo me informar sobre a vitória:

— Meu irmão, finalmente conseguimos expulsá-las: as desgraçadas foram embora!

Eu não sabia se me alegrava ou se chorava. Senti um turbilhão de sensações incríveis, meus sentimentos se confundiam. Eram conflitantes. Misturaram-se dentro de mim a alegria de saber que estavam longe e a tristeza de não voltar a vê-las, especialmente Catalina, e, de repente, me lembrei de uma noite silenciosa, no meio da tensão própria que se estabelece entre um homem infeliz e uma mulher que sofre. Nessa noite em questão, ela apareceu no meu quarto como um raio. Estava sorridente e, embora pálida e nervosa, bela e disposta. A conta de telefone de 1,5 milhão de pesos havia acabado de chegar e a expressão em meu rosto mostrava como eu estava incomodado e aborrecido de tê-las como hóspedes. Yésica foi dormir em um lugar qualquer que eu ignorava e tampouco me importava e por isso ficamos os dois, sozinhos, no apartamento.

Tudo estava em silêncio e ameaçava ficar assim até o amanhecer quando ouvi a porta de seu quarto se abrindo. Imaginei que ia ao banheiro, mas achei estranho aquele barulho porque Catalina era daquelas pessoas que tentavam passar despercebidas para não aborrecer nem incomodar. Tamanha era sua delicadeza que à noite, se dependesse dela, ficaria invisível. Estou certo de que muitas vezes segurou a vontade de urinar para não fazer barulho com as dobradiças meio enferrujadas ou com a descarga. Mas não tive muito tempo para ficar espantado porque depois de cinco segundos, dois caminhando até minha porta e três imaginando como entraria em meu quarto, ela surgiu de repente na minha frente por volta das onze da noite e ficou me olhando com sua carinha de menina que se achava adulta e me disse que estava com frio, muito assustada e que não conseguia dormir. Perguntou se podia ver televisão em minha companhia. Nenhum homem na face da Terra teria dito não.

Estava descalça e usava um pijaminha curto, branco, de cetim, sensual e muito provocante que deixava seus encantos à mostra, emoldurados por uma pele bronzeada e macia como uma pera. Enquanto caminhava em minha direção com o tecido da roupa bamboleando sobre seu corpo eu respondi que sim. Era inevitável.

Ela caminhou na ponta dos pés até a cama e se enfiou no meio das cobertas, deitando-se ao meu lado com uma timidez aparente que me levou a desejá-la. Perguntei qual era o canal que desejava assistir e não soube me responder. Limitou-se a enfiar o nariz frio no meu pescoço e a passar um dos braços e uma das pernas sobre meu corpo em um gesto de imensa ternura. Não tive alternativa senão abraçá-la e começar a percorrer suas costas quentes com minhas mãos abertas, sentindo seu corpo tremer ao entrar em contato com a ponta dos meus dedos. E aí me ofereceu a boca para que a beijasse, e foi o que fiz. Um beijo tímido que logo se transformou em um beijo apaixonado.

De repente senti sua mão inexperiente apalpando minha pélvis e senti a glória. Mas foi exatamente quando tentou tirar minha cueca com um gesto mecânico que compreendi que aquele não era um ato sexual entre um homem apaixonado, ou pelo menos cheio de desejo, e uma mulher apaixonada, ou pelo menos cheia de desejo. Estou certo de que Yésica mandou a pobre Catalina, que já percebia que a hora de sair da minha casa se aproximava, se deitar comigo para atenuar o problema da conta telefônica e poder assim prolongar um pouco mais sua permanência no apartamento. Nesse caso, a inesperada saída de Yésica naquela noite, sozinha, se encaixava com perfeição na suspeita de um plano das amigas para apaziguar meus ânimos e pagar com favores sexuais a estadia e o consequente abuso da linha telefônica. Por isso a detive. Mais por tacanhice, sabendo o que aquela trepada poderia me custar, do que por falta de desejo.

Ela estranhou, pois, é claro, acreditava que nenhum homem poderia resistir a seus quadris delineados e à sua bunda de mármore, mas eu tinha de fazê-lo. Primeiro porque àquela altura do campeonato ela já me contara toda sua história. Ao longo de várias noites, diante da lareira da sala, ela me falou de sua obsessão pela operação, de seu namoro com Albeiro, das ofensas de El Titi, da primeira vez com Cavalo diante de um cavalo, da segunda e da terceira vez com os amigos de Cavalo, da noite em que teve de se transformar na maior puta de Pereira em dez segundos para que Cardona a aceitasse em sua cama, da aventura sexo-comercial com o Dr. Contento, da raiva que havia sentido quando Mariño mandou chamá-la para comprar a virgindade que ela já não tinha, enfim, de tudo o que era necessário para ter consciência de que a relação com uma pessoa daquela não era segura nem em termos de salubridade. Em segundo lugar, porque me parecia humilhante que Catalina me oferecesse seus favores sexuais para pagar a conta telefônica.

Estou certo de que se tivesse existido um único indício, uma única prova, uma mera suspeita de que na origem de sua atitude estava seu amor por mim, seu desejo por mim ou pelo menos o fato de gostar de mim, não a teria interrompido de maneira tão abrupta.

Eu lhe expliquei porque estava fazendo aquilo e ela também não soube me responder com argumentos críveis. Disse que me desejava, que gostava de mim e que não queria me ver sério daquele jeito. Acrescentou que sabia como eu estava solitário e que não via nada de mau em passarmos alguns momentos agradáveis. Questionei-a. Perguntei, em tom de reclamação, se havia começado a gostar de mim agora, exatamente dois meses depois de tê-las hospedado em meu apartamento e, por coincidência, logo depois da chegada da conta telefônica exorbitante, uma montanha de dinheiro, e ela ficou calada.

Depois dessa resposta eloquente, mandei-a dormir, e ela me avisou que eu estava enganado. Falei que gostava dela, que a desejava loucamente e que não havia passado uma única noite desde sua chegada sem que me imaginasse me enfiando em seu quarto para transar com ela, mas que naquelas circunstâncias ela perdia todo o encanto para mim. Disse que se era verdade que gostava de mim ou que me desejava, que então me procurasse um dia qualquer e me dissesse e me fizesse sentir isso, mas que já não poderia estar vivendo na minha casa nem dependendo de mim nem abusando de meu telefone. Declarei que ficar com ela naquele momento me parecia um simples ato de prostituição infantil, apesar de continuar achando que ela tinha 16 anos.

14

Albeiro

Soube de sua verdadeira idade uma manhã quando o interfone interrompeu a calma do apartamento. O porteiro do edifício me avisou que um senhor chamado Albeiro Manrique queria falar comigo. Respondi que não conhecia ninguém com esse nome e voltei ao meu escritório, onde estava escrevendo um projeto de lei sobre a legalização do aborto. Ao cabo de alguns segundos o interfone voltou a tocar e o zelador repetiu a mesma coisa, mas acrescentou que o Sr. Albeiro estava insistindo e que mandava dizer que se não fosse por bem ia entrar de qualquer maneira, o que significava que entraria à força, e aí ele se veria obrigado a agir.

Fiquei imediatamente nervoso e pensei em duas possibilidades. A primeira, que o tal do Albeiro era um traficante que vinha me fazer pagar pela ousadia de viver com sua namorada. A segunda, que as autoridades tinham acabado de descobrir algum escândalo no qual eu estava envolvido e vinham me procurar acompanhados de vários jornalistas prontos para gravar uma reportagem da prisão. Ambas opções me provocavam descargas de adrenalina em igual medida e por isso corri com medo até o escritório e reli um jornal que guardava com cuidado para ver se aquele nome, Albeiro, estava na lista dos traficantes de drogas mais procurados do mundo pela DEA. O nome não constava ali e a chance de que estivessem vindo me prender por prevaricação ou até por corrupção de menores aumentou.

No primeiro caso, imaginei, mais uma vez, meus eleitores se assustando diante de minha falência moral e, no segundo, me lembrei de meus filhos. O que eles pensariam quando ficassem sabendo que seu pai estava sendo acusado de corromper duas menores que tinham a mesma idade que eles? Em seguida peguei o interfone e disse ao porteiro, em voz baixa e tom de confidência, como se alguém estivesse me ouvindo, que dissesse ao Sr. Albeiro que eu mandava dizer que não estava. O porteiro me disse então que o senhor estava mais calmo e que só queria falar comigo a respeito de sua namorada, Catalina. Deveria ter dito antes! Albeiro era o famoso namorado de Catalina, o mesmo que ela enganara na madrugada de 19 de junho, um dia depois de completar 15 anos, levando-o a acreditar que era virgem.

Abri a porta e o tempo parou diante de meus olhos para que eu o comparasse com o Albeiro que tinha imaginado segundo o retrato que Catalina me fizera dele em seus intermináveis relatos autobiográficos. Era um rapaz jovem, de uns 23 anos, alto, magro, malvestido, embora não o soubesse, cabelos curtos, sobrancelhas densas, sorriso tímido e pele muito queimada de sol. Carregava uma mochila e cheirava a ônibus intermunicipal. Parou diante de mim com seu semblante entre pálido e esverdeado, junto a um certo ar de autossuficiência. Olhou-me com seus tristes olhos cor de mel, me estendeu a mão áspera e descuidada e me disse com voz estridente quem era. Que eu perdoasse a ousadia, mas ele estava desesperado por vê-la e que havia conseguido o endereço em uma das poucas cartas que Catalina enviara à sua mãe. Acreditei, fiz com que fosse até a sala e ele ficou feliz.

Começou agradecendo a hospitalidade que eu tinha oferecido à sua namorada e disse que não tinha como me pagar por tudo o que estava fazendo por ela, segundo comentara D. Hilda, sua sogra. Acrescentou que Catalina não fazia senão falar bem de mim e que se desdobrava em elogios diante de sua mãe pelas coisas que eu fazia por elas, o que me pareceu injusto porque, à exceção da primeira semana, nem sorrira para elas o restante do tempo. No entanto, entrei na onda e, apesar de meus afazeres, me pareceu justo dedicar um pouco do meu tempo à pessoa de quem mais tinha pena no mundo. Naquele momento eu já sabia de todas as coisas que ele fizera por Catalina e também de todas as coisas que ela fizera contra ele.

Falou que amava Catalina e que não sabia mais o que fazer com ela. Que ela o tinha transformado num "merda", que lhe impunha condições, que ele não podia lhe dizer nada porque logo se enfurecia e ameaçava abandoná-lo e por isso acabava ficando calado, contemplando-a em silêncio, obedecendo a seus caprichos por temer perdê-la, deixando-se arrastar ao delicioso abismo da esperança. Eu lhe disse que estava se enganando. Que aquela não era a forma normal de amar alguém e que devia conversar com ela e pôr os pingos nos is se não quisesse enlouquecer. Perguntou se eu queria beber alguma coisa porque precisava desabafar, e eu aceitei. Pouco depois voltou com várias latas de cerveja e quando abriu as primeiras pediu que lhe dissesse onde as garotas estavam, como se comportavam comigo e se eu sabia onde trabalhavam. Enfim, muitas perguntas ao mesmo tempo e todas impossíveis de responder. Por isso insinuei que esperasse até a noite para que elas próprias tirassem suas dúvidas.

Ao cair da noite, Albeiro, que era uma esponja quando o assunto era álcool, já estava bêbado. Gargalhava como um menino recordando que ele tinha culpa de Catalina estar obcecada em conseguir peitos de silicone por causa de um comentário que havia feito uma tarde, quando fora buscá-la no colégio.

— Estava tão linda — disse com os olhos brilhantes — que não consegui conter a vontade de lhe dizer que só faltava isso para ser rainha. Não queria magoá-la... — acrescentou, sem conseguir evitar que as lágrimas tomassem conta de seus olhos.

Eu quis lhe dizer que não se preocupasse e que abandonasse o sentimento de culpa porque a obsessão de Catalina por seus peitos tinha origem em outras ambições pessoais, em outras circunstâncias psicossociais e culturais, mas resolvi ficar calado e me manter à parte. Se tivesse lhe informado que aquela frase que ele dissera na saída do colégio não influenciara em nada a vontade que Catalina já tinha de ficar igual a suas amigas para não ser rejeitada pelos traficantes, teria tirado um imenso peso de suas costas e feito desaparecer seu sentimento de culpa, mas, paradoxalmente, o levaria a um enfarte, pois eu havia acabado de perceber como o coitado do Albeiro estava longe de imaginar que sua namorada sabia fazer e fizera muito mais coisas do que ele imaginava. Albeiro jurava que Catalina era uma menina inocente, mas ignorava que muito mais inocente era ele.

Acabou embriagado, contando-me um monte de histórias, algumas inverossímeis, muitas que eu já sabia e outras engraçadas. Contou, por exemplo que Catalina o advertira, quando começaram a namorar, que não se iludisse porque não iria para a cama com ele antes de completar 18 anos. Mas depois ela reduzira a espera em três anos e ele a tornara sua há menos de dois meses, exatamente no dia em que completara 15 anos.

— Era virgem, e eu fui o primeiro homem de sua vida — contou-me, cheio de orgulho, e eu fiquei pasmo pensando mais na informação sobre a idade de Catalina do que na imensa mentira que ela contara ao namorado.

— Espere aí — interrompi, fazendo contas na minha mente. — Como assim? Catalina tem 15 anos? — exclamei horrorizado diante da possibilidade de que isso fosse verdade e mais ainda diante da própria possibilidade de que tivesse topado transar com uma criança na noite em que tínhamos ficado sozinhos.

Albeiro me disse com a maior naturalidade que era verdade. Que Catalina tinha só 15 anos. Perguntou, então, qual era o problema. Eu respondi que nenhum, e a partir daquele momento resolvi tirá-la da minha casa. Creio que foi o fato de ficar sabendo sua idade verdadeira e não o valor da conta telefônica o que me motivou a chamar minha família para me ajudar.

Mas as surpresas não terminaram por aí. Albeiro acabou bêbado e contando, morrendo de rir, coisas que jamais teria esperado de um homem com seu espírito raso, sua timidez, sua pouca agilidade mental e sua incompetência: fizera amor com D. Hilda, sua sogra, a mãe de Catalina. E não uma, mas e sim quatro vezes, a última delas no dia anterior à sua visita a meu apartamento, ou seja, ontem. Contou que foi se despedir dela e ver o que aconteceria. Bayron, o irmão de Catalina, lhe disse que D. Hilda estava tomando banho, e Albeiro resolveu esperá-la. Sentado no sofá da sala, descosturado em muitas partes e muito desbotado, Albeiro começou a ouvir o som da água caindo sobre o corpo da sogra. Aguçou seus sentidos, vizualizou-a nua e fechou os olhos para imaginar-se possuindo-a. Ao vê-lo com os olhos fechados, Bayron perguntou se estava com sono, e ele não respondeu. Estava beijando o pescoço da sogra enquanto a água molhava seu cabelo e sua camisa. Bayron saiu de casa sem dizer nada, embora o cunhado nem tenha percebido.

Albeiro continuou concentrado em sua tarefa, e quando já estava prestes a dobrar os joelhos, apoiando-os sobre o chão molhado para beber água do umbigo dela, o chuveiro silenciou e o genro descarado saiu do transe como que por encanto. Segundos depois, D. Hilda apareceu e correu até seu quarto com uma toalha que mal cobria as partes íntimas. Não percebeu a presença do genro até que este falou com ela, um pouco antes de entrar no quarto.

— D. Hilda, vim perguntar se a senhora quer mandar alguma coisa para Catalina... Viajo amanhã para Bogotá. — Olhou-a com desejo e concluiu: — De madrugada.

D. Hilda percebeu em seus olhos os mesmos sintomas de luxúria, desejo e necessidade que percebera nas três vezes anteriores em que fizeram amor e falou sem hesitar:

— Venha, meu filho. Venha, vamos conversar aqui no meu quarto porque alguém pode passar e seria muito chato se me vissem assim.

Albeiro acatou a ordem com o coração acelerado e entrou no quarto de D. Hilda. Em meio a gargalhadas, comentou comigo como a senhora era ardente. Disse que a coitadinha não aguentava nem um olhar e ficava logo excitada e isso era porque a infeliz estava sem marido há muitos anos. Foi então que afirmou que aquela última havia sido a melhor das quatro vezes em que tinha dormido com ela e recordou, com um tom especial e simpático, que D. Hilda o ajudara a se despir afoitamente e que depois o meteu em sua toalha ao mesmo tempo úmida e quente. Os dois acabaram rolando impetuosamente pelo chão e esfregando a poeira com seu cabelo molhado e a toalha retorcida que se enrolava, com total desordem, igual a uma cobra, em seus corpos. Recordou seus orgasmos como algo medroso e ao mesmo tempo delicioso. Contou, fazendo os gestos correspondentes, que ela ficou sem ar por alguns segundos, olhando-o como uma pessoa moribunda que quer dizer algo, cravando as unhas em suas costas e com a boca semiaberta.

Disse também que desde o dia anterior já não sabia se amava mais Catalina ou D. Hilda. No entanto, deixou claro que tudo era uma agradável aventura que não queria interromper, mas da qual devia fugir porque sua intenção verdadeira era viver com Catalina.

Quando Catalina e Yésica chegaram, o recente amor de Albeiro por sua sogra desapareceu como por encanto. Suas dúvidas se dissiparam e a torrente de amor foi canalizada para a menina de seus olhos, que não estava muito radiante neste dia. Albeiro ficou olhando-a um instante e se aproximou, rendido, para abraçá-la com resignação e doçura. Por isso esqueceu o refrão que durante horas, talvez dias, havia decorado e só conseguiu perguntar:

— Por que você faz uma coisa dessas comigo, meu bem?

Catalina correspondeu ao abraço me olhando com pena e despachou-o mandando que pegasse o primeiro ônibus noturno para Pereira. Tinha-o na palma da mão. Era uma chantagista. Fazia o que bem entendia com ele ameaçando abandoná-lo. Amava-o, mas ninguém, nem ela mesma, sabia de que maneira nem por quê. O fato é que, quando se separou do abraço dele, disse:

— Volte agora mesmo para casa!

O coitado ficou atônito e sentiu vergonha por sua masculinidade, e por isso conseguiu balbuciar com alguma dignidade antes que Catalina lhe lançasse sua primeira ameaça:

— Como assim, meu amor? Eu acabei de chegar.

— Não importa — respondeu ela —, vá embora agora mesmo, se não quiser que eu coloque um ponto final na nossa história, Albeiro.

Pelo pouco que consegui saber a seu respeito, acho que não estava sendo sincera. Queria tê-lo ao seu lado, mas imaginava que o coitado possuía apenas o dinheiro da passagem e nenhum peso para pagar um hotel, e entrou em pânico só de imaginar minha cara quando ela me informasse que o jovem iria ficar com a gente, iria comer com a gente, iria ligar do meu telefone para sua família em Pereira e que, além disso, ela faria amor com ele todas as noites enquanto eu, no quarto da frente, ouviria os gemidos.

Albeiro voltou à sua cidade natal disposto a mudar de vida, esquecer as humilhações de Catalina e, de certa forma, se vingar das coisas horríveis que ela o fazia sentir muitas vezes, como aquela, diante de outras pessoas. Foi forçado a entender que ter sido o primeiro homem a fazer amor com Catalina não lhe garantia nada. Cada vez a via mais difícil, mais evasiva, mais distante, mais inalcançável, mesmo sem ser ninguém na vida, e não estava disposto a esperá-la nem a aguentá-la um segundo mais.

15

O sonho transformado em pesadelo

Eu nunca soube para onde Catalina e Yésica foram naquela tarde, depois que o porteiro do meu edifício lhes entregou as malas deixadas na portaria. O fato é que em poucos dias a sorte delas mudou, mais para mal do que para bem, mas mudou.

Estavam na lanchonete que ficava na frente da clínica lendo uma revista de fofocas quando viram o BMW azul-escuro de Mauricio Contento entrando no estacionamento. Pularam de suas cadeiras mortas de felicidade, beberam o último gole de refrigerante que lhes restava e se apressaram em pagar a conta, ainda que com má vontade. Quando atravessaram a rua, o médico meio vigarista já estava chegando à porta do estabelecimento. Gritaram como dementes esperando que ele as ouvisse, mas não foi o que aconteceu. Então, entraram de assalto na clínica e começaram a persegui-lo gritando seu nome, como se estivessem se afogando no meio do oceano e Mauricio estivesse passando ao largo em um minúsculo bote. De nada adiantaram os protestos da recepcionista nem as ameaças do porteiro nem os olhares críticos da clientela. Catalina e Yésica continuaram gritando pelo médico até que este apareceu como se nada estivesse acontecendo. Como havia clientes na sala de espera, conduziu a questão com diplomacia, delicadeza e extrema irresponsabilidade:

— Então tá, pode marcar. Vou operar você! — disse com muita segurança a Catalina antes que ele lhe cobrasse em público as 12 vezes que havia dormido com ele em troca de nada. Acrescentou que estava tudo bem, que não tinha acontecido nada e que acabara de chegar de viagem. Disse que ficava muito feliz em vê-las e que estava mesmo pensando em ligar para as duas. A adolescente sofrida mal conseguia acreditar e só conseguiu abraçar Yésica, mergulhada na mais profunda felicidade, talvez a única que havia experimentado em sua curta vida:

— Cara, ele vai me operar! — disse, quase com lágrimas nos olhos, à sua amiga, que continuava comemorando como se a beneficiada fosse ela.

A recepcionista ficou aterrorizada com a promessa do Dr. Contento, pois sabia que Catalina não tinha feito nenhum dos exames preparatórios. Mesmo assim deixou que ele continuasse, mais para ajudar o chefe a contornar o problema do que por estar convencida.

Dez horas mais tarde, depois de o médico ter se livrado de todos seus pacientes, Catalina foi levada inevitavelmente à sala de cirurgia. Ali a esperava Mauricio Contento. Parecia extenuado com seu jaleco verde descartável e seus sapatos brancos. Não estava confiante, mas sabia que não tinha alternativa. Fazia o necessário para manter sua imagem e até sua saúde física, porque percebeu no olhar de Catalina um desejo imenso de matá-lo sem medir as consequências. A jovem perguntou se a operação doía, mas ele não respondeu. Estava preocupado. Não sabia se o organismo da garota seria capaz de resistir à anestesia ou se ela tinha alergia à penicilina ou se padecia de algum tipo de diabetes que pudesse impedir seu sangue de coagular a tempo.

O anestesista não quis ser corresponsável pelo que pudesse acontecer e foi embora. Mauricio mandou chamar um anestesista amigo e lhe mostrou a ficha médica de outra paciente, que não tinha resistência nem nenhum tipo de problema que a impedisse de ser anestesiada. Enganado, o profissional adormeceu-a literalmente às cegas, enquanto Yésica perguntava na recepção a cada meia hora pela saúde da amiga, pensando que se Catalina morresse teria de voltar sozinha para Pereira com o agravante de ter que dar a péssima notícia a D. Hilda e a Albeiro que, naquele momento, já estavam pensando seriamente em viver juntos, como marido e mulher.

Uma coisa impedia Albeiro de dar plena vazão a seus desejos: a aterrorizante ideia de trocar sua condição de namorado de Catalina pela de seu padrasto. O fato é que o tórrido e incomum romance de Hilda e Albeiro esquentava a cada minuto, ameaçando envolvê-los na turbulência de um amor impossível com desenlace fatal. E, como Yésica ignorava que a única coisa que a má notícia da morte de Catalina iria provocar seria a consolidação do romance do padrasto e namorado de Catalina com sua mãe e rival, continuou temendo ter que dar a notícia e por isso aumentou a frequência e a quantidade de suas idas à recepção, bombardeando a secretária com perguntas como:

— Ela já saiu? É verdade que ainda não morreu? Já colocaram os peitos? Será que foi bem operada? Ainda vamos ter de esperar para ver? Será que aconteceu alguma coisa com ela?

Perguntas que a secretária, com os lábios contraídos e os olhos repletos de raiva, respondia com um simples:

— Por que você não se senta e espera, hein? — Frase que não passava de uma tradução educada de seus pensamentos, passíveis de serem sintetizados assim: "Porra, cara, vá se foder!"

Três horas depois, Catalina foi transferida, ainda inconsciente e com os seios maiores, à sala de recuperação. O próprio Dr. Contento, em um tom meio brincalhão, se encarregou de dar a notícia a Yésica, que estava meio adormecida e tiritando de frio em um sofá da recepção:

— Bem, menina, sua amiga já é dona de grandes peitos!

Yésica ficou muito feliz. Parecia que os peitos eram dela. Levantou-se, abraçou o médico e chorou de emoção. E não era para menos: a odisseia que Catalina vivera desde a tarde em que El Titi a rejeitara trocando-a por Paola havia terminado. Chegavam ao fim aqueles meses em que ficara perambulando para atingir seu objetivo. Acabavam de terminar as sucessivas frustrações e as inúteis tentativas de conseguir o dinheiro ou os peitos. Depois, os motivos para comemorar eram muitos. O Dr. Contento foi embora mais preocupado do que feliz, e Yésica ficou pedindo à recepcionista que a deixasse entrar, mesmo que fosse por um segundo, mas não conseguiu.

Na manhã seguinte, Catalina abriu os olhos lenta e pesadamente e deu de cara com o rosto da melhor amiga iluminado por um grande raio de sol que se infiltrava pelas persianas do quarto como se fosse um clarão invisível.

— Você conseguiu, parceira — disse Yésica com alegria e concluiu: — Já foram colocados...

Catalina deixou escapar um leve sorriso, mal conseguindo comentar com as poucas energias que lhe restavam:

— Foi por pouco!

Yésica sorriu apertando sua mão.

— E como ficaram?

— Bem... Este cara é famoso e operou metade das misses e modelos do país... Outra coisa é o filho da puta ser um cafajeste e mentiroso...

— Mas valeu a pena, não é mesmo? — perguntou a jovenzinha insegura, e Yésica lhe respondeu com um simples:

— E o que você acha, minha filha?

Catalina voltou a sorrir e fechou os olhos. Na manhã seguinte, assim que se sentiu com energias para se levantar sozinha e caminhar até o banheiro, correu até o espelho, tirou a blusinha descartável que ainda usava e passou horas e horas observando os seios com espanto e esperança.

— Foi por pouco — disse a si mesma e começou a fantasiar. Imaginou-se descendo as escadas rolantes de um shopping com uma blusinha decotada diante dos olhares impávidos de homens espantados com sua beleza. Imaginou-se seminua na capa de uma revista de fofocas. Imaginou-se chegando a uma festa de traficantes com um vestido meio transparente agitado pelo vento e até sorriu ao ver que El Titi brigava com Cardona para ficar com ela naquela noite. Imaginou-se nua ao lado de suas quatro amigas medindo o busto e fazendo comparações no camarim de um evento de moda. Imaginou-se brincando com os peitos ao lado de uma boneca Barbie igualmente peituda. Quando saiu do transe, continuou se observando no espelho com orgulho e espanto, embora seus peitos estivessem mumificados, cobertos pelos curativos. Sabia que estavam ali e que causariam impacto porque ela os sentia gigantes.

Duas semanas mais tarde, quando o pós-operatório começava a terminar, o Dr. Contento ligou para cobrar a última parcela da dispendiosa operação. Levou-a para passar o fim de semana em Girardot, desfrutou-a por dois dias e devolveu-a a Yésica no domingo à noite, com a resoluta intenção de não voltar a vê-la nunca mais em sua vida. Estava enganado, mas era o que queria.

Enquanto Yésica e Catalina perseguiam o Dr. Contento, El Titi, Preguinho e Mariño avaliavam a possibilidade de voltar ao país porque, aparentemente, ninguém mais os perseguia com afinco. A procuradoria se cansou de procurá-los e se contentou em lhes confiscar — e em maior medida de Cardona e Morón — cerca de quinhentos bens móveis e imóveis, que incluíam chácaras suntuosas, apartamentos, aviões, casas, iates, lanchas, edifícios, postos de gasolina, concessionárias de automóveis, shopping centers e até praias particulares, avaliados em aproximadamente 1 bilhão de dólares. Dinheiro que afetava as finanças dos chefões, mas nem tanto, pois o grosso de suas fortunas, calculadas em 30 bilhões de dólares, estava descansando em contas secretas no Panamá, na Suíça e nas Ilhas Cayman.

Morón e Cardona queriam saber como El Titi e Preguinho se virariam na Colômbia e por isso os mandaram na frente. Foram usados como batedores para avaliar a situação e saber em primeira mão se era verdade que já não estavam sendo tão procurados como antes. El Titi confirmou frequentando a boate, indo aos bons restaurantes da cidade em companhia de Marcela e assistindo a alguns jogos do Deportivo Pereira. Aparentemente tudo estava em ordem, porque ninguém o reconhecia, ninguém lhe dizia nada, e ele continuava andando por todo o eixo cafeicultor e o Norte do Vale como um cão em sua casa.

Só uma coisa estava mudando. Por causa da debandada dos grandes chefes do crime, seus subalternos, sócios estratégicos, como os membros do cartel dos insumos, e aqueles oportunistas que sempre aparecem quando há uma crise encontravam-se travando uma guerra mortal para se apropriar dos mercados que os grandalhões haviam deixado órfãos. Centenas de pequenos industriais do negócio do tráfico de drogas acreditaram que havia uma boa oportunidade para se tornar independentes diante da ausência do comando que mantinha os vários grupos coesos. Segundo um coronel da polícia de Cali, surgiram cerca de quatrocentos microcartéis de produtores, distribuidores e exportadores e, por isso, acabar com o negócio do tráfico se tornou, mais do que nunca, uma utopia inimaginável.

Ora, acabar com dois cartéis havia custado ao país mais de 50 mil vidas, incluindo bandidos, policiais, soldados, políticos honestos, políticos desonestos, jornalistas, juízes, magistrados, jovens e, é claro, também inocentes, mulheres e velhos. Foram 25 anos de uma luta que consumiu a maior parte do orçamento nacional em despesas militares. Por isso, exterminar quatrocentos pequenos cartéis era praticamente impossível. Pensei com meus botões que a legalização da droga era a única solução para acabar com o lucrativo negócio, mas um traficante ouviu meus pensamentos e me disse que se eu viesse a apoiar as ideias do jornalista Antonio Caballero ele mesmo me mataria. Ele sabia que o negócio era lucrativo por que era proibido.

Esses quatrocentos minicartéis formados por ex-trabalhadores dos grandes chefes logo se tornaram cheios de ímpeto, de dinheiro e de soberba. Todos queriam agir como bem entendessem e a época dos traficantes discretos, que procuravam não chamar tanta atenção, havia acabado. Voltaram as excentricidades, a desordem, o caos, as guerras mortais pelas rotas de drogas, as delações entre traficantes, as traições e, sobretudo, a violência. Não passava um dia sem que os jornais e os noticiários do rádio e da televisão registrassem uma matança em algum município de Valle. A morte, em estranhas circunstâncias, de personagens de reputação duvidosa se tornou o pão de cada dia.

Muitas boates do departamento viram irromper em meio à música pistoleiros de aluguel que disparavam contra toda a multidão, assassinando dúzias de inocentes só por terem cometido o delito de ir a um lugar onde algum membro de um cartel inimigo estava dançando. Corpos mutilados, com sinais de tortura, membros arrancados com motosserra ou mesmo atingidos por balas perdidas apareciam em valas, lixões, no lago Calima, nos banheiros de restaurantes, nas lavouras de cana-de-açúcar, nos porta-malas de carros estacionados, nas montanhas, nos rios, em apartamentos luxuosos, em casas miseráveis, em chácaras onde realizavam-se festas. Em todas as aldeias, no interior e em todas as cidades a morte se tornou algo cotidiano, e, o que é pior, as pessoas voltaram a se habituar a ela com absoluta displicência e indiferença.

O nervosismo causado pelo medo de que uns delatassem os outros tornou a guerra entre cartéis sangrenta e fez com que ela assumisse grandes proporções. Assassinatos por encomenda, esquartejamentos, massacres, execuções de crianças e mulheres grávidas demonstraram que a época da barbárie estava longe de terminar em nosso país. Em um único ano, cerca de 1.500 pessoas morreram devido a acertos de contas entre cartéis, e muitos, como eu, acreditaram que os bandidos do país iam finalmente acabar. Mas essa ideia não passava de uma ilusão. Na Colômbia, os bandidos nascem de geração espontânea. Nem bem acabaram de enterrar uma dúzia com tiros para o ar e *mariachis* fazendo os parentes chorarem enquanto ainda encarceram outros cem e nos bairros pobres já estão nascendo, aos montões, novos delinquentes potenciais. Eles se reproduzem como os rabos das lagartixas e as minhocas. Daí que um de meus discursos mais aplaudidos tivesse sido aquele em que afirmei que nem assinando mil tratados com guerrilheiros, paramilitares e traficantes de drogas a paz se tornaria possível na Colômbia porque as matérias-primas da guerra, que são a fome e a falta de oportunidades de educação e de emprego, continuavam enraizadas nos lares dos nossos bairros mais humildes e nos corações de nossa gente triste. Emocionante, não?

A guerra entre os cartéis se tornou muito mais intensa quando se soube que Cardona havia sido preso em Cuba. Essa foi a grande notícia da década no que diz respeito aos resultados da luta contra o narcotráfico. O coitado do Cardona, que estava prestes a voltar à Colômbia graças a um relatório tranquilizador que recebera de El Titi, foi preso no aeroporto de Havana e, imediatamente, a Colômbia e os Estados Unidos pediram sua extradição. O impacto de sua prisão foi mais sentido em nosso país, sobretudo pelas pessoas envolvidas no negócio. Os outros chefões começaram a temer que ele negociasse sua pena com os Estados Unidos delatando-os, os cartéis menores aceleraram o processo de independência e os grandes cartéis começaram a adverti-los. Mas já era tarde: a soberba dos novos chefes aumentava muito com o passar do tempo e com o sucesso de suas remessas de cocaína, e por isso ninguém estava ainda disposto a respeitar a hierarquia.

O golpe de Estado contra os grandes como Morón e agora El Titi fora dado e ninguém estava disposto a renunciar aos prazeres proporcionados pela oportunidade de ganhar dinheiro a rodo sem depender de um chefe ou de uma organização. Por isso a guerra se intensificou, tornou-se mais feroz e começou a fazer vítimas aos montes. Os índices de violência e mortes brutais em Valle e no Eixo Cafeicultor alcançaram níveis intoleráveis para a sociedade e as pessoas decentes desses lugares. Ninguém podia passear, ninguém podia jantar nos restaurantes dos arredores de Cali, Pereira ou Armênia, e os homens não podiam levar suas namoradas para dançar em boates temendo que se repetisse a horrível notícia do começo da década de 1990, quando os traficantes arrebatavam as mulheres com violência só pelo fato de elas serem bonitas ou gostosas.

Isso ocorreu uma infinidade de vezes, uma delas com Freddy Montaño, um administrador de empresas, jovem decente que havia se sacrificado durante dezesseis anos estudando para se tornar alguém na vida. E tinha conseguido. Na noite em que tudo aconteceu acabara de ser nomeado subgerente de uma sucursal de um banco importante de Cali. A boa notícia de sua promoção levou-o a sacar suas economias de uma conta que tinha em outro banco e comprar um belo anel de compromisso para a namorada, com quem mantinha um relacionamento de oito anos. Conheciam-se desde o ensino médio e seu amor estava destinado a ser eterno. Ligou para ela, disse, como sempre, duas ou três vezes que a amava, e a convidou para sair, segundo ele para comemorar seu novo emprego, embora a verdade fosse outra. Queria pedi-la em casamento como prêmio por toda a paciência que tivera, primeiro esperando que ele terminasse os estudos e, depois, que conseguisse um trabalho digno, contrariando assim aquele ditado popular segundo o qual a namorada do estudante nunca será a esposa do profissional. Muito satisfeito com a emoção em dobro causada pela nomeação e pelo futuro casamento, Freddy comprou roupas novas, cortou os cabelos, usou um perfume que agradava a namorada e foi buscá-la de táxi. E então se encontraram, se divertiram, se beijaram, se abraçaram, se mimaram, se acariciaram e saíram. O Sr. Jairo e a D. Nelsy, pais de Argenis, pediram que não demorassem, e eles os tranquilizaram prometendo que não voltariam muito tarde.

Chegaram à boate e ficaram em uma das mesas da entrada, pois as outras estavam ocupadas àquela hora. Foram dançar algumas vezes e Freddy não aguentou mais a vontade de lhe dar a notícia que ela esperara por tantos anos com religiosa paciência, temendo que a oportunidade não chegasse. Entregou-lhe o anel, olhando-a nos olhos, e a pediu em casamento. Argenis não conseguia acreditar. Naquele instante sua vida mudou. Aquela mulher modesta e bela, mas de poucos recursos, que optara por fazer um curso de cabeleireira diante da impossibilidade de seus pais financiarem uma carreira universitária, estava vendo se concretizar o sonho de toda a sua vida, que era o de se casar com o homem que amava, o único homem que tivera, seu único namorado, seu único amor. Por isso começou a beijá-lo loucamente, no rosto, nos lábios, no nariz, nos olhos, no pescoço. Repetia com sinceridade que o amava, e ele respondia à altura. O fato é que a comemoração do compromisso chegou a ficar um pouco atrevida, mas dentro da mais absoluta inocência.

Um homem que estava em uma mesa afastada, um sujeito de aspecto prepotente, corrente de platina de dois centímetros de espessura no peito, camisa preta desabotoada dois botões abaixo do colarinho, relógio Rolex com diamantes, topete e olhar de assassino, encarou Argenis. Tinha, ou melhor, acreditava que tinha poder e dinheiro suficientes para torná-la sua quando bem entendesse. E enquanto Freddy tirava-a para dançar beijando-a ao longo do caminho entre a mesa e a pista, o homem de aspecto prepotente começou a cochichar com um de seus guarda-costas sem tirar os olhos do casal.

Ao voltar à mesa, depois de dançar três ou quatro músicas seguidas, Argenis encontrou um bilhete deixado pelo garçom no qual alguém lhe dizia que estava muito bonita e perguntava quando poderiam se encontrar. Freddy explodiu de raiva e perguntou ao garçom onde estava o abusado responsável pelo bilhete. O garçom o viu tão transtornado que preferiu não dizer a verdade. A noite começava a se estragar, e Freddy preferiu pedir a conta. Quando o garçom lhes trouxe a nota, em cada lado da mesa apareceram dois homens com cara de poucos amigos que se aproximaram de Argenis, embora tenham se dirigido a Freddy:

— O patrão quer conhecê-la.

Freddy não suportou ser tão insultado e se levantou disposto a defender a honra da namorada que, no meio do drama, lhe pedia aos gritos que se acalmasse e não fizesse nenhuma loucura. Os homens sacaram duas pistolas e colocaram-nas em sua cabeça. Ao mesmo tempo, outros dois sujeitos se aproximaram da linda mulher e lhe pediram que os acompanhasse até a mesa do chefe. Argenis gritou, implorando que a deixassem em paz, mas ninguém fez nada para ajudá-los. Freddy gritava que não fosse e, numa tentativa desesperada de salvá-la, livrou-se dos dois homens que lhe apontavam as armas e tentou tirar sua namorada dos outros dois, mas nesse momento o mundo deles se quebrou em milhões de estilhaços de porcelana. Soaram dois disparos que acertaram a cabeça do administrador de empresas que havia se sacrificado durante dezesseis anos estudando enquanto a namorada que o esperara por oito anos gritava desesperadamente tentando ressuscitá-lo, sem querer acreditar no que acontecia.

O fato é que os dois homens saíram da boate deixando o cadáver de Freddy no chão e levando a bela Argenis. O homem de aspecto prepotente e cara de assassino, que não era outro que o próprio Cardona, então um traficante principiante, fez amor com a infortunada Argenis a noite toda. Ela, que também estava morta por dentro, não disse uma única palavra. Só chorava a morte do ser que mais amava no mundo. Nem sequer teve tempo de perceber que quando o homem de aspecto prepotente e cara de assassino se cansou de transar com ela entregou-a a seus quatro seguranças para fazerem o que quisessem. E fizeram! Passaram o dia todo com ela, como uma boneca de pano, usando-a a seu bel-prazer.

No dia seguinte, quando o cadáver de Freddy já estava sendo velado em uma funerária da cidade, Argenis foi abandonada em um ponto isolado da estrada que leva de Cali a Jamundí. A polícia a encontrou abatida, desidratada, calada, introvertida, acabada, morta-viva, sem vontade de viver, sem vontade de morrer, violentada, sem lágrimas, sem ânimo para fechar os olhos, drogada, desprezada, ultrajada, nua, despenteada, grávida, desiludida, desencantada, entregue... Totalmente perdida!

Freddy foi enterrado sem que ela soubesse. Argenis teve de ser internada em um centro de reabilitação, onde ficou três meses, até que teve consciência do que havia acontecido. Depois morreu de tristeza. Nem eu, que sou um corrupto asqueroso, consegui tolerar uma história dessas, e, segundo a polícia, aconteceram muitas assim. E esse era o medo que todos sentíamos diante do surgimento de tantos carteizinhos da droga sem lei nem pátria, sem controle nem limites, sem Deus nem mãe.

Quando Yésica e Catalina ficaram sabendo pela televisão da prisão de Cardona, sentiram uma dor sincera. Os traficantes significavam muito para elas. Eram os Robin Hood nativos, aqueles que lhes permitiam odiar o Estado, os políticos, os professores da escola, a igreja, o sistema, os policiais, todo mundo. Por isso choraram e se perguntaram pela sorte de El Titi, pedindo a Deus para que não lhe acontecesse a mesma coisa. E aparentemente suas rezas deram resultado, porque poucos dias depois conseguiram falar com ele. Sentiram uma felicidade semelhante àquela que se experimenta quando se fala com Deus e as duas marcaram um encontro, uma semana mais tarde, para que Catalina mostrasse a El Titi suas novas medidas.

Foi numa manhã sem chuva nem sol no sétimo andar de um edifício do norte de Bogotá, onde o traficante, que agora, graças à captura de Cardona, se transformara no segundo homem da organização, vivia escondido desde sua volta ao país.

El Titi ficou deslumbrado ao ver Catalina com os peitos grandes. Sentiu vergonha pensando em como lhe diria que agora sim estava muito gostosa, que agora sim estava no ponto e que a queria, não para a vida toda, mas sim por alguns instantes. O certo é que a queria. Acendendo um cigarro atrás do outro e sem parar de olhar as novas medidas do sutiã da menina, pediu a Yésica que a deixasse passar aquela noite com ele. Yésica avisou que a amiga ainda estava no pós-operatório, mas que a havia trazido sem compromisso para que visse como ficara uma belezinha. El Titi disse que não tinha importância e que ele se comprometia a não tocar no peito dela, embora não se comprometesse a não olhar. Catalina, que vivia babando por El Titi e, especificamente, pelos variados cheiros das loções de grife que usava, aceitou ficar, alimentando a ingênua esperança de ouvi-lo recitar à meia-noite um poema de amor pedindo que se tornasse sua namorada. No meio de todos os dramas que a atropelavam desde sua infância, uma infância que ainda não havia terminado, Catalina mantinha em seu inconsciente a imagem do príncipe encantado montado em um cavalo, com direito à capa e ao romantismo.

Mas à meia-noite aconteceu exatamente o contrário: El Titi pediu que tirasse a blusa para contemplá-la enquanto atendia a uma ligação da namorada. E aquilo durou horas e horas. Já de madrugada, quando El Titi desligou, Catalina estava adormecida em um sofá e foi ali, sem se mexer, que viu sair o sol, até que o próprio El Titi acordou-a para dizer que tinha de ir embora, pois sua namorada estava chegando a Bogotá e que ele já tinha mandado seus homens buscá-la no aeroporto.

Ao sair de táxi do edifício onde El Titi vivia, Catalina decorou muito bem o endereço e resolveu que o faria pagar por todos e cada um de seus ultrajes, que não eram poucos. Nas primeiras vezes porque não tinha peito e agora porque era peituda.

Muito chateada, a menina voltou ao apartamento de Ismael Sarmiento, onde estavam vivendo. Era ali que Yésica começava a armar toda uma estratégia mercadológica a fim de conseguir um namorado traficante para Catalina. Na verdade, os novos encantos de Catalina começavam a abrir portas, e Ismael, um traficante novato em processo de aprendizagem, não fez nenhuma objeção quanto a deixá-las ficar em um apartamento que tinha em Bogotá e só usava quando viajava de Cali à capital.

Nunca se soube o que disse nem a maneira como Yésica divulgou os peitos de Catalina. O fato é que por três meses, semana após semana, a feliz adolescente andou por todas as chácaras, casas e apartamentos, bunkers, fazendas, barco, celas e condomínios de um sem-número de criminosos que, no entanto, jamais pensaram na possibilidade de namorá-la, precisamente porque sua moral duvidosa os impedia de estabelecer uma relação verdadeira com uma mulher que, embora bela e peituda como a haviam incentivado a ser, beirava a prostituição.

Não faltaram, é claro, as visitas a meia dúzia de extraditáveis trancafiados em presídios de segurança máxima. Algumas vezes se faziam passar por suas filhas ou parentes ou então diziam que eram amigas dos presos. A verdade é que uma vez dentro das celas, Catalina e Yésica se transformavam nas dissipadoras das ansiedades daqueles pobres homens que tinham a fama de ter as pernas mais longas do mundo, porque todo mundo sabia que tinham um pé na Colômbia e o outro nos Estados Unidos. Não obstante sua condição de desenganados do ponto de vista jurídico, a soberba e a capacidade de cometer maldades de alguns traficantes permanecia intacta. Em algumas ocasiões, quando contratavam os serviços sexuais de uma modelo, uma atriz ou de uma daquelas adolescentes que chamavam depreciativamente de "pré-pagas", os decadentes traficantes gravavam com câmeras ocultas suas atividades para chantageá-las ou então para se deleitar ao lado de outros presos olhando seus encantos. O fato é que a figura de Catalina, estilizada com peitos protuberantes, ficou famosa entre os internos de dois ou três presídios do país.

Durante aqueles três longos meses ela passeou sorridente e realizada pelas camas de traficantes de Cartago, Pereira, Medellín, Cali, Bogotá, Villavicencio, Montería, Cartagena, Girardot, La Picota, La Modelo e Cómbita.

Chegou a ser convidada várias vezes a ir ao México, mas sempre lhe negaram o visto. Os membros dos cartéis de amiguinhos mexicanos não se esforçavam muito para conhecê-la, pois haviam dúzias e mais dúzias de mulheres dispostas a atender a seus convites milionários, usando o pretexto de que viajavam ao Distrito Federal para trabalhar como atrizes ou modelos.

De peito novo, o que sem dúvida permitia que passasse a ocupar um lugar de destaque na lista das preferidas da máfia, Catalina viajou por todo o país, algumas vezes de carro, a maioria de avião e poucas vezes — como numa tarde em que aterrissou em uma chácara de Montería ao lado de 12 garotas — de helicóptero. Ao longo desse tempo viu de tudo. O que sabia, o que ignorava, o que haviam lhe contado, o que imaginava e também o que nunca pensou que existisse: homens com 12 caminhonetes, uma infinidade de seguranças, sujeitos com seis motos Harley-Davidson, casas com 24 quartos, mesas de jantar com 36 lugares, conjuntos de jantar de 1.500 peças, talheres de prata, pistas de pouso que eram cobertas com árvores móveis após a decolagem de aviões cheios de cocaína, lanchas velozes, quartos cheios de armas, cozinhas com três geladeiras de porta dupla e repletas de tudo o que se imaginasse, a maioria dos produtos importados.

Conheceu pacotes de dólares, festas que duravam quinze dias, esculturas em bronze de tamanhos descomunais, garagens em mármore e granito, estátuas do Menino Jesus, do Senhor dos Milagres e da Virgem Maria em ouro, piscinas pintadas à mão com a cor do mar e quase do tamanho do mesmo, fazendas cujos limites se perdiam até três ou quatro vezes no horizonte — para percorrê-las eram necessários vários dias a cavalo — e animais de passeio muito mais caros que um Rolls-Royce ou uma Ferrari.

Sem procurar, sem querer e também sem se importar, conheceu obras de Miró, Dali, Obregón, Botero, Grau, Manzur, Luciano Jaramillo, Villegas, Alcántara, Roda, Jacanamijoy, Manuel Hernández e até um quadro de Picasso que, meses depois, a polícia encontrou em uma batida decorando uma das paredes da cavalariça de Holgazán, o cavalo preferido de um poderoso traficante de drogas do Valle del Cauca que também tinha cozinheiro e empregada particulares.

Absolutamente perplexa, Catalina conheceu várias estrelas da televisão que idolatrava desde pequena, vários políticos que muitas vezes ouvira defender a honestidade e a justiça social e incontáveis modelos e atrizes cujos pôsteres cobriam as paredes de seu quarto e que vira antes em capas de revistas, em desfiles importantes e na televisão. Conheceu coronéis e generais do Exército e da polícia que viviam em camaradagem com a máfia e até funcionários públicos sorridentes e ávidos por dinheiro para financiar suas futuras campanhas eleitorais. Dançou ao som das melhores orquestras nacionais e estrangeiras, em espaços onde os músicos que estampavam discos e apareciam em vídeos podiam ser vistos a um metro de distância. Esteve em muitas festas de aniversário de traficantes ou de suas namoradas, esposas ou de seus filhos que tiveram cantores famosos, inclusive de projeção internacional, e ouviu serenatas com tantos *mariachis* que lembravam uma manifestação na Praça Garibaldi.

Viu rios de álcool e de droga, toneladas de alimentos estranhos que muitas vezes iam parar primeiro no fundo de uma lata de lixo antes de chegar na boca de um comensal. Presenciou apostas de milhões de pesos nos resultados mais inverossímeis do futebol, do beisebol, dos concursos de beleza, do automobilismo e de quantas divergências decidissem resolver através de jogos de azar. Conheceu bruxos, profissionais do esoterismo, outros que liam cartas de tarô, pais de santo, magos brancos e negros, feiticeiras, ciganas, índios com poderes sobrenaturais e até psiquiatras famosos graças à televisão. Todos estes personagens eram consultados pelos inseguros traficantes, inclusive para saber onde e com quem suas mulheres andavam. Conheceu armas de todos os calibres, marcas, cores e texturas. Conheceu os traficantes mais procurados pela DEA e até se deu ao luxo de fazê-los ir pegá-la ou a uma de suas amigas na calçada de sua casa. Viveu uma época efêmera de esplendor decadente, embora para ela tenha sido a mais maravilhosa de sua vida, a realização plena de seus sonhos.

Catalina mal conseguia acreditar em tudo aquilo e, noite após noite, viam suas justificativas para a antiga obsessão de aumentar seus peitos serem reforçadas ao notar como, de repente, sua vida estava mudando e quanto. Tinha roupas aos montes, anéis, pulseiras, relógios muito finos, vestidos de estilistas famosos, celulares pós-pagos com o número bloqueado para outros usuários, agendas digitais, óculos italianos, sapatos e bolsas de peles exóticas e perfumes das melhores marcas, entre muitos outros luxos.

Era possível dizer que tinha tudo, menos duas coisas: bom senso e o visto norte-americano, que agora desejava tanto quanto até há pouco sonhava com os implantes de silicone. E diante dessas duas coisas o dinheiro dos traficantes não foi suficiente. Catalina tentou conseguir o visto por todos os meios, sabendo que o pedido havia sido negado a nove de cada dez amigas, namoradas ou esposas de traficantes. Por isso, armou toda uma estratégia cheia de mentiras, reunindo muitos documentos e extratos bancários inflacionados para provar ao entrevistador da embaixada que tinha meios de ir aos Estados Unidos. No entanto, não pôde provar ao funcionário consular que não permaneceria em solo norte-americano. Catalina estava dentro da imagem da mulher que, para os gringos, ficaria nos Estados Unidos. Jovem, bonita, solteira, sem filhos, sem qualificação profissional, sem universidade, sem colégio, sem pais com visto, sem recomendações políticas, sem um motivo especial para viajar além de não querer mais sentir inveja das modelos que possuíam o visto.

Essa foi uma de suas grandes frustrações. Daria tudo para ir dançar nas grandes boates de Miami, assistir aos espetáculos mais badalados, fazer compras nos grandes shopping centers de Fort Lauderdale e patinar pelos bulevares que margeiam as praias de Miami Beach e Boca Raton ao lado de grandes atores e modelos de projeção internacional. Era o que haviam lhe contado algumas amigas que possuíam o visto, e isso a levava a crer, a cada instante, que lhe faltava algo para ser feliz e importante, embora ignorasse que, na realidade, para ser feliz e importante lhe faltava quase tudo.

Apesar de terem lhe negado o visto por não poder provar que voltaria à Colômbia, Catalina não mentiu quando disse ao funcionário da embaixada que possuía dinheiro suficiente para partir. Na realidade, possuía muito dinheiro. Nos restaurantes, pedia até três pratos com nomes desconhecidos que rechaçava à medida que descobria que seus sabores únicos não a deleitavam. Virou uma consumidora compulsiva. Quando estava com pressa, comprava roupas que, ao experimentar em casa, não lhe ficavam bem, mas jamais ia trocá-las: preferia doá-las ou jogá-las fora. Adquiria coisas que lhe eram inúteis, como uma batedeira, sabendo que nunca iria usá-la porque jamais aprendera a cozinhar, ou um jogo de pincéis, óleos e telas, que descartou meia hora depois de ter sentido vontade de virar uma pintora famosa. Em suas gavetas não cabia mais um relógio, uma agenda eletrônica, um perfume, um cosmético, um sapato ou uma calcinha. Tinha de tudo aos montes. Um creme e um tonificante para cada parte do corpo, vários apetrechos inventados para ajeitar os cabelos, as unhas das mãos e dos pés e todos os aparelhos que a televisão vendia em comerciais e que, segundo seus fabricantes, ajudavam a emagrecer, a tonificar os músculos, a esculpir o corpo e até a crescer, sem necessidade de fazer exercícios cansativos e torturantes. O quarto de Catalina parecia um depósito de tralhas.

Tinha dinheiro suficiente, inclusive, para comprar presentes caros para a mãe, o irmão, o namorado e as amigas. Quando chegava ao quarteirão de casa, as mães das outras garotas apareciam para vê-la descendo das caminhonetes luxuosas e começavam a tecer todo tipo de comentários maldosos sabendo que, no fundo, queriam que suas filhas tivessem o mesmo futuro.

D. Hilda ia recebê-la com alvoroço. Bayron se limitava a apanhar sua bolsa para depois levá-la ao banheiro com a única intenção de saqueá-la com cuidado até deixá-la sem nada de valor, a não ser um documento falsificado que os namorados da irmã lhe davam com o objetivo de levá-la a eventos para maiores de idade. O documento dizia que Catalina se chamava não sei o que Ahumada, porque ela quis usar o sobrenome de uma das mulheres que, por sua beleza, mais invejava na vida, com a intenção de que alguém as relacionasse, mesmo que fosse por parentesco.

Albeiro observava a sua agora elegante e ilustre namorada com o mesmo olhar medroso e perdido que um menino pobre dirige a uma estrela de cinema. Imaginava que ela já estava muito longe de seu alcance e sentia até medo de cumprimentá-la. Mas a verdade é que Catalina ainda o amava e, embora tivesse se habituado a viver sem seus beijos, estava sempre disposta a esquentar sua relação com uma nova jornada noturna de sexo e amor a cada 15 ou 20 dias — e Albeiro se rendia a ela inapelável e incondicionalmente. Sempre cedia, embora tivesse passado a ser seu quadragésimo ou sexagésimo homem. D. Hilda sentia cada vez mais ciúmes daquelas visitas quinzenais da filha, normalmente na tarde das terças-feiras, depois das quais se perdia com Albeiro até a manhã da quarta, quando Catalina aparecia com pressa de se despedir porque estava indo para Islas del Rosario ou para uma chácara do Valle del Cauca, onde passaria um fim de semana que quase sempre se prolongava até segunda-feira.

Em uma das tardes melancólicas de quarta-feira, D. Hilda não resistiu mais à cena de vê-la se despedir de Albeiro com explosões de beijos apaixonados, abraços eternos e carícias bobas e se enfiou no meio dos dois:

— Filhinha, não está ficando muito tarde para você? — perguntou, soltando fogo pelas ventas. Catalina ficou séria, suspeitando que sua mãe estava sentindo ciúmes e respondeu que não tinha pressa.

D. Hilda começou a chorar e atravessou a casa a passos longos até se jogar na cama, com o nariz no meio do colchão. A filha ficou muito comovida com a cena e, embora tivesse tentado ir atrás dela, Albeiro a deteve com um argumento inteligente. Disse que sua mãe estava sensível assim porque sentia muita tristeza ao vê-la partir. Catalina não acreditou na história, mas ficou cheia de pesar pela mãe e levou Albeiro em consideração, indo embora sem vê-la. Na calçada, deu um último beijo em sua boca e partiu. Beijo que D. Hilda viu do quarto, escondida atrás de uma cortina, e que a fez se morder de raiva, sentir ódio da filha e rasgar uma foto onde Catalina, menina, sorria ao lado de Bayron.

Quando Albeiro entrou no quarto onde D. Hilda continuava chorando a cântaros, as coisas também não correram bem. A amante mais velha do namorado da filha se levantou com o rosto coberto de lágrimas e gritou que fosse embora para sempre, porque não queria voltar a vê-lo nunca mais. Albeiro lhe explicou de mil maneiras que tudo o que acontecera não era culpa sua e nem assim D. Hilda recuperou o bom senso. Atirou em sua cabeça quadros, jarros, cinzeiros e todos os objetos pesados que encontrou pelo caminho enquanto ia do quarto à sala. Quando Albeiro chegou à rua, depois de sentir que ela batia a porta da casa às suas costas, D. Hilda gritou pela janela que não aparecesse nunca mais se não voltasse com todas as suas roupas, todos seus pertences e todas as intenções de fazê-la sua mulher de maneira completa, sem temer Catalina nem preconceitos, sem temer a reação de Bayron e, inclusive, querendo ter mais um filho.

16

De genro a marido, de cunhado a enteado, de namorado a padrasto... de rainha a vice-rainha

Três dias depois, quando o vício crônico de possuir D. Hilda o venceu, Albeiro apareceu na porta de sua casa com uma pequena bagagem que incluía, além de sua roupa, as telas do ateliê de silkscreen, um gravador sujo de tintas de todas as cores e uma caminhonete de brinquedo que ganhara quando criança em um Natal. Hilda o recebeu sorridente e de braços abertos, embora estivesse preocupada com o fato de ainda não ter contado a Bayron que seu novo padrasto era o ex-cunhado.

Ocupada com seu sucesso sexo-comercial, Catalina não ficou sabendo do que acontecia em casa. Todas as suas energias estavam concentradas na proposta que Marcial Barrera, um de seus amantes traficantes, lhe fizera para que participasse, representando qualquer departamento, de um concurso de modelos literalmente esculturais que estava sendo promovido no país, com a certeza absoluta de que ela venceria. Querendo conquistá-la porque se apaixonara por ela, Barrera lhe ofereceu um patrocínio sem qualquer limite de gastos.

Embora aquele concurso tivesse uma péssima fama porque raramente a vencedora era a mais bonita, ou a que tivesse o melhor corpo, ou a mais bem-preparada, nem a que desfilasse melhor na passarela, mas a que conseguisse o maior patrocínio, Catalina resolveu representar o departamento de Risaralda, mas Bonifacio Pertuz, o organizador do evento, disse que já havia uma candidata inscrita por esse departamento, mas que ela poderia disputar por Putumayo, Amazonas ou Guainía, departamentos que ainda não tinham representantes.

Catalina, que ainda não conhecia os macetes dos concursos, disse que não era de nenhum desses lugares e Bonifacio lhe respondeu com um sorriso malvado: por acaso alguém se interessa pelo lugar de onde vêm as misses?

Catalina aceitou se inscrever pelo departamento de Putumayo, que jamais havia sequer visitado, dando rédea, assim, a sua maneira instável e instintiva de analisar as coisas e tomar decisões sem pensar.

Por isso, quando Marcial Barrera prometeu apoiá-la e lhe garantiu que ganharia, Catalina começou a se preparar com muita dedicação, embora nem fosse necessário. Queria evitar ser criticada impiedosamente pelos meios de comunicação se sua eleição virasse um escândalo. Por isso, achava fundamental se apresentar com um rosto e um corpo dignos de uma rainha, embora a coroa já tivesse sido negociada em troca de um iate um mês antes do concurso por Barrera, um traficante velho e multimilionário que estava abandonando o negócio e a própria vida e se apaixonara por ela.

Para afastar qualquer sombra de dúvida a respeito do mérito de sua eleição, frequentou religiosamente uma academia de ginástica, evitou de maneira drástica comer qualquer tipo de massa ou doce, adotando uma dieta que era um verdadeiro sacrifício: só comia atum com abacaxi no café da manhã, no almoço e no jantar. Usou as enormes quantias de dinheiro que Marcial lhe dava para fazer lipoescultura, lipoaspiração, carboxiterapia e gessoterapia. Mandou depilar as sobrancelhas. Fez uma tatuagem no triângulo formado pelo encontro das nádegas com o cóccix. Marcou sessões de bronzeamento artificial quatro horas por dia durante vinte dias consecutivos. E, ao longo deste período, seguindo o conselho de 12 amigas, tingiu o cabelo 12 vezes. O fato é que, quando chegou o dia do concurso, seus cabelos estavam da mesma cor que tinham quando tingiu da primeira vez o castanho-claro para o preto.

No entanto, todo o tempo e dinheiro que Catalina investira em sua transformação não valeram de nada. Ao chegar ao concurso onde competiria com 12 garotas semelhantes física e culturalmente, viu que duas delas, as candidatas de Valle e de Antioquia, tinham uma aparência espetacular e ainda por cima haviam conquistado de cara a simpatia do público. Catalina ficou furiosa, mas seu amante e patrocinador acalmou-a com risinhos cínicos e frases como:

— Fica fria, meu bem, que a coroa já está no papo. Não tem sentido se preocupar.

Mas o que Marcial Barrera ignorava era que o namorado da candidata de Valle, cuja imagem podia ser vista em painéis gigantescos, camisetas, bonés, balões, pôsteres e todo tipo de souvenirs publicitários, também tivera a ideia de comprar a coroa para sua mulher espetacular sem se importar em participar de uma guerra de talões de cheques que não conhecia limites, levando o organizador a sucumbir. É claro que nem Catalina nem Barrera sabiam daquela manobra grave, considerada imperdoável pela máfia.

O fato é que, no momento da premiação, quando Catalina dava por certo que a coroa era sua, o mestre de cerimônias leu o veredicto entregue por um jurado covarde, anunciando que a garota do ano era Valentina Roldán, do departamento de Valle. Catalina sentiu o estômago se embrulhar e não soube como reagir. Ficou séria, disfarçando a decepção com falsos sorrisos. Quem reagiu foi Marcial Barrera, que sacou sua pistola e começou a disparar para todos os lados, criando pânico e confusão entre as candidatas, os jurados, os organizadores, os jornalistas e o público em geral. O escândalo foi tão grande que os donos do concurso tiveram de subornar alguns representantes da mídia e ameaçar outros para que não divulgassem a história do vergonhoso desenlace do evento.

A única coisa que Catalina conseguiu fazer foi correr com o rosto banhado de lágrimas e o coração destroçado até o quarto do hotel. Ali chegou Marcial Barrera com seus guarda-costas, alardeando o pânico que causara em todos os participantes do concurso. Diante dos soluços de Catalina, ele só conseguiu dizer com a voz tranquila e pausada:

— Fique tranquila, meu amor, que isso não vai ficar assim... Pode chorar tranquila, mas saiba que isso não vai ficar assim — repetiu, tendo certeza do que faria.

O organizador do concurso sabia que estava metido numa encrenca e tentou atenuá-la devolvendo a Marcial Barrera os 40 milhões de pesos que ele lhe pagara pela coroa da miss Putumayo, com uma carta que dizia: "Lamento, mas não levei em consideração um compromisso assumido anteriormente. Aqui está seu dinheiro. Muito obrigado. Até a próxima." Marcial amassou a carta com desprezo, deu o dinheiro a Catalina para que parasse de chorar ainda duas semanas depois de ter sido coroada vice-rainha e mandou matar o organizador do concurso. Bonifacio Pertuz, o dono da franquia do evento, apareceu morto tempos depois, enfim, passado o período necessário, com os pés e as mãos amarrados e um tiro na testa, à beira de uma estrada empoeirada que costumava usar para ir à sua casa de campo. O cadáver, enrolado em um lençol branco, exibia um pequeno cartaz colado em um pedaço de pau que saía da boca do defunto com os dizeres: por traição.

Catalina comemorou a notícia e ficou aterrorizada por ter se alegrado, pois sabia que esse era o primeiro passo em direção ao fim de sua consciência. Marcial Barrera viu a notícia na televisão com um sorriso que era quase uma gargalhada e estampou um beijo nas pernas de Catalina, que estava a seu lado com o controle remoto nas mãos. Diante de sua confusão moral só conseguiu exclamar com satisfação:

— O filho da puta já era!

— Um presentinho a mais — concluiu ele.

Com os 40 milhões de pesos em sua carteira de pele de marta e fazendo contas de cabeça por todo o caminho, Catalina voltou para casa na manhã de uma sexta-feira, quando nem Albeiro nem D. Hilda a esperavam por não ser um dia em que costumava aparecer. Chegou transformada, com enormes óculos transparentes no rosto, em uma caminhonete escura, confortável e recém-adquirida que Marcial acabara de colocar à sua disposição. Quando sua mãe e seu namorado ouviram o inconfundível som da pesada porta de um 4x4 se fechando, foram até a janela, ele nu, e ela com um lençol enrolado no corpo. Fugiram em disparada, ele para o banheiro, e ela para a sala, onde, na noite anterior, haviam deixado a roupa espalhada pelo chão e sobre os móveis, duas horas depois de Bayron ter anunciado que estava indo embora porque não suportava que o cunhado, agora transformado em chefe da casa, o mandasse fazer compras na quitanda.

Catalina bateu na porta muitas vezes antes que abrissem, dando tempo para que as vizinhas fossem até a janela para vê-la, tecendo todo tipo de comentários.

Cansada de bater, resolveu atirar uma pedra no vidro, mas quando ia fazer isso D. Hilda, que parecia cansada e nervosa, abriu a porta. O cumprimento que recebeu levou Catalina a perceber logo que a mãe havia mudado: foi seco e frio, um simples beijo em uma face suada e algumas frases nervosas:

— Olá, filhinha. Como vão as coisas?

Catalina suspeitou no mesmo instante que alguma coisa estranha estava acontecendo e entrou em casa cheia de desconfiança. Sentiu falta de Bayron tirando a bolsa de seu braço, mas ficou feliz de que ele não estivesse ali ao lembrar da montanha de dinheiro que havia guardada nela. D. Hilda olhava ao redor tentando disfarçar, certificando-se de que nenhuma roupa sua nem de Albeiro tinha ficado no chão ou sobre os móveis, procurando palavras que escondessem sua insegurança, mas isso só contribuiu para aumentar as desconfianças de Catalina. Por isso a filha resolveu pegar o touro pelos chifres e lhe perguntou por que estava nervosa. D. Hilda, prestes a enfartar, respondeu com outra pergunta:

— Você sabe que Albeiro está aqui?

O pouco que restava da ingenuidade de Catalina levou-a a se alegrar diante da inesperada presença do namorado na casa. Por isso foi procurá-lo ansiosa, sem parar para pensar por que ele estaria ali. Enquanto caminhava a passos largos para seu quarto, onde achava que ele estaria, D. Hilda avisou-a que Albeiro estava no banheiro. Dali, onde lavara o pênis e estava vestindo a cueca pelo avesso, Albeiro a saudou em voz alta, embora de maneira fria, mas nem assim Catalina percebeu que algo muito grave estava acontecendo.

Quando ele saiu do banheiro, D. Hilda foi se trancar na cozinha para não testemunhar a maneira como Catalina costumava cumprimentá-lo: normalmente dava-lhe um beijo inocente, repousava a cabeça em seu peito e, de vez em quando, giravam algumas vezes durante o abraço. Mas desta vez a ciumenta amante e sogra de Albeiro não perdeu nada. Seu marido-genro se mostrou mais frio do que nunca e esta frieza afetou o estado de espírito de Catalina, que nunca sentira em sua alma o sabor de um afrontamento vindo daquele que ainda considerava seu namorado.

Pensou, pela primeira vez e seriamente, que algo estranho estava acontecendo em sua casa, coisa que confirmou alguns minutos mais tarde, quando encontrou os pertences de Albeiro espalhados por todos os cantos: as pranchas de silkscreen no quintal, o gravador no quarto de sua mãe, as roupas no armário de sua mãe, e algumas peças recém-lavadas nos varais pendurados no teto da cozinha. Albeiro e D. Hilda não sabiam o que fazer, o que dizer nem onde se enfiar. Estavam muito assustados e resolveram inventar uma mentira. Disseram que Albeiro tivera de sair de sua casa porque o aguaceiro da semana anterior inundara o quintal onde trabalhava e que D. Hilda não teve alternativa se não aceitá-lo, levando em conta que ele era namorado da filha. Quando Catalina perguntou por Bayron, disseram que tinha saído de casa e que não sabiam onde estava. A verdade é que ela teve de acreditar em tudo o que ouviu sem se dar conta de que estava começando a pagar o carma que acumulara ao longo das traições ao namorado, que não haviam sido poucas.

Depois de deixar 30 dos 40 milhões para D. Hilda e 5 dos 10 que lhe restaram para Albeiro, Catalina voltou a suas andanças. Embora Marcial a esperasse desesperado, procurou Yésica para pedir que lhe conseguisse um programa diferente e pedisse desculpas por ela ao homem ciumento que era sem dúvida o único membro da máfia que a levava a sério, permitindo que todos pensassem que estavam namorando.

Yésica aceitou os dois pedidos e apresentou Catalina aos filhos de uns traficantes de Tuluá, com quem passaram o fim de semana. No fundo, queriam a companhia de jovens de sua idade, cansadas, talvez, de lidar com homens gordos, velhos, desagradáveis, de mau hálito e barrigudos como Cardona, Morón e o próprio Marcial Barrera, que estava prestes a completar 65 anos quando resolveu pedir Catalina em casamento.

Foi na terça-feira, depois de voltar de Tuluá. Pensando que o dinheiro e o luxo que estava lhe dando não eram suficientes para prendê-la, Marcial Barrera lançou mão do recurso desesperado de pedir sua amada em casamento, sem se importar um pingo com o que diriam dele seus amigos, seus colegas, suas cinco ex-esposas e seus nove filhos. Encontrava-se disposto a morrer ao lado de Catalina, ignorando por completo que ela sentia vontade de vomitar quando ia para a cama com ele e que, entre trepar e lhe dar um beijo, preferia trepar. Por isso, ficou muito surpresa com a proposta e, mais do que surpresa, assustada, porque no fundo sabia que não podia desprezá-lo, embora achasse que aquela era a coisa mais asquerosa que acontecera em seus 15 anos de vida.

Yésica orientou a amiga. Lembrou a idade de Marcial e falou dos perigos que ele corria no mundo em que se movimentava e da quantidade de dinheiro que lhe deixaria se morresse, sem esquecer a possibilidade de elas mesmas o denunciarem à DEA. Diante desses argumentos, Catalina disse sim ao namorado na manhã seguinte, depois de abrir, em meio a gargalhadas, todas as portas da caminhonete que Marcial estacionara diante do edifício onde ficava o apartamento que Ismael Sarmiento lhes emprestara com o claro, embora discreto, interesse de transar com ela sempre que seus horários coincidissem. Ismael chegou a dizer a Catalina, ao vê-la olhando extasiada a caminhonete presenteada por Marcial, que não aceitasse o automóvel e não se casasse com aquele velho, pois assim estaria sacrificando sua juventude. Em troca ele lhe daria aquele apartamento e uma caminhonete melhor. Catalina agradeceu muito, pois a proposta não era de todo ruim, mas disse que a seu lado não seria mais do que uma amante, "a mocinha da vez", enquanto ao lado de Marcial seria uma esposa, a senhora da casa. Por isso aceitou o pedido.

O quase idoso ficou muito feliz com a resposta e deu início aos preparativos. A primeira tarefa foi conseguir um padre que a casasse naquela idade, mas só encontrou um que topasse quando se comprometeu a fazer um generoso donativo para uma igreja em construção. Vencido o primeiro obstáculo, montou uma equipe para organizar a festa. Queria lotar a casa e por isso elaborou uma lista de 1.500 convidados, entre parentes e amigos civis, militares, políticos e eclesiásticos. Contratou trezentos garçons e mandou comprar 1.500 garrafas de uísque, 387 de vinho, noventa de champanhe, 170 frangos, seis vacas, nove leitões, e mais duas orquestras famosas, dois trios de música de corda, dois cantores de *rancheras* muito famosos, três grupos de *mariachis* e trouxe de Bogotá uma unidade móvel de televisão para filmar a festa. Ao perceber a grandiosidade que seu futuro marido queria imprimir à festa e pensando que Albeiro acabaria sabendo do casamento graças à repercussão que ele teria nos meios de comunicação, Catalina pediu a Marcial que se casassem em uma cerimônia discreta. Marcial explodiu de raiva lembrando que os gastos já chegavam a 2 milhões de dólares, mas, diante de um ultimato de sua prometida, resolveu imediatamente recuar. Catalina lhe disse que se casariam sem convidados e no quintal da casa ou não casaria.

Por isso, ninguém achou que o casamento de Catalina com Marcial Barrera tivesse sido o acontecimento do ano. Na verdade, não significou nada para ninguém, pois o desejo de Catalina de evitar que sua família ficasse sabendo foi atendido. Assim, continuou frequentando a casa da mãe clandestinamente. O fato de Albeiro não saber que estava casada deixava-a feliz, mas ela continuava preocupada com o paradeiro de Bayron, pois nem sua mãe nem ninguém dava notícias a seu respeito.

Veio a saber dele um mês depois, quando um jornal especializado em notícias policiais publicou uma foto dele no rodapé da primeira página. Encontrava-se ensanguentado, em meio aos destroços de uma moto, com uma arma na mão. O título se referia à morte de um matador de aluguel que assassinara um juiz da República, homem com o qual todos se solidarizaram sem saber que, se não merecia morrer daquele jeito, tampouco levara uma vida honrada. Chamava-se Virgilio Daza. Eu o conheci em 1995, quando dei entrada em um processo jurídico e ganhei a causa em troca de uma propina de quarenta por cento do seu valor. De qualquer maneira, Bayron estava morto e no céu, o juiz estava morto e queimava no inferno, e Catalina estava viva, mas com a alma doente.

Com a permissão de seu marido cada vez mais ciumento, possessivo, dominador e machista, Catalina assistiu ao enterro do irmão e agradeceu ao namorado por ter cuidado da mãe em momentos tão difíceis. Chegou até a pensar e acabou dizendo a Yésica que, graças a Deus, Albeiro estava vivendo em sua casa, sem imaginar que fora exatamente isso o que havia levado Bayron a cometer a loucura de se meter com o bando de Antonio, do qual participou até a tarde do dia de sua morte, quando, por 10 milhões de pesos, aceitou liquidar o Dr. Virgilio Daza.

Porém a verdadeira tragédia estava por vir. Doente e obcecado em evitar que qualquer outra pessoa se aproximasse de Catalina, Marcial Barrera contratou dois detetives para vigiá-la dia e noite. Os homens foram ao enterro de Bayron, vestidos de luto e com uma câmera na mão, e quando entregaram a Marcial Bezerra 108 fotografias de Catalina abraçada com Albeiro, às vezes beijando-o e quase todo o tempo acariciando-o, o velho traficante teve um pré-enfarte e foi levado ao pronto-socorro de um hospital de Bogotá. Catalina não ficou sabendo de nada, e ele também não quis lhe contar; primeiro, por vaidade, pois não queria que ela pensasse que vivia com um velho, embora já o soubesse, e, depois, porque não queria que ela fosse informada do motivo de seu pré-enfarte.

O monstro que morava dentro de Marcial Barrera acordou três dias depois, quando teve alta, e então começou a tomar providências desesperadas. A primeira delas: mandar assassinar Albeiro. Amava tanto Catalina que era incapaz de tocá-la, de machucá-la. Por isso não lhe disse nada e preferiu agir por suas costas. Contratou dois matadores de aluguel para seguir o padrasto de Catalina, quem a menina continuava achando ser seu amante.

Albeiro foi salvo por um beijo de D. Hilda. Ia ser baleado uma manhã quando estava saindo de sua nova casa com a mulher para pegar seu novo táxi. Quando a mira da pistola de um dos matadores estava apontada para sua cabeça e os dedos do assassino estavam prestes a apertar o gatilho, D. Hilda deu-lhe um apaixonado beijo de despedida. Ao ver a cena, os homens pararam e começaram a achar que as suspeitas do patrão não procediam. Por isso adiaram a execução e correram para contar a Marcial Barrera, com provas fotográficas, que Albeiro não era namorado da Sra. Catalina, e sim seu carinhoso padrasto.

Marcial Barrera começou a duvidar do que as fotos diziam e procurou uma maneira de arrancar da esposa a verdade que queria ouvir. Abordou-a em uma das muitas noites em que ela estava voltando cansada da ginástica e começou a fazer todo tipo de pergunta. Com quem sua mãe vivia, onde vivia, que queria conhecê-la, quando iriam, se ela vivia com alguém, porque não a convidava para conhecer sua casa. Catalina lhe disse que estava brava com ela por ter deixado seu irmão Bayron seguir o mau caminho e por isso não queria vê-la. Marcial insistiu e pediu que a perdoasse, porque a coitada devia estar sofrendo muito com a morte do filho. Catalina, já cansada de ouvi-lo, lhe disse que sim, que ia ver como faria para convidá-la e aproveitou a oportunidade para lhe pedir permissão para ir a Pereira procurá-la, embora o que quisesse, no fundo, era estar com Albeiro a fim de que voltasse a possuí-la. Ao lado do marido, Catalina se sentia como uma mera prostituta com um cliente: insatisfeita, mas com dinheiro.

Quando chegou a Pereira sem avisar, nem sua mãe nem Albeiro estavam em casa. Por isso atravessou a rua, encontrou Yésica e lhe entregou um dinheiro para que conversasse com Paola, Ximena e Vanessa e lhes propusesse montar um negócio que lhes permitisse parar de se prostituir. Marcial Barrera lhe dera 10 milhões de pesos para a viagem, mas Catalina só gastara 3. Lembrou-se, então, das amigas de aventuras e quis ajudá-las a mudar de sorte, esquecendo por completo que quando não tinha peito suas amigas não pensavam nela. Yésica agradeceu o dinheiro com sinceridade e foi procurá-las para lhes contar a boa-nova. As três tinham virado a noite e estavam dormindo quando foram chamadas por suas mães, que disseram que fossem até a calçada, pois a amiga estava precisando delas.

Enquanto esperavam por Vanessa, Paola e Ximena, Yésica, que já sabia, pela boca da própria mãe, da relação de Albeiro com D. Hilda, aproveitou a oportunidade para fazer algumas perguntas a respeito a Catalina. Queria abordar o assunto com sutileza para não criar um trauma, caso ela não soubesse o que estava acontecendo. Perguntou como estava sua relação com Albeiro, se ainda se falavam, se ele sabia que estava casada com Marcial Barrera e se ela sabia que ele vivia na casa de sua mãe.

As respostas de Catalina convenceram Yésica de que ela não estava por dentro da relação de Albeiro com D. Hilda e já ia lhe contar quando as três amigas apareceram. Estavam tão acabadas, abatidas, desanimadas e transformadas que mal as reconheceram, ainda mais porque vestiam as camisolas que sempre usavam em casa. A alegria das recém-acordadas foi imensa, proporcional à tristeza que Catalina e Yésica sentiram ao vê-las. Pareciam flores secas, vegetais sem viço, campos desertos, água turva, cadáveres sepultados há três dias. As más energias de suas dúzias de clientes haviam-nas transformado em seres dignos de pena. Catalina e Yésica disfarçaram o impacto que experimentaram ao vê-las daquele jeito e começaram a falar da novidade, do dinheiro que queriam lhes dar para que pudessem montar seu próprio negócio. As três fizeram três perguntas, as mesmas:

— Que negócio? Quanto vamos ganhar? Quanto teremos de trabalhar?

Deram várias sugestões: um restaurante, uma sorveteria, uma locadora de vídeos, uma loja de roupas ou uma casa de frutas. Não se decidiram por nenhuma. Depois, avaliaram os prós e os contras do negócio, calcularam o esforço que teriam de fazer e o compararam com o esforço que representava ir para a cama com um bêbado quando estava amanhecendo e chegaram a uma conclusão surpreendente:

— Não, valeu, amiga. Onde estamos, ganhamos mais e temos de trabalhar menos. Não temos que pagar impostos, não temos que lidar com empregados e fornecedores e não temos que chupar nenhum funcionário da prefeitura para que nos dê as permissões e as licenças para montar o negócio.

Catalina se encheu de raiva e Yésica, de espanto. Não conseguiam acreditar que suas amigas preferissem continuar se prostituindo pelo simples fato de ganhar um pouco mais de dinheiro com um pouco menos de esforço. Mas assim é a vida, e naquele dia acabou para sempre a amizade das cinco mulheres, que ficaram enredadas em um conflito básico, pois umas se achavam superiores às outras, embora todas fizessem a mesma coisa. A diferença era a clientela.

Estavam absortas nisso quando o táxi de Albeiro parou diante da casa de D. Hilda e Yésica avisou-as do fato. Catalina, que não sabia da aquisição do táxi, achou, quando viu sua mãe descendo do carro, que ela estava chegando com alguma compra ou algo do gênero.

Mas Yésica lhe sugeriu que não saísse correndo para abraçá-la e ficasse escondida durante alguns instantes atrás do muro do jardim de sua casa para que visse com os próprios olhos o que ela pensara lhe contar.

O namorado de Catalina desceu do táxi e alcançou D. Hilda, que já estava prestes a meter a chave na fechadura da porta da casa.

No meio daquilo, Albeiro lhe deu um beijo na boca e os barulhos do mundo soaram tão forte aos ouvidos de Catalina que tudo emudeceu com sordidez dentro de sua cabeça. Yésica não sabia onde se enfiar e só pronunciou algumas poucas palavras:

— Era isso que eu queria contar a você, parceira!

Depois do primeiro impacto, Catalina reagiu e correu o mais depressa que pôde para a casa, atravessando a rua a passos largos. Yésica a seguia, pedindo que se controlasse e não fizesse merda. Mas Catalina não a ouviu nem ouviu a si mesma, apesar de sua precária consciência já ter começado a impor limites à sua ignorância. Tinha tanta raiva que estava disposta a tudo. Quando bateu na porta, Albeiro e D. Hilda estavam arrumando as compras na geladeira e se assustaram ao ouvir batidas mais fortes e mais frequentes que o habitual. Correram para ver quem era. Quando viram Catalina pela janela, com cara de que sabia de alguma coisa e que estava com vontade de matá-los, D. Hilda pediu a Albeiro que fosse embora, pulando o muro para evitar problemas, mas ele se encheu de coragem e sugeriu que a enfrentassem. Não muito convencida, temendo a reação de Catalina, D. Hilda aceitou a proposta suicida e foram juntos abrir a porta.

Em poucos instantes, Catalina estava diante deles, encarando-os com ódio, os olhos cheios de lágrimas. Yésica segurava seus braços com força. Enquanto a jovem lutava para se safar com a reiterada promessa de querer matá-los, Albeiro lhe disse que sentia muito, mas que não sabia o que estava acontecendo com ele, nem em que momento tudo havia acontecido, mas a culpou de tê-lo abandonado. Por sua vez, D. Hilda pediu que a perdoasse usando o argumento de que o culpado de tudo o que acontecia no mundo, para o bem ou para o mal, era Deus, e que, como dizia uma canção, o universo e tudo o que se movia dentro dele era perfeito.

Classificando de cínicas e absurdas as razões pelas quais seu namorado e sua mãe haviam sido desleais, Catalina se livrou com fúria do aperto da amiga e se atirou de novo sobre Albeiro, desta vez com uma força tão descomunal que ninguém conseguiu controlá-la. Agrediu-o e puxou seus cabelos com tanta vontade que D. Hilda se compadeceu e se esforçou ao máximo para arrebatá-lo de sua agressora. Catalina disse à mãe que a soltasse porque ela não responderia por seus atos, e D. Hilda respondeu à sua falta de respeito com uma bofetada que acabou de perfurar o coração da garota. Era a primeira vez que a mãe batia nela, o que a enfureceu ainda mais ao desconfiar que tivesse feito aquilo para se vingar da surra dada em Albeiro. Com seus gritos lancinantes e suas lágrimas abundantes, a calma voltou ao lugar.

Albeiro e D. Hilda se olhavam com sentimento de culpa enquanto Yésica se esforçava ao máximo para acalmar a amiga, que não parava de se compadecer de si mesma gritando coisas que perfuravam os ouvidos de Albeiro e também os de sua mãe. Dizia que enquanto ela trabalhava em Bogotá para lhes dar de comer, eles retribuíam seus esforços daquela forma. Que nunca poderia imaginar que o homem a quem entregara sua virgindade fosse capaz de fazer algo assim a ela. Que com uma mãe daquelas não precisava de inimigas. Que se sentia a mulher mais infeliz do mundo e, em um arroubo de desforra premeditada, olhou-os com ódio, enxugou as lágrimas com o antebraço e estendeu a mão esquerda com firmeza exigindo que lhe entregassem as chaves do táxi.

Albeiro procurou aprovação nos olhares de D. Hilda, que, sem ter alternativa, acabou concordando com a cabeça. Catalina arrancou a chave com grosseria de suas mãos, foi para a rua, abriu o carro, entrou nele, apertou a embreagem com a primeira engatada enquanto introduzia a chave, ligou o motor e foi aos trancos até a esquina, onde terminava a parte plana da rua, e parou de repente. Colocou em ponto morto, desceu e empurrou o carro até o precipício que era uma rua íngreme que terminava dois quarteirões abaixo em uma das avenidas da cidade.

Albeiro e D. Hilda correram para evitar o pior, mas não conseguiram chegar a tempo de parar o táxi, que tomava um impulso irrefreável a cada metro. No entanto, continuaram correndo encosta abaixo tentando alcançá-lo, mas a cada passo que davam o veículo avançava dois metros, e assim, quando chegaram à primeira esquina, o táxi terminara de descer a ladeira e ficara atravessado na avenida, onde um ônibus do serviço público que passava naquele momento, por sorte transportando apenas cinco passageiros, atingiu-o com violência, fazendo com que girasse algumas vezes antes de bater espetacularmente em um poste de iluminação, que se vergou o suficiente para deixar metade do bairro sem luz.

O táxi ficou irreconhecível, transformado em ferro-velho, enquanto o motorista do ônibus e os cinco passageiros, que ficaram ilesos, corriam para socorrer o suposto motorista que, segundo eles e as pessoas que testemunharam o acidente, devia ter morrido na hora.

No meio da penumbra e das luzes projetadas por algumas lanternas, Albeiro e D. Hilda chegaram à esquina da avenida para presenciar a triste cena que os deixaria sem comida durante um bom tempo, enquanto o motorista e os passageiros se surpreendiam ao ver um táxi naquele estado de destruição, com um poste de cimento incrustado no teto, mas sem sangue, nem miolos nem órgãos espalhados nem o motorista com o volante encravado no tórax. No meio do susto e do espanto, um passageiro chegou a opinar com exagero:

— A batida foi tão violenta que o motorista se desintegrou!

Então, Albeiro e D. Hilda, que estavam abraçados, tristes e cheios de dúvidas, ouviram os gritos de Catalina, que estava parada um quarteirão acima da avenida do acidente:

— Isso aconteceu com vocês por que não souberam me respeitar, filhos da puta!

Depois saiu correndo para nunca mais voltar. D. Hilda entendeu que a perdera para sempre, não tanto pelo trágico final do táxi, mas sim por aquelas palavras, que são as últimas que um filho diz a uma mãe quando não quer voltar a vê-la nunca mais na vida.

17

A volta da inocência

Com a alma destroçada e pensando sem objetividade nas causas de sua ruína, Catalina voltou a Bogotá, como sempre em companhia de Yésica. Durante o voo, pensaram, de cabeça fria, em uma maneira de dar uma virada em suas vidas, providência que a decisão de Catalina de colocar um ponto final na farsa com Marcial tornara necessária. Para conquistar a independência financeira que almejavam, Catalina propôs à amiga que delatassem El Titi e Barrera em troca das atraentes recompensas que o governo oferecia por suas cabeças. Avaliaram as consequências e os riscos, lembraram as histórias de delatores que acabaram mortos depois de terem sido expostos por figurões da polícia e políticos a serviço do tráfico de drogas que tinham acesso à identidade dos informantes. Pensaram no que fariam com o milhão de dólares da recompensa e com a fortuna que Catalina herdaria de Marcial Barrera, mesmo sabendo que suas cinco ex-esposas e seus nove filhos iriam avançar como aves de rapina na herança dele. Ainda assim, decidiram correr o risco, para se livrar de uma vez por todas da pobreza, e ficaram de se encontrar no dia seguinte, quando ligariam para um número de telefone que a televisão divulgava em anúncios institucionais que prometiam 1 milhão de dólares por El Titi e total discrição.

Quando chegou a Bogotá, teve mais uma surpresa. Marcial Barrera mandara cobrir o quarto de sua menina esposa com pétalas de rosa que tingiam de vermelho todo o aposento. A única coisa que contrastava com o vermelho das flores era um urso de pelúcia do tamanho de um urso pardo de verdade, só que este era um urso panda. Ao vê-lo, Catalina se sentiu menina pela primeira vez em muitos anos e correu para abraçá-lo com carinho, como se estivesse voltando à infância, à inocência, a tudo aquilo de que se privara e que perdera para brincar de mulher adulta em tão tenra idade. Seus seios imensos não lhe permitiram estreitar o enorme bicho de pelúcia do jeito que queria. Mesmo assim, envolveu-o com os braços, fechou os olhos e disse algo inesperado para uma pessoa que já tinha nas costas um pequeno prontuário de delitos: mandara matar um homem, praticamente castrara outro, destruíra testículos à base de porrada. Era uma menina que se prostituíra por inveja e ambição indo para a cama com dezenas de homens e que, além disso, havia atirado um táxi ladeira abaixo sem se importar com o risco de matar quem cruzasse seu caminho:

— Quem é esse lindinho? — O urso, naturalmente, não ouviu e continuou sorrindo, obedecendo às ordens eternas de quem o havia desenhado.

Catalina ficou tão enternecida com o enorme animal que seu odiado marido lhe dera que passou a noite inteira pensando que seria uma grande injustiça entregar o homem que acabara de lhe devolver a inocência há muito tempo perdida.

No dia seguinte, quando Marcial Barrera reapareceu, Catalina foi extremamente carinhosa com ele. O velho traficante ficou muito surpreso ao vê-la tão atenciosa e sorridente, tão surpreso que sua longa experiência de homem desleal levou-o a achar que estava se comportando daquela maneira inusitada por sentir na consciência o peso de ter lhe sido infiel durante a viagem. A verdade é que não se importou muito com isso porque já tinha admitido fazer esse tipo de concessão dolorosa, mas necessária, para mantê-la a seu lado. Até pensava em lhe dizer, parodiando uma música de um de seus cantores favoritos, que preferia dividi-la a ficar só. Queria lhe propor que tivesse suas aventuras, mas que, em troca, jamais o abandonasse.

Ficou muito feliz naquela manhã ao vê-la alegre a seu lado, agradecendo as flores e o urso, e por isso tomou uma decisão que, sem que soubesse, livrou-o de ir parar em uma penitenciária de La Florida ao lado de Cardona, de Carlos Lehder e de Noriega, o ex-presidente panamenho. Avisou-a que se preparasse porque queria lhe transferir seus bens mais valiosos, para livrá-la dos ataques das ex-esposas caso viesse a acontecer alguma coisa com ele. Catalina recebeu com euforia o gesto de Marcial Barrera e resolveu, de uma vez por todas, não delatá-lo.

Quando encontrou Yésica, lhe contou o que havia acontecido e as duas concordaram em deixar Marcial em paz porque era melhor negócio ficar com a metade de sua fortuna de Barrera por meios pacíficos a com uma pequena fatia por caminhos tortuosos, que era o que lhe restaria depois de uma partilha judicial em que enfrentaria seus nove filhos, suas cinco ex-esposas, sua mãe e seus seis irmãos.

Por isso, o único traficante que delataram foi El Titi, e por várias razões: para ganhar a recompensa, para destruir as fantasias de Marcela Ahumada, que odiavam por ser bonita e tão bem-sucedida, e por ter humilhado muitas vezes Catalina quando não tinha peitos e também quando passou a tê-los.

Ligaram para o tal número com absoluta discrição, deram nomes falsos e foram atendidas por um oficial que jurou que manteria seus nomes e o que lhe contariam em segredo absoluto. Marcaram um encontro e tanto elas como o oficial compareceram. Com uma câmera em cada canto e microfones no corpo, o capitão da polícia foi ao restaurante escolhido por elas para ouvir o que tinham a dizer. Cinco minutos mais tarde, o capitão Salgado teve certeza de que estava sentado diante das pessoas que, além dos traficantes, naturalmente, mais conheciam o universo das drogas no país. Apesar de sua experiência, ficou espantado com os relatos das informantes. Cada história de Yésica o deixava atônito e à espera de obter um endereço, um telefone ou alguma coisa que lhe permitisse deflagrar uma operação bem-sucedida ao término da qual seria promovido.

Elas contaram tudo o que sabiam. Falaram dos lugares frequentados pelos traficantes, de seus gostos, do amor que sentiam por suas famílias, de como eram bacanas, inteligentes, gentis com elas, experientes, sensíveis em relação à pobreza, enfim, não pararam de elogiá-los, a ponto de o capitão achar que desistiriam de delatá-los. Mas foi isso que não aconteceu. Finalmente fizeram uma denúncia concreta e o oficial saiu do restaurante com o endereço de El Titi e meia promoção no bolso. A respeito do dinheiro, lhes disse que assim que o traficante fosse preso ele se encarregaria pessoalmente de tomar todas as providências para que a soma lhes fosse entregue.

Como se pressentisse alguma coisa, El Titi ligou para elas no dia seguinte, quando a polícia secreta já tinha cercado o bairro, estudando uma forma de capturá-lo sem deixar qualquer possibilidade de fuga.

O telefone de El Titi já estava grampeado e o próprio capitão o ouviu dizer a Yésica que acabara de ver Catalina em uma revista de fofocas onde mencionavam o segundo lugar que conquistara no concurso "Garota Linda". Disse também que havia ficado muito surpreso, pois estava muito, muito bonita.

Yésica lhe respondeu que lamentavelmente ele era o único que não percebera isso antes e que era uma pena que Catalina não estivesse livre no fim de semana seguinte, quando El Titi queria que fosse ao seu encontro.

Ela contou que Catalina estava indo para o México com um figurão de lá mesmo e El Titi perguntou por quanto. Yésica respondeu que por 10 mil dólares. El Titi, o mesmo que, quatro ou cinco vezes antes, não quisera lhe pagar 200 mil pesos, cerca de 80 dólares, disse que não a mandasse para tão longe e que a deixasse com ele por 15 mil dólares. Ele não sabia que para ganhar esse mesmo dinheiro a garota só precisava fazer um carinho no marido, mas tinha certeza de que poderia tentá-la e, de fato, Catalina sucumbiu.

Não tanto pela quantia oferecida, mas pela atração que sempre sentira pelo homem que a desafiara a chegar onde achava que estava naquele momento.

Quando Yésica colocou-a a par da oferta de El Titi, Catalina sorriu satisfeita pela alta cotação que alcançara entre os traficantes e mandou lhe avisar que sim e também perguntou onde e quando. El Titi recebeu a notícia com alegria e marcou um encontro no fim de semana em um de seus apartamentos de Bogotá. O capitão, que estava ouvindo a conversa, preparou a operação para capturá-lo naquele lugar, mas logo se arrependeu, porque exporia sua informante. Por isso preferiu deixar que El Titi cumprisse seu compromisso para depois lhe dar o golpe de misericórdia.

Catalina chegou ao apartamento de seu desejado cliente numa sexta-feira, quando a noite mal havia começado. El Titi ficou surpreso com sua beleza, sua elegância, suas curvas, sua altivez, e sorriu pensando que havia sido um idiota por não tê-la contratado quando não custava mais de 200 dólares.

Agora tinha de pagar quase oitenta vezes esse valor, coisa que, embora não afetasse suas finanças, abalava seu ego. Mas não pensou em nenhum momento em rejeitá-la, pelo contrário, recebeu-a como poucas vezes fazia com garotas de seu nível e levou-a para passar três dias em uma casa de mármore que tinha em um bairro de Girardot, município próximo da capital, que não ficava atrás de Beverly Hills nem de Montecarlo nem de Ibiza nem dos melhores condomínios da Flórida.

O local estava infestado de mansões de estilo árabe, mediterrâneo, americano, eclético, moderno, antigo e inúmeras de outras tendências, nas quais os elementos arquitetônicos e decorativos predominantes eram as fachadas brancas, o mármore, as imensas janelas azuis, a grama das calçadas semelhante à usada nos campos de golfe e o ferro trabalhado. Naquele bairro existiam pelo menos seiscentas casas luxuosas, algumas belíssimas, outras sóbrias e elegantes e a maioria de mau gosto, que mesmo assim custavam entre 400 mil e 3 milhões de dólares. Seus proprietários, conforme o estilo da casa, eram traficantes, políticos corruptos, militares desencaminhados e também pessoas decentes e trabalhadoras que já estavam pensando em se mudar para outro lugar, cansadas de ouvir o barulho de motos de alta cilindragem às três da manhã ou salvas de tiros durante a comemoração do aniversário da filha, da esposa ou da amante de um daqueles senhores.

A casa de El Titi, onde ele chegou com Catalina e uma dúzia de oficiais da inteligência nas suas patas, podia ser considerada uma das melhores do local. A frente era dominada por quatro colunas gregas que sustentavam a marquise da entrada. Era branca e os jardins estavam cobertos de florezinhas minúsculas de todas as cores e aromas. Os vidros das janelas da fachada eram azuis e espelhados, tornando o sol inofensivo. A porta era enfeitada com vitrais transparentes e coloridos que levavam a desconfiar do bom gosto de seu proprietário. A parte traseira da casa tinha uma plataforma com pérgulas envolvidas por trepadeiras que lhe davam um toque romântico e renascentista. Ao lado do deque, as modestas ondas do lago acariciavam um pequeno iate e duas lanchas de alta velocidade.

A parte interna da casa tinha tudo o que se é possível ter quando a pessoa é dona de uma fortuna muito superior às exportações de países pobres como a Bolívia ou de países pequenos como o Paraguai e o Uruguai. Ar-condicionado central, piscina pintada à mão com figuras de animais marinhos, esculturas de pedra e bronze, pinturas caras de artistas famosos, cristais de rocha, baixelas de prata e lustres de cristal Baccarat até nos banheiros — que, a propósito, podiam ser do tamanho de um apartamento —, torneiras e maçanetas folheadas a ouro, pisos de mármore e granito, uma adega no porão com garrafas dos melhores vinhos chilenos e franceses das melhores safras e até uma coleção de armas antigas. O depósito de lixo da casa, onde jaziam abandonados muito aparelhos semiusados ou semiquebrados, devia custar mais que o mobiliário de uma casa de classe média. Na cozinha havia três geladeiras gigantes de duas portas cada, encostadas em uma mesma parede, todas repletas de alimentos importados, manjares com a data de consumo vencida e todo tipo de carnes maturadas e bebidas congeladas. A mansão tinha uma *jacuzzi* em cada quarto e uma sala de ginástica equipada com as melhores máquinas, muitas delas prestes a enferrujar devido à falta de uso.

Catalina aceitara o convite por três motivos. O primeiro: mostrar a El Titi que não era o patinho feio, a garota boba que ele tinha em mente e que rejeitaria quantas vezes tivesse vontade com toda a arrogância possível. O segundo, porque ainda gostava dele e queria sentir o prazer de arrebatar seu amor por Marcela Ahumada, mesmo que só por três dias. E o terceiro, porque queria se vingar, e a única maneira de se vingar não era entregá-lo apenas à polícia, como havia planejado, mas também destruir sua relação com a namorada. Por isso, cada vez que El Titi trepava com ela, na sauna, na academia, na piscina, nos banheiros, nos quartos, no iate, nos jardins, na sala de jogos, no escritório e até na cozinha, ela deixava um sinal, uma pegada, um arranhão feito por suas unhas em formato de coração, ou um objeto qualquer que lhe pertencesse, pensando em ligar para Marcela e lhe contar tudo assim que o traficante fosse capturado e estivesse sendo enviado aos Estados Unidos.

El Titi foi preso em um apartamento do bairro de Los Rosales, Bogotá, dois dias depois de ter voltado de sua viagem com Catalina. Todo um contingente da procuradoria, apoiado pela polícia e pelo Exército, foi ao edifício naquela madrugada e tomou o lugar de assalto. El Titi dormia abraçado, como sempre fazia, com a namorada, quando uma explosão derrubou a porta e trinta homens invadiram o apartamento em frações de segundo. De cueca, camiseta e uma pistola na mão, El Titi tentou se defender, mas já era tarde. Quinze homens com capacetes e coletes à prova de bala apontavam para sua cabeça e a de sua namorada com fuzis de assalto e armas automáticas.

Vendo El Titi na televisão, Catalina sentiu pela primeira vez uma leve coceira na altura do mamilo esquerdo. Foi na noite em que Aurelio Jaramillo estava sendo tirado da Colômbia em um avião da DEA na condição de extraditado. A cena do homem amargurado, com as mãos e os pés amarrados e o olhar perdido, foi transmitida ao vivo por um telejornal noturno. Catalina achou que a coceira se devia à sensação de culpa e à tristeza provocada pela imagem de El Titi entrando no avião de matrícula norte-americana, mas estava enganada e disfarçou de alguma maneira seu estado depressivo porque Marcial sabia de seu passado com El Titi e se limitou a mudar de canal como se a notícia não lhe interessasse. O marido comentou que tinha sido burrice da parte de El Titi se meter com gente do México porque aqueles sujeitos eram muito ambiciosos e que eles próprios se encarregavam de sabotar seus contatos quando percebiam que o negócio andava de vento em popa e os colombianos já não eram necessários.

A prisão de El Titi levou Morón, que já tinha voltado à Colômbia, a confirmar que em seu mundo não havia lealdade. E ele passou a temer que, assim como haviam feito com seu sócio, alguém o delatasse por um punhado de dólares, e, no caso, a palavra punhado não se referia de nenhuma maneira ao tamanho do punho de um homem normal, mas ao punho de elefantes, pois o governo dos Estados Unidos estava oferecendo a assombrosa recompensa de 5 milhões de dólares por sua cabeça.

Diante de tal ameaça, acionou sua rede de inteligência, seus contatos e seu talão de cheques, e ofereceu subornos que duplicavam a recompensa oficial a todos os organismos de Estado envolvidos no assunto das delações para que revelassem quem tinha sido a pessoa ou as pessoas que haviam delatado El Titi.

Quando a oferta chegou aos ouvidos do capitão Salgado, o oficial não pôde evitar pensar no que faria um homem como ele com 2 milhões de dólares no bolso, mas seu desejo de continuar com sua carreira militar foi mais forte e seu juramento à pátria venceu sua ambição. Por isso, entrou em contato com Yésica e Catalina e colocou-as a par da situação para que não viessem cobrar a recompensa naqueles dias.

18

Overdose de bala e silicone

No dia seguinte, quando comentava sobre a prisão de El Titi com Yésica, Catalina sentiu que aquela coceira nos seios estava atingindo proporções preocupantes. A alergia que chegava através dos mamilos começou a ficar insuportável. Embora fosse delicioso se coçar com todas as unhas de suas mãos, Yésica, que também tinha peitos de silicone, lhe disse que aquilo não era normal e recomendou que procurasse Mauricio Contento para que a examinasse. Catalina se recusou a fazê-lo pensando que se tratava de uma alergia por alguma coisa que comera, mas a cabo de uma semana, poucos dias depois de ter conversado com o capitão da polícia sobre a recompensa, a alergia se tornou insuportável, e Catalina teve de ir às pressas à clínica de Mauricio Contento acompanhada da inseparável amiga.

— O doutor viajou, deve voltar em dez dias — avisou-lhes a secretária.

Yésica teve a iniciativa de ir a uma clínica que tinha pronto-socorro, ainda mais que agora dinheiro era a única coisa que não preocupava a amiga.

Cada vez que saía de casa, mesmo que fosse para ir à esquina, a um shopping ou dar uma volta de quinze minutos, Marcial Barrera lhe dava 2, 5, 10 ou 15 milhões de pesos, conforme seu estado de espírito e como Catalina estivesse se comportando com ele. De manhã lhe dava 20 milhões se na noite anterior tivesse feito amor e 10 se tivesse lhe proporcionado prazer com suas carícias. Quando o beijava antes de adormecer, ao despertar lhe dava 5 milhões, e quando adormecia aborrecida e ficava de costas a noite inteira Marcial não lhe dava nada. Assim, a relação dos dois se transformou em um asqueroso negócio de prostituição, e ambos tinham consciência disso.

Quando as meninas chegaram à Clínica Estética do Dr. Ramiro Molina, Catalina pediu angustiada uma consulta e foi atendida com urgência pelo próprio dono do estabelecimento, cujo diagnóstico foi categórico:

— É preciso tirar os implantes para ver o que está funcionando mal. — Catalina ficou aterrorizada diante da iminência de uma nova cirurgia, mas o Dr. Molina foi muito sério e contundente em sua análise: — Se não tirar os implantes, que aparentemente estão infectados, você corre o risco de morrer.

Sem pensar muito e empurrada por Yésica, Catalina aceitou se operar de novo e o médico marcou, com urgência, a intervenção para dali a dois dias. Durante esse tempo, que transcorreu lento e cheio de aflições, ela não viveu nem um pouco, pois só pensava na morte e em como seria triste abandonar este mundo agora que tinha quase tudo.

Até teve tempo de pensar na tristeza que ia causar a seu gigantesco urso, que já amava e até batizara de Benny.

Quando ficou sabendo do problema, Marcial Barrera lhe ofereceu todo o seu apoio financeiro e moral, querendo se aproveitar daquela oportunidade única para estreitar ainda mais os laços sentimentais com a pequena esposa, a quem, em várias ocasiões, especialmente nos hotéis, fizera passar por filha. Um homem como ele não tinha vergonha de alardear que era traficante, nem assassino nem trapaceiro, mas tinha vergonha de dizer que sua esposa tinha 15 anos, 45 a menos do que ele. Disse-lhe que não se preocupasse com nada e que o dinheiro tudo resolvia.

Quando estava chegando a data da nova intervenção, encontraram de novo o capitão Salgado, que oficializou o boato:

— Estão oferecendo 2 milhões de dólares para quem revelar quem delatou Aurelio Jaramillo. Estão oferecendo 2 milhões de dólares por suas cabeças!

Elas ficaram muito assustadas pois sabiam de onde provinha a oferta e também porque sabiam do que eram capazes Morón, seus sócios e lugares-tenentes. Por isso pediram ao capitão que lhes apresentasse um plano para sair do país, mesmo que fosse por pouco tempo, mas o policial lhes disse que fazer isso significava revelar suas identidades e que, nesse caso, seria melhor que esperassem a ameaça amainar, levando em conta que ele era o único homem de todas as forças do Estado que as conhecia e por isso não tinham nada a temer. Elas acreditaram nele e foram embora tranquilas e arrependidas de ter delatado El Titi, mas não de ter deixado tantas provas da infidelidade dele em sua casa de Peñón, em Girardot, porque Marcela Ahumada já as havia encontrado e estava tão sentida que não queria ir aos Estados Unidos visitá-lo.

Além do mais, não tinha o visto nem queria ser ridicularizada solicitando-o, no caso de, durante a entrevista com o cônsul, ser obrigada a dizer que precisava do documento para visitar o namorado que estava preso e condenado a mais de duas prisões perpétuas em uma penitenciária da Flórida por ter enviado oitenta toneladas de cocaína aos Estados Unidos entre 1995 e 2005.

De fato, em um julgamento sumário, com algumas provas verdadeiras e outras fabricadas, El Titi foi condenado a duas prisões perpétuas e mais oitenta anos de reclusão. Mas um promotor muito sério da Flórida disse que poderia livrá-lo de uma das prisões perpétuas se entregasse Morón. El Titi, que não era tão descarado como os gringos na hora de fazer esse tipo de conta, entendeu que, de qualquer maneira, morreria em sua cela de um metro por dois e preferiu mandar o promotor comer merda. Ele não entendeu a grosseria e ofereceu-se então para livrá-lo da segunda prisão perpétua, mantendo apenas a condenação de oitenta anos. El Titi mandou-o comer merda de novo e lhe disse que deixasse de lamber seu saco porque ele não era uma criança, que reduzisse sua pena para cinco anos e aí sim delataria seus amigos e que, se não, que sumisse, porque não queria voltar a vê-lo nunca mais na vida, porra. O gringo, sem entender nada, sorriu e olhou seu intérprete que, assustado, preferiu lhe pedir que saísse daquele lugar.

Na manhã em que Catalina estava chegando à clínica em companhia de Yésica para se submeter à sua segunda intervenção cirúrgica, o capitão Salgado foi assassinado. Seu cadáver apareceu nu e com sinais de tortura em uma tubulação da Avenida Trinta, perto do Estádio El Campín de Bogotá. Seus assassinos o sequestraram dois quarteirões antes de chegar à sua casa, onde o esperavam naquela hora sua esposa e suas duas filhinhas de 2 e 4 anos.

Martín Salgado nunca chegou. Oito homens fortemente armados e a bordo de duas caminhonetes 4x4 fecharam sua passagem, arrancaram-no de seu carro à força e o levaram a uma casa abandonada nos arredores da cidade. Ficou ali acorrentado durante toda a noite, ouvindo gritos, ameaças de morte contra as filhas e a esposa, levando socos na cara, correndo o risco de morrer em uma roleta-russa e sendo até ferido com pesados martelos nas unhas dos pés e das mãos — e tudo isso porque se recusava a revelar o nome da pessoa que delatara El Titi. E não disse. Preferiu morrer como um mártir, como qualquer oficial honrado, a delatar as mulheres que haviam confiado nele e o fizeram merecer as homenagens do Comandante da Polícia, do Ministro da Defesa, do Comandante das Forças Armadas e até do próprio presidente, que lhe escreveu uma carta na qual, entre outras coisas, dizia que homens como ele, com sua integridade, sua dedicação, sua honra e sua competência eram os homens de que a pátria estava precisando para superar seu atraso moral e sua violência endêmica. A carta não era um modelo-padrão tirado do computador. Havia sido escrita e assinada pelo próprio presidente da República depois que ficara sabendo que Aurelio Jaramillo, apelidado de El Titi, oferecera ao capitão Salgado 5 milhões de dólares em dinheiro para deixá-lo fugir. O capitão não aceitou a oferta e começou a cavar seu túmulo em um país onde as alternativas para os membros das Forças Armadas, os juízes e os jornalistas não passavam de duas: enriquecer ou morrer.

Salgado preferiu morrer e seu cadáver estava sendo banhado, como uma peça de carne no matadouro, com o esguicho de uma mangueira, para que os procuradores que o estavam recolhendo pudessem contar os orifícios de bala espalhados pelo corpo no meio da água rósea que morria no esgoto, e não eram menos de 28.

Quando Catalina acordou da operação, porque pedira que a anestesia fosse geral, descobriu que o Dr. Molina estava com cara de paisagem. Entendeu que algo ruim estava acontecendo e ficou preocupada. Como lhe era característico, pegou o touro pelos chifres e quase sem ânimo perguntou o que havia. O Dr. Molina respondeu com outra pergunta:

— Quem a operou na primeira vez?

— O Dr. Mauricio Contento! — respondeu Catalina, estranhando a pergunta e questionando de novo por quê. O Dr. Molina sentou-se a seu lado para lhe transmitir mais confiança e com tom paternal começou a explicar que estava com problemas. Enquanto Catalina arregalava os olhos mais do que de costume, o médico foi lhe contando que o tal do Dr. Contento era um cirurgião qualquer, com fama de aproveitador, de inescrupuloso, de desonesto e de mulherengo. Que não podia entender como ela havia se metido numa clínica daquelas se haviam tantas outras sérias, onde poderia ter feito a mesma cirurgia. Que o responsável era Mauricio Contento e que ela deveria processá-lo. Quando Catalina lhe perguntou absorta qual era o problema do Dr. Contento, o médico não lhe respondeu. Só se limitou a lhe mostrar o par de implantes que o outro tinha colocado em seus seios. Catalina ficou apavorada. Tentou se sentar na cama para confirmar se o que vira era verdade e xingou o Dr. Contento em meio ao maior choque pelo qual havia passado:

— Esse cara é um grande filho da puta! — afirmou com muita raiva e olhou para o Dr. Molina a fim de que ele explicasse por que um dos implantes era azul, enrugado e de tamanho diferente do outro, amarelo, liso e menos pesado.

O Dr. Molina voltou a responder com uma pergunta. Disse que não gostava de se meter na vida privada das pessoas, mas que, neste caso, lhe cabia saber se ela havia ido para a cama com o sujeito em troca da operação. Catalina respondeu com um silêncio tímido e o Dr. Molina compreendeu, de imediato, a razão de tão repugnante cirurgia com implantes de segunda.

Catalina ficou aterrorizada de novo. O médico lhe disse que ia enviá-los para a patologia, mas que tinha certeza de que aquelas próteses haviam sido usadas antes em outras pessoas e que essa era a origem da infecção.

— Porém é mais grave — continuou, olhando-a nos olhos com atitude absolutamente profissional: — eu jamais a teria operado com a idade que você tem.

Na manhã seguinte, Catalina ficou sabendo, absolutamente atônita, da morte do capitão Salgado, e Yésica, tão atônita quanto, do mal que Mauricio Contento fizera a sua amiga. As duas lamentaram os dois horríveis acontecimentos e ficaram comentando-os ao longo da manhã. Uma disse à outra que estava triste pelo capitão, que era boa gente e que não era estranho que o pessoal de Morón estivesse por detrás do crime. A outra disse que Mauricio Contento era o maior canalha do mundo, que tinha de fazê-lo pagar por sua imundice e que os implantes estavam sob investigação para que sua origem fosse descoberta.

— Cada implante tem sinais particulares de DNA e um deles estava infectado. Estamos investigando de que tipo de infecção se trata.

Aquilo queria dizer que duas mulheres diferentes haviam abrigado anteriormente em seu peito as mesmas próteses que o doutor enfiara no busto de Catalina.

A menina chegou em casa arrasada pela notícia e ficou ainda mais deprimida quando foi olhar seu corpo no espelho e viu que as duas montanhas que tinham lhe dado tanta alegria e felicidade em um passado recente haviam acabado de desaparecer como por encanto. Para Marcial Barrera, vê-la chorar foi como se tivessem enfiado um furador de gelo em sua alma e ele passou o dia inteiro investigando por que sua pequena e amada esposa chorava tão angustiada sem comer nem beber e olhando sem parar para o nada de maneira tão infeliz. Catalina lhe ocultou a verdade para não ter de revelar que tinha dormido com Mauricio Contento, mas diante da pressão de Marcial e da possibilidade de que ele a ajudasse a se vingar da falcatrua de que fora vítima lhe contou a verdade.

Na manhã seguinte, Marcial chamou seu homem de confiança, um sujeito de cor apelidado de Carapinha e lhe deu instruções e planos precisos para eliminar Mauricio Contento. Disse onde trabalhava, como era, quanto media, em que carro andava, como se vestia, como se chamava e quanto pagaria para matá-lo. Carapinha foi procurar nos bairros pobres da cidade dois rapazes que estivessem dispostos a eliminar Contento por 10 milhões de pesos e os contratou por 15, já que todos os matadores que ele conhecia eram unânimes em dizer que a tarifa por morto sofrera um aumento considerável graças ao fato de a polícia estar combatendo-os com muita eficiência. Que se fossem dois ou três clientes ao mesmo tempo podiam fazer um desconto e que, caso se tratasse de uma dúzia em diante, poderia lhe dar preço de varejista por cada morto. Depois de receber autorização telefônica e em código de Marcial, Carapinha acertou a encomenda por "15 paus" e foi esperar a notícia da morte de Mauricio Contento diante da televisão de casa.

Nem o rádio nem os jornais nem a televisão noticiaram que um cirurgião plástico de sobrenome Contento fora assassinado por um matador montado em uma moto quando estava entrando em seu automóvel. Pelo menos não nesse dia. Quando os homens de Carapinha foram procurá-lo para cumprir o combinado, Mauricio Contento já estava morto havia uma semana e seu corpo se decompunha lentamente em uma vala ao lado de uma estrada. Sua família e os empregados da clínica achavam que estava viajando. E, embora começassem a estranhar o fato de não ter feito qualquer contato, todos ignoravam que, a caminho do aeroporto, havia sido sequestrado por um grupo que cumpria ordens de Fermín, um traficante da costa atlântica que queria se vingar de uma cirurgia malfeita em sua namorada.

Ele a operara às pressas, porque havia marcado um encontro com uma de suas tantas mulheres, e esqueceu no seio da moça um pedaço de gaze e uma linha que, com o tempo, apodreceram dentro da massa fibromuscular, causando uma gangrena à sua paciente, a namorada de Fermín. Ela, que pagara em dinheiro vivo 5,5 milhões de pesos pela operação, pensou em processá-lo pelos prejuízos morais decorrentes da mastectomia de seu seio, mas Fermín, que estava lidando com os prejuízos morais de sua namorada e com os de sua própria luxúria, convenceu-a a deixar as coisas como estavam. Nunca disse que o mataria, mas foi o que fez. Em silêncio e sem hesitar. Seus homens interceptaram o médico a caminho do aeroporto e o arrastaram à estrada que leva de Bogotá a Villavicencio, onde lhe deram três tiros. Era ali que estava até aquele momento sem que ninguém soubesse, salvo um cachorro e uma dúzia de galinhas que todas as manhãs iam atrás de sua ração diária de carne putrefata. Por isso, os matadores pagos por Marcial e contratados por Carapinha nunca o encontraram.

Muito aborrecida por estar novamente sem seios, aos quais já tinha se acostumado por razões de bem-estar, estética, autoestima e também financeiras, Catalina começou a visitar clínicas querendo descobrir onde poderia recolocar os implantes de silicone, mas nenhuma aceitou fazê-lo até que passassem seis meses, por causa de sua idade e pelo que havia acabado de acontecer. Era uma operação complicada e arriscada.

Ninguém queria se comprometer, mas ela acabou encontrando uma clínica que aceitou operá-la pelo dobro do preço.

Era a de Alejandro Espitia, que estava tentando transformar o estabelecimento recém-inaugurado em um negócio lucrativo. O Dr. Espitia já tinha dito a Catalina duas vezes que não a operaria porque a operação anterior era muito recente, mas uma manhã, tomada pelo desespero, Catalina foi ao consultório e colocou sobre a mesa do médico um cheque de 10 milhões de pesos.

O Dr. Espitia, que estava passando por dificuldades financeiras devido às altas somas de dinheiro que gastara para montar a clínica, se sentiu tentado a aceitar a oferta, mas afastou suas dúvidas quando ouviu dos lábios de sua teimosa cliente um segundo e mais poderoso argumento:

— Você me opera, eu pago o dobro pela operação, e, como estamos entre adultos, se quiser ir para cama comigo, prometo estrear meus peitos novos com você.

Dois motivos irrecusáveis para um homem ambicioso e com tantas necessidades sexuais como Alejandro Espitia. Uma semana mais tarde, e depois de lhe pedir que aumentasse mais um número, Catalina foi operada de novo. Do manequim 44 quis passar ao 46 e saiu perdendo. O pós-operatório foi uma verdadeira tortura e não durou duas semanas, como acontecia normalmente, mas quatro. Como sempre, Yésica se manteve firme durante todo esse tempo fazendo-lhe companhia, mas foi nesse período que o lado obscuro da personalidade dela começou a se manifestar.

19

O colapso do silicone, o colapso da amizade

Yésica nunca suportara o sucesso de Catalina. Não suportara o fato de que, sendo a que tinha menos possibilidades de sair na frente, fosse a que estivesse vivendo melhor. Invejava que fosse a única que tivesse se casado. Nunca aceitou que seu marido lhe desse dinheiro a rodo. Nunca lhe perdoou que tivesse se dado ao luxo de delatar El Titi. Nunca admitiu seu bom gosto, porque das cinco amigas do quarteirão Catalina era a que melhor escolhia suas roupas, seus sapatos, seus acessórios e seus penteados. Para elas, Catalina era o exemplo a ser seguido quando queriam comprar alguma coisa.

Yésica nunca suportou que o corpo de Catalina fosse mais perfeito e que as roupas lhe caíssem melhor, que fosse mais feminina e que os homens se derretessem mais por ela do que por qualquer outra. Yésica tinha que comprar as mesmas calças que Catalina comprava e muitas vezes o fazia sem que a amiga percebesse. Acompanhava-a quando ia fazer compras e prestava muita atenção nos modelos, nas marcas e nos lugares onde ela comprava. Depois a deixava em casa e voltava correndo ao mesmo lugar para comprar as mesmas coisas. Sua inveja tinha o mesmo tamanho de seus dons de atriz. Por isso, Catalina jamais percebeu que Yésica a invejava tanto e nutria por ela um ódio mortal.

Ela suportou em silêncio a inveja que a corroía por dentro e ficou esperando o momento exato para começar a destruir a amiga. E esse momento estava prestes a chegar. Depois de sua terceira cirurgia, Catalina começou a sofrer mais do que devia. Primeiro, porque a segunda intervenção, a que o Dr. Molina lhe fizera para extrair o lixo que Mauricio Contento havia colocado em seu peito, era muito recente, e, segundo, porque o aumento do manequim estava lhe trazendo muitos problemas colaterais.

Sua coluna começava a se dobrar, suas costas não suportavam aquele peso todo e, de noite, sentia muito frio no peito devido ao material das próteses. Além disso, sua pele começava a se esticar de maneira absurda diante da ação das duas próteses que, somadas, pesavam cerca de um quilo. Mas o pior estava por vir.

Catalina começou a perceber que a pele dos seios estava começando a se esgarçar, como um tecido prestes a se rasgar. Não sabia o que estava acontecendo e preferiu não comentar com ninguém, pois não queria que contribuíssem para aumentar seu pessimismo. O fato é que a pele do centro de seus seios estava ficando tão tensa que ela começou a sentir fortes dores que a faziam se retorcer. Yésica, por sua vez, planejava seu macabro plano de fazê-la pagar pelo que considerava "sua boa sorte".

Aproveitando que Catalina estava usando o pós-operatório como pretexto para dormir sozinha, Yésica entrou uma noite no quarto de Marcial Barrera. Foi na noite em que os telejornais noticiaram a morte de Mauricio Contento. O cadáver do médico tinha sido encontrado no quilômetro 27 da estrada que leva a

Villavicencio e já estava bastante deteriorado, em um estado de putrefação lamentável. As imagens eram tão horrorosas que Catalina se arrependeu de odiá-lo e desligou a televisão.

Enquanto isso, Yésica continuava tentando seduzir Marcial Barrera, sem que suas intenções fossem notadas. Comentou com tom de pesar que era uma pena que a recuperação de Catalina estivesse se prolongando tanto. Contou-lhe que achava que Catalina era uma mulher de muita sorte por ter encontrado uma pessoa tão linda como ele. Marcial sorria sem ainda pensar em qualquer maldade, e Yésica ia incrementando seus ataques. Perguntou como ele fazia para aguentar uma abstinência tão longa, levando a conversa a mudar de tom e seguir outro rumo. Disse que eram raríssimos os homens que, como ele, aguentavam ficar tanto tempo sem ir para a cama com a esposa e o parabenizava por ser tão fiel. Depois pediu que lhe fizesse o favor de deixá-la tomar um banho em seu banheiro porque estava suada de tanto malhar na academia e ficava triste só de pensar que teria de entrar em um táxi cheirando a suor. Marcial Barrera, que já sabia para onde as coisas caminhavam, concordou.

Yésica jogou pesado para conquistá-lo, sem saber que só teria bastado colocar a mão em sua pélvis, e lhe pediu uma toalha emprestada. Marcial a entregou olhando-a nos olhos e tentando conter o demônio da luxúria que ameaçava dominá-lo. O rosto da garota, meio escondido entre os cabelos soltos, permaneceu olhando-o dos pés à cabeça enquanto seu corpo caminhava até a porta do banheiro arrastando uma ponta da toalha pelo chão.

Quando ouviu o barulho da água, Marcial Barrera quase teve um enfarte provocado pela aflição de saber que a garota estava nua debaixo de seu chuveiro e ficou desesperado. Andou de um lado a outro, sem saber que pretexto poderia usar para entrar no banheiro. Parou várias vezes diante da porta com a mão na maçaneta, mas não se atreveu a ir em frente. Só quando Yésica lhe pediu que a ajudasse a ajustar a temperatura da água, que estava muito quente, Marcial entrou no banheiro e se entregou aos prazeres com uma garota que tinha a mesma idade da esposa e que, embora menos voluptuosa, era mais fogosa e experiente.

A noite foi longa o suficiente para que o comprovasse. Yésica teve um dos melhores desempenhos sexuais de sua vida, pois sabia que Catalina estava quase terminando sua recuperação e que se não fizesse com que ele se apaixonasse por ela naquele momento não teria outra oportunidade de seduzi-lo. Fez de tudo com o pobre Marcial, que já beirava os 65 anos. Fez com que se lembrasse de suas melhores putas, de suas melhores esposas, de suas melhores amantes.

Yésica fez tantas coisas incríveis que ele não precisou do Viagra como precisava normalmente com Catalina. E mais: ejaculou três vezes numa mesma noite, coisa que não acontecia há trinta anos. Quase teve um quarto orgasmo, mas o sol os interrompeu e o medo que sentiu de ser surpreendido pela esposa levou-o a perder a concentração. De qualquer maneira, aquela noite ficou registrada como uma das mais memoráveis dos últimos tempos. Naturalmente, vieram outras noites incríveis e maravilhosas para ele, que foram suficientes para rejuvenescê-lo, permitiram que passasse a se sentir útil sexualmente e levaram-no a se apaixonar por Yésica.

Por isso passou a olhar a esposa com outros olhos, e Yésica começou a desfrutar de todos os luxos e confortos que a amiga tinha. Em completo silêncio e com a cumplicidade de um velho empregado fiel, Marcial lhe comprou um apartamento e um carro, mandou que seus homens fossem com ela fazer uma limpeza em algumas lojas de roupa e permitiu que exibisse as joias mais lindas e caras que conseguiu encontrar em duas viagens que fez a Los Angeles. Yésica contou a Catalina que, finalmente, tinha encontrado um namoradinho que a tirara da "pindaíba" e não estava mentindo. Antes de fazer uma terceira viagem, Marcial pediu Yésica em casamento, garantindo-lhe que ao voltar da Espanha diria a sua esposa que se separariam.

Marcial viajou à Espanha levando Yésica. Catalina achou que a melhor amiga estava em Cartagena e jamais suspeitou das viagens simultâneas dela e de seu marido. Acreditava de verdade ser a única mulher de sua idade capaz de suportar um velho tão desagradável como Marcial apenas por dinheiro. Durante sua estadia na Galícia, Marcial e Yésica reafirmaram sua atração mútua, a dele pela maneira incrível como ela fazia amor, e a dela pela maneira escandalosa como ele distribuía dinheiro.

Já recuperada da terceira operação, Catalina, que ficava feliz quando seu marido se ausentava, aproveitou o tempo visitando shopping centers e comprando, às dúzias, sutiãs manequim 46, pois não tinha um único deles. Comprou de todas as cores e tons, com aro, sem aro, rendados, lisos, transparentes, pregueados, estampados e até de crochê. Mas um deles ela nem chegou a procurar, e simplesmente não o encontraria porque não existia. Era o sutiã manequim 92 com uma única taça que em breve se veria obrigada a usar. Ela não sabia, mas a pele de seu esterno, a pele que divide os seios, naquele vale central que separava o par de montanhas assombrosas que agora tinha, estava prestes a entrar em colapso.

Catalina de fato estava sofrendo de uma ardência nessa região, mas achou que se tratava de sintomas normais, decorrentes da operação recente. Mais uma vez encontrava-se equivocada. À noite, enquanto seu marido e Yésica desfrutavam de uma nova noitada, desta vez a bordo de um iate que navegava ao redor das Ilhas Canárias, Catalina começou a sentir que sua pele se desprendia. Seus seios foram se juntando aos poucos enquanto surgiam estrias espantosas que anunciavam o paulatino desprendimento da pele do esterno. Atônita com o que estava vendo, saiu do quarto pedindo ajuda aos gritos.

Carapinha, que ficava à sua disposição dia e noite por ordem de Marcial, levou-a ao pronto-socorro da clínica do Dr. Espitia, onde havia sido operada, mas ali só encontraram um trator de esteira e uma retroescavadeira que estavam demolindo a casa para, segundo um cartaz que adornava a entrada, construir um edifício de sete andares com apartamentos de 134, 176 e 250 metros quadrados, todos duplex.

Foram imediatamente à clínica do Dr. Molina, onde ela foi internada de emergência. Como o médico não estava e Catalina exigia aos berros sua presença, a recepcionista se viu obrigada a chamá-lo naquela hora da noite, mesmo sabendo que ele detestava esse tipo de coisa. Uma hora mais tarde, o Dr. Ramiro Molina apareceu na emergência e encontrou Catalina se retorcendo de dor. Pediu a um par de enfermeiras que a ajudassem a tirar a blusa e o sutiã e ficou estupefato ao ver a cena dantesca. Os seios tinham virado um só e assim Catalina, que tivera dois pequenos seios manequim 38, depois dois maiores, manequim 44, e dois imensos, manequim 46, agora tinha um único seio, enorme, descomunal, gigantesco, manequim 92.

Toda a pele de seu esterno, inclusive a fibra muscular, se desprendeu em consequência do peso irresponsável de suas próteses e os dois seios se uniram para formar um único e enorme peito, sem um vale erótico onde fosse possível repousar uvas, nem um lugar para colocar cada uma das taças dos 48 sutiãs manequim 46 que com tanto entusiasmo e orgulho ela tinha comprado, pensando, com malícia, na cara que todos seus clientes fariam quando a vissem nua.

De novo vieram as perguntas, as respostas e os comentários mordazes. Quem a operara tão mal? O Dr. Alejandro Espitia. Quem era esse grande bárbaro, como admitira operá-la tão depressa e como pôde ter lhe colocado aquele manequim se sua pele não dava para tanto? Que o processasse, diziam uns. Que não, porque a clínica não existia mais, comentavam outros. O médico lhe afirmou que ela não aprendera a lição e agora teria de operá-la de novo para tirar as próteses manequim 46 e que se quisesse ter peitos de silicone deveria esperar pelo menos alguns anos, até que o tecido se regenerasse e a pele voltasse a aderir ao sistema ósseo, porque aquela era a zona com menos massa muscular de todo o corpo.

Catalina entrou em pânico. Não pela nova operação a que deveria ser submetida, mas pela grave recomendação do Dr. Molina de ficar sem seios durante dois anos, depois dos quais poderia sonhar, quando muito, com uma prótese manequim 42. Catalina sentiu que sua vaidade tinha recebido o golpe fatal, tão duro que não conseguiria resistir. Entrou de novo em depressão e chorou uma semana seguida, enquanto Carapinha lutava para que se alimentasse e seu marido passeava por toda Europa com sua nova e dispendiosa diversão.

Quando Marcial e Yésica aterrissaram em Bogotá, o Dr. Molina estava pronto para operar Catalina pela quarta vez. Ela estava absolutamente sozinha, com dinheiro suficiente para atender a qualquer eventualidade, mas sem uma mão amiga, sem um parente, sem seu marido detestável e sem sua amiga inseparável, para quem se cansara de ligar. Por isso, e enquanto a anestesia ia surtindo efeito, ela recordou seu passado. Lembrou do ir mão vasculhando sua bolsa, da mãe beijando Albeiro, do táxi disparando ladeira abaixo até se chocar com o ônibus, da sua primeira vez com Cavalo, da festa de aniversário que sua mãe e seu namorado organizaram para ela quando os dois ainda não estavam de caso. Lembrou da escola, lembrou de novo da mão do padrasto pervertido levantando seu uniforme, do concurso em que conquistara o segundo lugar. Lembrou de seus mortos, Cavalo, Bonifacio Pertuz, o capitão Salgado, Mauricio Contento, e não soube por que caralho, se por inércia, se por seu jeito de ser ou se por sua insaciável sede de vingança, mas incluiu nessa lista Alejandro Espitia, o responsável por sua última desgraça, com quem se deitara, ainda meio convalescente, durante uma consulta de rotina quando Marcial estava na Califórnia acertando contas com uns mexicanos que não queriam lhe pagar um dinheiro.

Catalina lembrou, lembrou e lembrou quase tudo porque a anestesia não conseguia adormecê-la. Em um momento infeliz, no limite entre o sonho e a lucidez que alguns chamam de umbral, ela abriu os olhos e viu o Dr. Molina com uma máscara observando-a e se preparando para soltar por completo seus mamilos e extrair as próteses assassinas. Não lembrou se estava adormecida, mas gritou. Gritou com muita força para que ele soubesse que estava desperta e que o corte iria lhe doer. Mas estava sim adormecida, o Dr. Molina não ouviu seu grito e apertou seu dedo indicador contra o bisturi para começar a romper a auréola do mamilo esquerdo, por onde iria tirar as duas próteses, uma vez que nada mais as separava.

Quando Marcial chegou em casa, Carapinha o colocou a par da situação e este, em vez de se preocupar, só se limitou a dizer uma frase lapidar que se Catalina tivesse ouvido com certeza teria sido empurrada irremediavelmente ao abismo do suicídio:

— Que essa vadia filha da puta se foda com os peitos! — continuou caminhando, ao mesmo tempo em que dava ordens ao fiel segurança: — Que arrumem todas as suas coisas, porque vou expulsá-la de casa. A partir de amanhã a Sra. Yésica passará a ocupar seu lugar, e aproveite para levar as tralhas dela à clínica de uma vez por todas, porque não quero voltar a vê-la aqui nunca mais.

Estava irritado e aquela história de não querer vê-la nunca mais era verdade. Durante sua viagem à Espanha, Yésica lhe contou que Catalina estivera prestes a entregá-lo à DEA, que tinha ânsia de vômito quando o beijava e que preferia beijar seu pênis à sua boca. Além de verdadeiro, o comentário feriu seu orgulho masculino, que se recusava a se classificar como um homem da terceira idade.

E a história de "Sra. Yésica" também era verdadeira. Não foi uma frase irônica, nem relativa, nem lógica, nem uma suposição. Marcial Barrera se casou com Yésica na Espanha, em uma província chamada Huelva, onde um padre que não reparava na origem do dinheiro porque dizia que Jesus jamais dera atenção à origem dos peixes os casara. Em troca, Marcial lhe dera dinheiro para aumentar ainda mais a torre de sua igreja, que o padre, de sobrenome Valenzuela, queria que alcançasse o céu, não tanto porque estivesse louco, mas porque assim poderia continuar captando dinheiro de pessoas físicas, fundações e entidades de beneficência por séculos e séculos. A verdade é que a torre já media 128 metros e o generoso Marcial se comprometeu a lhe acrescentar mais 20 metros em troca da bênção.

Carapinha cumpriu a ordem com certa dor no fundo do coração. Muito no fundo, porque a vida só lhe ensinara a se sustentar matando e eram já muito poucos os sentimentos nobres que seu coração abrigava.

O fato é que, dois dias depois, quando se preparava para deixar a clínica de novo, Catalina encontrou Carapinha, que a colocou a par da situação:

— O patrão teve de fugir porque está sendo perseguido e mandou que lhe dissesse que se vire como puder e que não volte de jeito nenhum para casa porque a Narcóticos está prestes a invadi-la.

Naturalmente, Carapinha estava contando mentiras piedosas, por compaixão, para não fazê-la morrer de tristeza se ficasse sabendo da verdade, uma verdade que, em suas palavras, poderia ser resumida em duas frases desagradabilíssimas: "Outra pessoa colheu os frutos" e "Sua amiga passou a perna em você". Sem peitos por dois anos porque sua pele e seus mamilos não resistiriam a outra cirurgia; sem fortuna porque Marcial Barrera não lhe tinha deixado mais que o pouco dinheiro que levara à clínica e que só havia sido suficiente para pagar a quarta operação; sem marido porque Marcial Barrera se cansara de sua frieza, de sua infidelidade e de seu cinismo; sem amigos porque Yésica continuava não respondendo a seus telefonemas; sem família porque sua mãe acabara se transformando em amante de seu namorado de toda a vida, Catalina sentiu que o mundo lhe estava enterrando viva. A ela, só restava sua ampla experiência com homens, uma merecida reputação de puta "pré-paga" e um novo e doloroso pós-operatório ainda pendente. Pensou que nem sequer devia se incomodar tirando a própria vida porque já estava morta. Sentia que tudo a asfixiava, que tudo estava escuro, que aqueles que a olhavam eram monstros imensos com vontade de engoli-la. Começou a temer o vento, a água, os olhos das pessoas. Começou a vacilar.

No meio da horripilante crise existencial, Carapinha acompanhou-a até o aeroporto e, por orientação de Marcial Barrera, lhe comprou uma passagem de volta a Pereira. Não era o que queria, mas não tinha alternativa. Ela voltou para casa em um estado de espírito lamentável, inteiramente derrotada, e saber que encontraria um padrasto que havia sido seu namorado era o golpe de misericórdia. Carapinha se despediu de Catalina com profundo pesar. Estava apaixonado por ela, mas não se deu ao trabalho de lhe confessar seu amor porque sabia que suas palavras só iriam fazê-la rir. No entanto, deixou seu número de telefone com ela para que ligasse quando precisasse.

— Eu ligaria agora mesmo, Carapinha — disse Catalina com os olhos cheios d'água na hora de partir, gravando seu número e seu nome no celular.

Os olhos de Carapinha também se encheram d'água e o abraço foi inevitável. Ele jamais tivera uma mulher branca em seus braços. Sentiu-a tão frágil, tão delicada, tão inatingível que, de repente, soltou-a com um gesto brusco e a despachou com insegurança, pensando que se ficassem abraçados mais um segundo ia terminar machucando-a:

— O avião vai acabar indo embora, minha senhora.

Catalina se despediu em silêncio e sem tirar os olhos dele, até que se virou com sua mala de rodinhas para entrar depressa no setor de embarque nacional. Olharam-se algumas vezes através dos vidros até que desapareceram, cada um com suas tristezas.

20

A volta a casa, a volta à vida

No aeroporto de Pereira, como era de se prever, ninguém a esperava. Chegou a reconhecer alguns amigos que voltavam no voo 911, que sempre transportava entre oito e 12 mulas do tráfico, mas se escondeu para evitar que fossem cumprimentá-la. A maioria dos passageiros parecia feliz, e não era para menos: voltavam para casa com 5 ou 10 mil dólares que não estavam em seus bolsos uma semana antes. Só uma mulher passou sem sorrir nem comemorou sua chegada com os parentes e amigos. Pelo contrário, Catalina ficou observando a distância uma troca de cumprimentos tristes e sofridos. Coçavam a cabeça com angústia, discordavam com pesar e tristeza e até choravam com uma dor profunda, caminhando agitados de um lugar a outro. Catalina chegou mais perto para saber o motivo da aparente tragédia, querendo ver se aquele grupo de desesperados conseguia levantar um pouco seu ânimo, e conseguiu. Uma irmã da passageira triste havia sido presa em Miami com um quilo de cocaína pura no estômago.

Catalina pensou que essa tragédia era pior que a sua e caminhou até a saída do aeroporto, onde pegou um táxi para casa. Ao chegar ao quarteirão sentiu medo. Um frio gelado percorreu seu corpo e achou estranho quando viu a porta da casa aberta e, mais ainda, que dela estivesse saindo música a todo volume. Descartou a possibilidade de uma festa porque não viu ninguém e desceu depois de pagar 10 mil pesos pela corrida. Subiu, como pôde, com a mala na calçada e depois a arrastou com a ajuda das rodinhas até a porta da casa. Ao chegar, encontrou na porta um cartaz que dizia: "Vendem-se sorvetes." Mais abaixo, havia outro: "Imprimimos camisetas para times de futsal." Catalina apreciou com simpatia os avisos, que significavam esforço, vontade de seguir em frente, intenção de substituir o táxi que havia sido destruído ao bater em um ônibus e um poste. Por isso sorriu e foi direto para o quintal, onde ouviu a voz de Albeiro cantando ao ritmo e ao compasso de um rock que saía de seu gravador.

Ao chegar ao quintal, encontrou-o concentrado sobre uma tela de silkscreen, imprimindo o número quatro em uma camiseta de futsal branca e vermelha como a do River Play. Ficou observando-o por um longo tempo sem que ele notasse, até que Albeiro tirou a camiseta de baixo da tela com moldura de madeira e armação de organza e levantou os olhos para localizar o varal onde a colocaria para secar, mas encontrou de repente o olhar terno e compassivo de sua ex-namorada e atual enteada. Ficou olhando-a com espanto. Catalina sorriu e Albeiro continuou mudo. Ela se aproximou do gravador sem afastar o olhar e desligou-o para depois cumprimentá-lo secamente, com um simples olá, embora seu coração estivesse batendo acelerado. Albeiro continuava extasiado, olhando seu peito de novo plano, seu rosto abatido e seu aspecto abandonado, e só então conseguiu lhe perguntar com delicadeza o que estava acontecendo com ela, que respondeu, como sempre costumava fazer, com outra pergunta:

— Onde está minha mãe?

Albeiro olhou para dentro da casa por cima do ombro de Catalina e ficou nervoso.

— Está por aí — respondeu, pendurando finalmente a camiseta, para depois se aproximar dela limpando as mãos como um maníaco perfeccionista. — Quer beber alguma coisa?

— Não, obrigada, só vim cumprimentar vocês.

— Vou procurar Hilda — disse ele, e saiu gritando por toda casa com uma familiaridade que chocou Catalina: — Amor!

Já dentro da casa, Albeiro disse muito assustado que provavelmente ela estava na loja e em menos de cinco segundos D. Hilda surgiu na porta. Catalina ficou pasma ao vê-la e sentiu alegria e vergonha ao mesmo tempo. A mãe estava grávida. O feto estava sendo gestado há uns quatro meses e já a obrigava a usar vestidos de gestante, um dos quais, o vermelho, aquele que ela estava usando naquele dia, havia sido estampado por Albeiro com uma frase na altura da cintura que dizia: "Vamos logo, parceiro; estamos esperando por você!"

O impacto foi imenso para as duas. Catalina não sabia se chorava de raiva ou se festejava a chegada de um novo irmão, embora lamentasse presumindo que não o conheceria. D. Hilda gostaria que houvesse um buraco no chão para se meter e evitar aquele momento, tentando abraçar a barriga para que Catalina não percebesse o que estava estampado. Albeiro engolia em seco e se preparava para conter alguma reação violenta de Catalina, mas a verdade é que as forças e as contínuas desilusões da garota não lhe permitiam mais empreender outra batalha em defesa de seu orgulho. Sorriu com hipocrisia, fez que sim com a cabeça com um olhar inquisidor e pegou sua mala para se encaminhar à porta com extrema tristeza.

— O que você vai fazer, minha filha? — perguntou D. Hilda sem parar de tremer, e Catalina se limitou a abraçá-la, a chorar em seu ombro e a lhe dizer que a apertasse com muita força porque essa, com toda certeza, seria a última vez em que a veria em sua vida. D. Hilda não soube por que, mas acreditou. E embora não tivesse a intenção de interrompê-la, abraçou-a maternalmente e, angustiada, desfrutou a presença da filha. Albeiro continuava sem jeito, engolindo em seco sem parar e não teve coragem de se aproximar. Mas Catalina não queria ir embora sem lhe dizer algumas verdades sobre sua vida que pudessem exorcizar suas culpas. Depois de recomendar que não deixasse de visitar o túmulo de Bayron e de exigir que cuidasse de sua mãe e de seu novo irmãozinho, pediu que não nutrisse remorsos, se é que os tinha, porque a culpa era toda dela. No meio de lágrimas e da perplexidade de D. Hilda e do próprio Albeiro, pediu perdão e confessou sua vida com um surpreendente poder de síntese:

— Sou puta! — disse, e foi embora.

Albeiro ficou muito afetado pela confissão de Catalina e chegou a odiá-la por alguns segundos, mas teve a mesma sensação de D. Hilda. Achou que não voltaria a vê-la nunca mais e a perdoou com a mesma rapidez. Quando Catalina alcançou a estrada, deixando a mala na porta de casa, Albeiro quis correr atrás dela para entregá-la, mas a jovem lhe pediu que a deixasse ali e que, se aquilo o incomodava, que a colocasse na rua, mas que, por favor, não a trouxesse porque ela não precisaria mais dela. Foi então que ele e D. Hilda compreenderam que Catalina tinha decidido se matar. E não estavam equivocados. Tendo como únicos pertences o cartão de Carapinha e algum dinheiro, Catalina foi procurar suas amigas do quarteirão. Estavam dormindo, como sempre quando era dia, mas ela pediu energicamente que fossem acordadas e começou a conversar com elas. Naquele momento não era mais possível saber qual das quatro parecia mais destruída por dentro e por fora. Todas pareciam exaustas, falavam mecanicamente, tinham o olhar triste, os movimentos lentos e riam com hipocrisia.

Vanessa, Ximena e Paola perguntaram por Yésica, e Catalina respondeu que não sabia nada dela, que possivelmente havia sido engolida pela selva de cimento que era Bogotá. Ignorava que naquela mesma hora a perversa adolescente estava convencendo Marcial Barrera a transferir todas as suas propriedades para seu nome, não apenas por ser a melhor trepada da sua vida, mas também por estar esperando um filho seu.

À noite, as quatro foram ao prostíbulo e Catalina ficou repassando sua vida com todos os bêbados apaixonados que encontrou. Deixou claro que não estava procurando clientes, mas encheu a cara. Alguns até lhe ofereceram cocaína, e ela, que os traficantes haviam transformado em uma consumidora social durante sua fase esplendorosa, cheirou sem problema, pensando que seria muito prazeroso morrer nas nuvens, ligada, louca, lutando com suas sombras e fantasmas à custa de gargalhadas. E enquanto suas desgraçadas companheiras entravam e saíam dos quartos com homens diferentes, ela continuava brindando à sua nova amiga, a morte. De vez em quando, Vanessa a chamava ao seu quarto e lhe oferecia uma carreira. Tanto ela quanto Ximena e Paola estavam viciadas em cocaína, mas não por que gostassem. Para suportar seu ritmo de trabalho, precisavam entrar em um estado de inconsciência e euforia que lhes permitisse suportar seus clientes, a maioria deles bêbados abomináveis e desprezíveis.

Nunca a vida demonstrou com tanta clareza seus paradoxos como naquela noite no prostíbulo quando um homem elegante e eloquente se aproximou de Catalina e a abordou com decência lhe oferecendo um drinque. Disse que não deveria se desgastar frequentando um lugar como aquele. Que seu corpo era muito harmonioso e seu rosto muito bonito para ficar se desvalorizando naquele lugar. Propôs que fosse trabalhar com ele nos fins de semana nas chácaras de uns amigos que poderiam lhe dar o conforto e o luxo que jamais conseguiria em um lugar daqueles. Catalina começou a rir sem poder acreditar, mas se deteve diante do desagrado manifestado pelo homem. Ele achou que as risadas de Catalina se deviam ao fato de sua conversa parecer mentirosa e teve de jurar, pensando que assim ela acreditaria na história fantástica dos homens milionários que poderiam lhe dar luxo e conforto, inclusive carro e apartamento, se fosse para a cama com eles. Catalina explodiu em risadas de novo e o homem ficou incomodado outra vez. Disse-lhe que, se não acreditava nele, ele poderia lhe dar muitos exemplos de mulheres que agora tinham tudo por ter seguido seu conselho. Foi então que aconteceu o inesperado. O inocente interlocutor dos traficantes lhe sugeriu por vias indiretas que se operasse. Disse que ela tinha tudo para vencer naquele mundo estranho, mas que lhe faltavam os peitos.

— Com dois números a mais, você deixaria todo mundo de quatro — declarou, e Catalina não conseguiu mais conter o riso e ficou nesse estado durante muito tempo, embora o dono do estabelecimento e seus amigos bêbados lhe dessem água em grandes quantidades para que afogasse sua crise. Estava eufórica. Sentiu que voltava a nascer. Lembrou-se do dia em que El Titi a deixara plantada na porta da casa de Yésica, lembrou-se das quatro cirurgias que havia suportado e só parou de rir quando o sol começou a se infiltrar por todos os orifícios que encontrou naquela casa fantasmagórica e cheia de más energias. Quando Vanessa, Paola e Ximena terminaram suas atividades, desceram vestidas, extenuadas e abatidas ao salão principal, onde o homem elegante e eloquente dizia a Catalina que ele poderia lhe pagar a cirurgia se ela se comprometesse a deixá-lo estrear seus novos peitos e depois lhe devolvesse o dinheiro com o fruto de seu trabalho com seus amigos traficantes. Catalina sentiu que nada no mundo poderia ser tão paradoxal e embora quisesse voltar a rir não pôde mais fazê-lo. Seu riso havia secado.

Já de madrugada, saiu do prostíbulo depois de fazer amizade com diversos bêbados simpáticos e com o dono do estabelecimento, que tentou convencê-la a ficar trabalhando para ele, e tomou um rumo desconhecido, apesar de Paola e Vanessa, ao vê-la naquele estado de embriaguez e loucura, terem lhe implorado que fosse para uma de suas casas. Mas ela não queria continuar se martirizando vendo a cena de seu ex-namorado beijando sua mãe grávida na porta de casa. Com o dinheiro que lhe restava, mais algumas contribuições das três amigas, caminhou decidida até um viaduto do qual tentou se atirar três vezes, sempre em vão. Sentiu medo, se acovardou e abortou seu desejo de morrer. Rindo de si mesma, foi ao terminal de ônibus, fez duas ligações, comprou uma passagem e voltou a Bogotá. Sem tomar banho, sem se trocar, com a roupa que vestia desde o dia anterior.

Eu, que estava saindo de um café da manhã com o gerente do terminal de transportes, encontrei-a caminhando sem rumo, mas fingi que não a conhecia por vergonha diante do funcionário. O que ele pensaria das minhas amizades se a cumprimentasse diante dele? Mas, de qualquer maneira, eu tinha grande interesse em falar com ela para lhe perguntar sobre o paradeiro de um laptop que desaparecera da minha casa e que era muito importante, pois havia nele alguns arquivos que me eram extremamente relevantes.

Por isso tentei fazer o possível para me livrar, o quanto antes, do gerente, e voltei à sala de espera do terminal a fim de procurá-la. Encontrei-a sentada em uma das cadeiras do salão de uma empresa que viajava a Bogotá. Estava adormecida, ferida, desabada. Tinha a cabeça apoiada na beira do encosto e de sua boca aberta pendia um fiozinho de saliva. Fiquei com pena, mas a acordei. Para mim era muito importante recuperar meu computador. E, embora estivesse certo de que elas eram as autoras do roubo, tinha a esperança de saber a quem o tinham vendido ou trocado por drogas porque precisava recuperar meus arquivos, alguns deles comprometedores.

Quando abriu os olhos, fechou a boca com certa vergonha e sorriu para mim, sem se mexer, para voltar depois a fechar os olhos, contra sua vontade. Voltei a sacudi-la, desta vez com mais força, e falei com ela. Chamei-a pelo nome e disse que precisava falar com ela. Ao ouvir meu nome acordou, tentando esconder que estava bêbada, se ajeitou na cadeira e me olhou de frente fazendo um grande esforço para se lembrar de mim.

— Sou Octavio! — disse, e ela se assustou talvez porque tenha se recordado de todas as coisas ruins que me fizeram. De qualquer maneira, cumprimentei-a com carinho e consideração, esquecendo que ela e Yésica haviam roubado de meu apartamento, segundo um balanço por alto, desses que a pessoa faz à medida que vai precisando das coisas, mais de vinte objetos, entre casacos, uma agenda eletrônica, dois isqueiros de colecionador, algumas porcelanas finas, dois perfumes de grife, alguns relógios caros, uma condecoração em ouro puro com a qual o Congresso me honrara quando terminei com êxito meu primeiro mandato e um laptop que eu havia acabado de substituir por um novo, mas no qual tinha documentos muito valiosos para mim.

Por fim conseguiu se lembrar e falou. Estava irreconhecível, abandonada, com sintomas de ressaca e aparência tresnoitada, enjoada de álcool e de drogas, a maquiagem escorrida pelas lágrimas e um hálito insuportável. Percebi um esgar de tristeza em seus olhos, mas notei também que ficou sinceramente alegre ao me ver. Quando me abraçou, achei que ia quicar em seu peito, mas as próteses de silicone não estavam mais lá. Olhei-a para me certificar e notei que já não tinha os peitos pelos quais tanto lutara na vida e quase a levaram a enlouquecer com a autoestima desabada. Achei que quem as financiara as tinha mandado tirar, mas não era isso. Como seu ônibus só sairia três horas depois e como ela sabia que eu era um homem de negócios, sugeriu me contar uma história para que escrevesse um livro sobre sua vida e ganhasse um dinheirinho. Aceitei. De qualquer forma, interrompi-a antes que iniciasse seu relato para perguntar sobre meu computador, mas Catalina negou que elas, ou pelo menos ela, o tivesse roubado. Estava tão constrangida que acreditei. A essa altura de sua vida não tinha mais motivo para negar nada. Aí sim entramos no assunto.

Com a mesma tristeza que a invadia naquela noite, começou a me contar sua história. Relatou todas as aflições, angústias e tristezas pelas quais passara desde que decidira escolher o caminho mais fácil para conquistar o mundo. Falou dos lugares onde tivera de viver com Yésica e dos quais tiveram de sair às pressas, quase sempre nas mesmas circunstâncias. Do que fizeram com todas as coisas que roubaram dos apartamentos onde viveram graças ao desejo de seus anfitriões de levá-las para cama. Voltou a me falar de Cavalo e de como a tinha ludibriado para, junto aos seus dois colegas, levá-la para a cama, que, na verdade, não era uma cama e sim um fardo de feno áspero. Sorriu ao me falar sobre a vingança contra os três homens. Nunca esqueceu o que lhe fizeram.

Falou-me dos implantes coloridos e de segunda mão que Mauricio Contento usara a fim de levá-la para a cama. Dos seios de tamanho 46 e de uma cirurgia recente que lhe fizera um falso médico chamado Alejandro Espitia para levá-la para a cama. Das coisas que Marcial Barrera lhe dera, inclusive seu status de mulher casada, para levá-la para a cama. Das artimanhas de Albeiro para não revelar seu amor por D. Hilda antes de levá-la para a cama. De fato, e fazendo as contas a respeito da dependência dos homens em relação às vaginas, se perguntou aterrorizada, no meio de sua dissertação: que teria sido dela se não tivesse uma?

Falou também do desaparecimento inexplicável da melhor amiga, de como delatara El Titi, da morte do capitão que recebera a denúncia, dos 2 milhões que Cardona oferecera pelo nome do informante, do vídeo pornô que gravaram sem sua autorização em um presídio tendo-a como protagonista, da pouca vontade que tinha de viver, das intenções que tinha de se matar, mas, ao mesmo tempo, do medo que tinha de fazê-lo ela mesma. Chorando e totalmente trêmula, me contou como planejava morrer e até me disse que um segurança de Marcial chamado Carapinha estava esperando por ela no terminal de ônibus de Bogotá. Foram três horas de conversa fluida, sincera, crua, dolorida. Era como ouvir um moribundo agonizante deixando escapar um par de fiozinhos de sangue pelos cantos da boca com o sol batendo forte em seus olhos.

À meia-noite, Carapinha a esperava cheio de esperanças no terminal de ônibus de Bogotá. Toda vez que chegava um ônibus, olhava por cima das cabeças dos recém-desembarcados e seu sorriso ia se apagando até que o último passageiro passasse a seu lado. De repente chegou. Foi a última a descer do ônibus. Assim que a viu, sorriu de orelha a orelha com seus dentes brancos e caminhou depressa até ela, disfarçando sua ansiedade. Catalina abraçou-o como se fosse sua última tábua de salvação e chorou em seus braços até adormecer, depois de uma viagem de oito horas sem dormir um segundo. Carapinha arrastou-a como pôde até uma das caminhonetes do patrão e a levou-a à cama de um motel, onde se deitou a seu lado velando seu sono, com o mais absoluto respeito, sem a menor intenção de tocá-la, sem o menor indício de querer possuí-la. Contemplou-a durante a noite toda com carinho e não se atreveu sequer a dar um beijo em sua cabeça, como seus impulsos sugeriam.

Catalina dormiu, com aparente tranquilidade, até o final da manhã do dia seguinte, quando acordou com uma fome voraz, ficando surpresa ao ver Carapinha em sua cama. Mas não se assustou. Pelo contrário, ficou muito alegre e pediu que a levasse para comer. Almoçaram e foram a um shopping comprar roupas para ela. Catalina implorou que não o fizesse, sabendo que não tinha o menor sentido vestir com roupas novas um corpo que estava prestes a desaparecer da face da Terra. Carapinha insistiu e lhe comprou roupas e sapatos enquanto seu telefone tocava e tocava sem que pudesse dizer a Catalina que era Marcial que estava ligando, porque já havia mentido à jovem dizendo que seu patrão estava se escondendo da DEA em algum lugar do mundo.

21

"Carapinha cel"

Catalina pediu então a Carapinha que lhe emprestasse dinheiro para cuidar de umas coisas. Ele não sabia o que aquela garota que o fascinava estava tramando e tampouco quis lhe perguntar, porque continuava lhe dando o mesmo tratamento de senhora que usava quando vivia ao lado de seu patrão. Entregou-lhe o dinheiro e voltaram a se despedir. Ela pretendia comprar uma superdose de ecstasy para misturar com álcool; e ele iria pedir a Iemanjá que lhe permitisse vê-la mais uma vez e, se possível, o milagre de fazer com que ela ficasse para sempre a seu lado, pois, mesmo sendo pobre, estava convencido de que só ele poderia torná-la uma mulher feliz sem ter de usar qualquer fórmula mágica além de amá-la e respeitá-la durante toda a vida.

Para esticar um pouco mais a estadia, Carapinha deu o dinheiro a Catalina, mas lhe pediu que não fosse embora sem comer alguma coisa. Ela aceitou, não muito convencida, mas, considerando que não podia negar um favor a Carapinha naquela altura do campeonato, foi com ele a um restaurante do centro da cidade, certamente muito elegante para um homem da condição dele, que era conhecido naquele lugar como o motorista de Marcial Barrera. Mas Carapinha não era apenas o motorista do ex-marido de Catalina. Estava querendo conquistá-la e, ao levá-la àquele lugar, tudo o que queria era impressioná-la. Tática ingênua, pois se alguém conhecia os lugares mais finos do país essa pessoa era Catalina. No entanto, foram ao restaurante, ela entediada e com vontade de concluir com urgência seu plano definitivo, e ele com as esperanças intactas. Sentaram-se a uma mesa que lhes garantisse alguma discrição e, diante do espanto dos garçons, que achavam que o portentoso mulato estava esperando seu chefe, comeram lagostins ao alho e beberam vinho tinto e não branco, como manda a etiqueta, sem trocar nenhuma palavra. Ela por tédio, e ele por timidez e temor reverencial.

Para os dois o momento era muito especial. Catalina estava se despedindo do último ser humano com o qual trocaria uma palavra em sua vida, e Carapinha estava apaixonado, gastando o dinheiro do patrão, com sua ex-mulher e nos lugares que ele frequentava. Foi aí que um fato, uma coincidência, precipitou a vontade que Catalina tinha de morrer. Yésica e Marcial Barrera atravessaram a porta do restaurante. Ela vinha agarrada em seu braço e usava um elegante vestido curto azul com lantejoulas prateadas e de seu pescoço pendia uma bela gargantilha de diamantes. Carapinha ficou mais assustado do que a própria Catalina e os olhos de ambos se arregalaram ainda mais. Depois de observá-los com espanto durante alguns segundos, Catalina se levantou com o olhar frio e perdido enquanto pegava uma faca na mesa.

— Vou matá-la — disse, se levantando, mas Carapinha sentou-a com força a seu lado e lhe suplicou em voz baixa que não o fizesse, porque se Marcial percebesse que estava ali ele perderia o emprego e talvez a própria vida. Porém Catalina estava tão furiosa que não ouvia nada. Carapinha, que não encontrava uma maneira de controlá-la, se ajoelhou, confessou seu amor e pediu que não fizesse nada. Mas Catalina continuava enfurecida, sem pensar em outra coisa além de acabar com Yésica e, por isso, Carapinha, em uma tentativa desesperada de detê-la, abraçou-a e lhe disse que se ela quisesse ele mataria a outra, mas que, por favor, saíssem do restaurante sem que seu patrão percebesse. Suspeitando que aquela cena não era nova para o mulato, Catalina perguntou se ele sabia da história de Marcial com Yésica e ele lhe prometeu que se fossem para a rua contaria tudo.

Pagaram a conta e saíram do restaurante sem que Marcial Barrera e Yésica notassem sua presença. Sentaram-se em um parque e, cumprindo sua promessa, Carapinha admitiu toda a verdade. Disse que Yésica se meteu com o patrão, que o bajulou até enlouquecê-lo e que tinha se casado com ele na Espanha enquanto Catalina estava se recuperando de uma de suas tantas operações. Que agora viviam juntos na mesma casa onde ela vivera com seu ex-marido. Que era mentira que a DEA estivesse procurando seu patrão e que o próprio Marcial lhe dera a ordem de recolher suas coisas e levá-las à clínica a fim de que ela seguisse diretamente para Pereira.

Catalina chorou de raiva imaginando que Yésica já devia ter contado a Marcial todas as barbaridades que ela dizia a seu respeito. Sentiu que este era o golpe de misericórdia que faltava a sua trágica existência e pediu a Carapinha que cumprisse sua promessa de matar Yésica e até obrigou-o a jurar que o faria.

Carapinha lhe disse que faria aquilo com o maior prazer, mas pediu que o ajudasse a preparar uma armadilha. Que a tirasse de casa e a afastasse de Marcial porque não queria matar os seguranças que eram seus amigos.

Catalina prometeu ligar para Yésica, tentando dissimular seu desgosto, e Carapinha se comprometeu a colaborar para que ela atendesse.

Voltaram ao motel, onde ela chorou a noite toda enquanto repassava em sua cabeça o filme de sua relação com Yésica para entender as razões que haviam levado sua melhor amiga a enganá-la, mas seu ego não lhe permitiu encontrá-las.

Na manhã seguinte, Carapinha voltou à casa do patrão e inventou mil desculpas para que não o matasse por ter desaparecido. Depois de se livrar com sucesso da contrariedade de Marcial, Carapinha seguiu com o plano e deu um jeito de Yésica atender a ligação de Catalina, que naquela hora estava chegando à minha casa. O segurança disse à menina que era melhor atender à ligação, caso contrário Catalina apareceria em sua casa em meia hora. Yésica atendeu. Como se não soubesse de nada, Catalina a cumprimentou com alegria. Comentou que a amiga era muito ingrata, perguntou onde estava, que queria vê-la, que não sumisse assim porque tinha de lhe contar "uma porção de histórias incríveis" e marcou um encontro em um lugar que as duas conheciam, com o pretexto de lhe falar em detalhes tudo o que estava acontecendo com Marcial.

Yésica se alegrou quando ficou evidente que Catalina não suspeitava nem um pouco de sua bem urdida traição e saiu da mansão à uma e meia da tarde para ir encontrá-la em um acolhedor café no norte da cidade onde elas costumavam ficar esperando Mauricio Contento na época em que os sonhos e a saúde de Catalina ainda estavam intactos. Marcial, a quem sua nova mulher não quis dizer para onde estava indo, saiu para lhe comprar um presente tão imenso quanto seus temores, desconfiando que Yésica estava pensando em abandoná-lo.

Pouco antes da hora do encontro, Catalina entrou em contato com Carapinha e lhe pediu que mandasse os assassinos a um café de nome Salento, onde tinha combinado de se encontrar com a amiga desleal às duas da tarde.

Cega de ódio, lhe pediu que não tivesse nenhuma compaixão e que a varresse da face da Terra. O café era um lugar bem parisiense, com toldos de fazenda crua, guarda-sóis verdes enfiados em mesas redondas e discretas jardineiras repletas de flores que separavam o café dos transeuntes. Por sugestão do mulato, combinaram que Catalina não iria ao café para que os matadores pudessem ter certeza de que acertariam Yésica em cheio quando estivesse sozinha, sem correr o risco de atingi-la

E foi o que aconteceu. Por volta das duas da tarde, sob uma garoa insistente, com a fumaça dos carros invadindo o ambiente e as pessoas caminhando depressa, sem saber que dessa forma acabavam molhando-se mais rápido, dois homens de aparência duvidosa, em uma moto, se postaram sob a marquise de um edifício, à espera da ordem de Carapinha para entrar em ação. Muito ansiosos, estavam estacionados no quarteirão anterior e em diagonal ao café Salento.

Mas Carapinha, que estava em seu carro um quarteirão depois do café, quis ter certeza de que nada aconteceria a Catalina e ligou para ela antes de dar a ordem para que matassem Yésica. Na tela do celular dela apareceu o nome de Carapinha seguido da abreviatura. Ela atendeu. O mulato, que não parecia nervoso, lhe perguntou onde estava, porque ia ordenar a seus matadores que entrassem em ação.

Catalina lhe disse que estava na entrada do café e que tinha uma visão panorâmica de Yésica, que acabara de chegar. Avisou que ela vestia jaqueta branca, cachecol cor-de-rosa, calça preta e sapatilhas da mesma cor do cachecol. Que a farsante carregava um livro grosso nas mãos e que elas estavam habituadas a sentar na segunda mesa da calçada... Que já podiam agir!

Carapinha entrou depressa em contato com seus homens e lhes deu a ordem de matar Yésica, que estava sentada na segunda mesa do café lendo um livro. Para evitar qualquer erro, descreveu a roupa da mulher com a mesma exatidão com a qual Catalina a descrevera para ele.

Com a desenvoltura adquirida através da experiência, naquela hora os homens apagaram os cigarros que fumavam. Um deles despedaçou a guimba no chão. Fizeram uma piada sobre uma senhora gorda que passava, subiram sorridentes na moto vermelha de alta cilindragem, apalparam suas cinturas para se certificar que as armas estavam em seus lugares e arrancaram discretamente, mas com determinação. Atravessaram a rua fechando dois carros, subiram na calçada do quarteirão da frente, onde ficava o café, e começaram a encurtar a distância que os separava da mesa onde Yésica esperava de costas para a rua mexendo em sua bolsa com nervosismo e apoiando o cotovelo direito em uma página do livro que estava lendo.

De repente, a moto irrompeu com um estrondo assustador na parte mais larga da calçada, fazendo com que alguns pedestres que passavam por ali se afastassem com irritação. O passageiro de trás, um assassino apelidado de Sangue-Frio, fez o sinal da cruz, encomendou sua alma à Virgem, lhe prometeu uma viagem ao seu santuário localizado em um povoado chamado Carmen de Apicalá, sacou a pistola com discrição, liberou a trava, camuflou-a sob a jaqueta de couro caramelo e deixou-a pronta para matar a mulher que agora escrevia com certa pressa em uma página do livro, do qual não afastava os olhos.

Os assassinos se aproximaram o suficiente para se certificar de que era ela. Era ela. Estava acabando de escrever uma frase sobre o grosso livro e usava a roupa descrita por Carapinha. Não havia dúvida. Prenderam a respiração e, sem desligar o motor, pararam a moto atrás das jardineiras que separavam o café da calçada. Sangue-Frio desceu e caminhou a passos largos sem olhar para trás. Sem vê-los, a mulher fechou os olhos, sorriu e estreitou o livro contra o peito. O assassino entrou no café, abraçou-a pelas costas, sem que ela tivesse tempo de oferecer resistência, e descarregou todo o pente de sua pistola 9mm em seu coração, escorando os seios com uma borda do livro.

A mulher, que estava desprevenida e com os olhos fechados, caiu no chão mortalmente ferida, sem soltar o celular que a acompanhava. O livro e a esferográfica de tinta vermelha foram parar onde a força da gravidade os quis levar. Sangue-Frio voltou à moto sem pressa e montou nela de um pulo enquanto seu companheiro acelerava. Os dois arrancaram satisfeitos, pensando em como gastariam o dinheiro que tinham acabado de ganhar.

Ao ouvir os disparos mortais, um garçom largou uma bandeja com duas xícaras fumegantes, que se arrebentaram contra o piso, e se escondeu debaixo de uma mesa onde um dos clientes do lugar já estava afastando com medo um dos braços da mulher assassinada que ameaçava tocá-lo.

Os matadores fugiram fazendo todo tipo de acrobacias e fazendo dançar, com indecisão, os pedestres que se molhavam ao passar pelas poças da calçada.

No café Salento, os clientes tiravam a cabeça de baixo das mesas e os curiosos formavam uma roda ao redor da vítima, enquanto eram ouvidos berros desesperados de alguns voluntários que pediam uma ambulância ou gritavam às pessoas para que se afastassem e deixassem a moribunda respirar.

A polícia chegou em instantes, montou uma barreira, afastou os curiosos e tentou prestar os primeiros socorros à mulher baleada, que sorria enquanto morria, tentando respirar. Os policiais se esforçaram para reanimá-la massageando seu coração, mas a mulher deu um último suspiro, mais de satisfação que de morte, e faleceu.

Um dos agentes, o que tomou seu pulso, se levantou com cara de ter visto muitas vezes uma cena idêntica e disse aos companheiros que já não havia nada a fazer. A mulher estava morta. Seu corpo ficou dobrado pela dor, em posição fetal. Tentaram achar alguma identificação, mas ela não tinha nada além de uma Bíblia, uma esferográfica e um telefone celular que nunca largou e que agora repousava na palma da mão esquerda, já com os dedos afrouxados.

Poucos quarteirões depois os matadores abandonaram a moto, recém-roubada, e entraram no carro de Carapinha, que os esperava com o motor da caminhonete ligado. Livraram-se das roupas suadas e partiram, a toda velocidade, comemorando o êxito da operação pelo caminho. Ninguém conseguiu vê-los graças ao acrílico escuro dos capacetes que usavam e se alegraram porque tinham certeza de que ninguém seria preso sem testemunhas. Bateram as mãos uns dos outros em comemoração, gritaram vivas e deram graças ao Menino Jesus e à Virgem Maria por tê-los ajudado, ignorando que Deus e a Virgem não colaboram com esse tipo de negócio. Carapinha lhes disse que graças ao sucesso da operação poderia realizar seu sonho de conquistar uma garota que o deixava louco e ligou na mesma hora para colocá-la a par do êxito da operação. Catalina não atendeu, mas ele continuou insistindo porque sabia que aquela notícia a deixaria feliz.

Nesse mesmo momento, simultaneamente às ligações de Carapinha para Catalina, Marcial Barrera discava o número do telefone de Yésica para anunciar o presente que acabara de lhe comprar. Uma cara e bela caminhonete, importada da Alemanha, com todos os luxuosos equipamentos eletrônicos adequados a um objeto que custava na Colômbia 160 milhões de pesos.

No palco dos acontecimentos, onde os curiosos faziam comentários nada discretos, um dos policiais chamou a atenção de seu companheiro para uma coisa que observara. O telefone da vítima, que ainda estava em sua mão esquerda, tocava insistentemente, ao mesmo tempo em que iluminava seus arredores com uma bela luz azul-marinho. Não atenderam, por medo de prejudicar a investigação, mas anotaram em seu bloco um nome que piscava na tela ao compasso da campainha melodiosa do celular: *Carapinha cel.*

Perto do celular, salpicada por algumas gotas de sangue e à mercê do vento, estava uma Bíblia aberta e rabiscada no livro de São Lucas, capítulo 23, versículo 43, com esta frase lapidar que a vítima escrevera com mão trêmula e o coração disparado quando ouviu a moto se dirigindo em sua direção com seus assassinos a bordo:

"Puta merda, sem tetas não há paraíso."

Epílogo

No café Martán, no outro lado da cidade, Yésica falava ao telefone com Marcial enquanto esperava Catalina, que já estava vinte minutos atrasada para o encontro. Quando o marido a pôs a par do suntuoso presente, explodiu em gargalhadas, olhou o relógio, foi até a rua olhando para todos os lados e foi embora convencida de que Catalina não apareceria.

É possível dizer que uma overdose de silicone havia acabado com os sonhos de uma garota como Catalina, que passara sua breve vida arrastando sua triste sina por todos os lugares que encontrara, tentando se colocar a salvo de quem nada fizera para merecê-la.

Cansada de tantas deslealdades, decepcionada com ela mesma por ter se iludido tanto, arrependida por ter feito sua vida rodar em torno de um par de peitos falsos, cansada do mundo e de tantas injustiças, odiando sua mãe, xingando Albeiro, detestando Marcial, praguejando contra Yésica por ter cravado o prego em seu caixão, Catalina mandou que a matassem. Algo assim como um suicídio sob encomenda.

Enganou Carapinha levando-o a acreditar que era Yésica quem estava esperando a morte no café Salento. Por isso, algumas horas antes, encenando um macabro ritual diante do espelho, vestiu, com os olhos cheios de lágrimas, a jaqueta branca, a calça preta e o cachecol e as sapatilhas cor-de-rosa. Depois ligou para Yésica e marcou um encontro em um café de nome Martán. Em seguida telefonou para Carapinha e lhe disse que às duas da tarde Yésica estaria sentada com um livro no café Salento. Enxugou as lágrimas, pegou uma Bíblia que encontrou em uma gaveta da mesa de cabeceira do motel e foi cumprir seu compromisso com o destino.

Do próprio Salento fez a ligação em que disse a Carapinha que Yésica já estava sentada no café com tal e tal roupa e começou a rezar. Nunca, ao longo de sua vida, tentou se aproximar de Deus, mas ao ouvir o rugido da moto na qual se aproximavam seus verdugos, começou a rezar, se arrependeu de coração por todos os erros e pecados que havia cometido e ficou esperando a morte com resignação, enquanto rabiscava com raiva um salmo da Bíblia que falava do paraíso. À medida que o ruído da moto se aproximava, Catalina recordou com rancor ou felicidade as cenas mais significativas de sua vida enquanto escrevia com raiva a frase rabiscada no versículo de Lucas.

De repente, ouviu o ronco do motor muito perto de seus ouvidos e fechou os olhos. Sentiu o abraço hipócrita do assassino, ouviu a rajada que atravessou seu coração, levantou o rosto, deu um sorriso e morreu. Caiu no chão sorrindo, esperando que o sangue jorrasse aos borbotões e admirando a beleza do céu. Deus e os juízes do carma a perdoaram, apesar de todos os seus equívocos, porque eles sabem que uma garota como Catalina, sem pai, com mãe ignorante, com irmão ignorante, com um namorado complacente e débil, que viveu em um ambiente complicado, sem oportunidades de se educar, sem oportunidades de arranjar um emprego, sem uma única chance na vida de sair da pobreza e com amigos como eu ou Yésica não tem a menor culpa de ser assim.

No dia em que mandou que a matassem, Catalina me ligou às onze da manhã, marcando um encontro. Queria me dizer uma coisa muito importante. Convidei-a a vir a meu apartamento e fiquei impressionado com a transformação que sofrera em tão poucas horas. Já tinha tomado banho e usava roupas novas. Disse, com espantosa tranquilidade, que ia morrer em três horas e até me contou sua estratégia, que me pareceu bastante inteligente e audaciosa para uma pessoa da sua idade e com suas limitações culturais e intelectuais. Eu lhe disse, com a mesma espantosa tranquilidade, que não mandasse que a matassem, que ela mesma o fizesse. Respondeu que tinha medo. Que no dia anterior e depois de ter visitado suas amigas de infância no prostíbulo onde trabalhavam, quando o desespero, a angústia existencialista e a tristeza superaram sua vontade de viver, foi parar em uma das amuradas do Viaduto César Gaviria de Pereira e nada. Tivera medo. "Aquele troço é muito alto e me deu muito medo de me atirar", falou, morrendo de rir.

Contou também que, aproveitando uma ida de Carapinha ao banheiro, tentou dar um tiro na boca com seu revólver, como faziam os gerentes que desfalcavam os bancos, mas que tampouco fora capaz de se assassinar. Considerou também a ideia de se atirar debaixo do Transmilenio, o sistema de ônibus expresso, na Avenida Caracas de Bogotá, mas desistiu por pura vaidade, pensando em como seu rosto ficaria horrível. Por isso recorreu à boa vontade de Carapinha e mandou que a matassem, e esperou a morte de costas, para que não lhe destruísse o rosto, que era, segundo ela, a única coisa que Albeiro veria no caixão, pois seus seios já haviam desaparecido.

De repente mudou de assunto e disse que vinha me entregar uma carta na qual explicava os motivos que a tinham levado a tomar a decisão de mandar que a matassem e me deixou uma mensagem anônima, destinada à DEA, denunciando Marcial e Yésica e entregando todas as informações necessárias para que fossem capturados e condenados.

Dois meses depois do enterro de Catalina em uma vala comum do Cemitério Central de Bogotá, Marcial e Yésica foram presos quando comemoravam, a mil, a gravidez da mulherzinha traiçoeira. Estavam bebendo com alguns amigos em uma casa de veraneio quando chegaram a polícia, a DEA e o Exército e prenderam-nos com todos os seus convidados, apesar de que muitos ali fossem pessoas decentes que nem sabiam das atividades de seu anfitrião. Ela foi recolhida ao presídio feminino de Bom Pastor, acusada de ser laranja, ele foi extraditado aos Estados Unidos, onde cumpre uma sentença de quarenta anos de prisão, e eu fui premiado com uma decente recompensa de 500 mil dólares.

Morón continua fugindo da justiça e o time de futebol que patrocinava foi campeão esse ano. A procuradoria havia confiscado, até dezembro de 2004, 34 mil bens da máfia que tinham um valor incalculável. Todos esses bens, que incluíam ações de vários times de futebol profissional, um jardim zoológico, aviões, pistas de kart, hotéis cinco estrelas, fazendas, praças de touros, shopping centers, farmácias, aeroportos, mansões de veraneio, casas, lojas, apartamentos e terrenos equivalentes em extensão ao tamanho de um país como a Bolívia ou o Uruguai estavam sendo administrados pelo Departamento Nacional de Narcóticos. Que oportunidade!

Hilda e Albeiro tiveram uma menina e a batizaram com o nome de Catalina, em homenagem à filha, enteada e ex-namorada desaparecida e esperando que algum dia ela voltasse e se sentisse feliz pela homenagem que seu ex-namorado e sua mãe haviam lhe prestado. A verdade é que ela me pediu que ligasse para sua mãe e lhe contasse a história de sua morte, mas eu nunca o fiz por temer perder parte da herança que Catalina sem querer me destinou.

Carapinha quase morreu de raiva e tristeza. Ele não era na verdade um peixe gordo, mas morreu pela boca. Nunca havia se apaixonado. O amor o atingiu de verdade quando conheceu Catalina. Nunca sentira inveja do patrão até o dia em que entrou em seu quarto para lhe entregar um dinheiro e a viu nua, deitada na cama, de boca para baixo e bêbada. Achou que era muito bonita e muito jovem para desperdiçar sua vida ao lado de um velho tão feio, tão cheio de problemas com a justiça e tão cheio de manias como Marcial. Começou a amá-la, a sentir tristeza e, muitas vezes, sentiu necessidade de conversar com ela, de lhe contar quem era Marcial, de lhe pedir que fosse embora daquela casa para viver sua vida de outro modo. Mas não conseguiu; sua lealdade ao patrão foi mais forte que o amor por Catalina. Mas continuou amando-a em silêncio. Só pensava nela. Queria tê-la em sua vida, protegê-la. Fantasiou que fugia com o dinheiro de Marcial e tinha filhos mestiços com ela, mas se absteve de fazê-lo com medo de morrer. Ele sabia que mais cedo ou mais tarde o encontrariam e o pregariam no chão para sempre com um tiro na cabeça, outro no coração, talvez sem os olhos e sem as pontas dos dedos. Por isso preferiu amá-la de longe, sofrendo por não tê-la, mas vivendo para olhá-la.

Quando Catalina lhe insinuou que matasse Yésica, ele, que não sabia fazer nada melhor na vida, pensou que aquela era a melhor e a única maneira de conquistá-la, mas tomou uma decisão equivocada. Foi aí que mordeu a isca e perdeu. Por isso, quando um membro da procuradoria atendeu o telefone no lugar de Catalina, ele soube que algo estava errado e voltou à cena do crime para ver o que estava acontecendo. Abrindo caminho entre os curiosos, encontrou-a encolhida no chão, ensanguentada, morta e sorridente. Quis avançar sobre seu corpo inerte para depositar em sua boca o beijo que jamais pudera lhe dar e com o qual sempre tinha sonhado, mas se conteve e saiu correndo como um louco para se vingar do mundo. Matou a sangue-frio os dois comparsas que haviam disparado contra a única mulher que jamais havia amado e depois quis disparar, sem contemplações nem reparos filosóficos ou religiosos, uma bala em cada têmpora, com duas pistolas que apertava em suas mãos trêmulas. Não conseguiu, ou melhor, considerou que a morte era um castigo pequeno para o que fizera e optou por ser morto pelo tempo. Todo ano é visto tomando café na mesma hora e no mesmo lugar onde sua amada caiu. Naquele local, onde Catalina ficou esperando pela morte com o som da moto perfurando sua cabeça, Carapinha abre a Bíblia, lê o versículo de São Lucas rabiscado pela infeliz e tenta conversar com qualquer desprevenido ou desprevenida que passe por ali, a quem conta a história de uma garota que fez de sua missão de vida o aumento dos seios para não se deixar levar pela pobreza.

Vanessa e Ximena nunca conseguiram abandonar sua triste vida noturna de dar prazer aos homens em troca de dinheiro. Paola teve uma sorte diferente, pois um de seus clientes, um estrangeiro especializado em comunicação, a pediu em casamento e ela aceitou, ora se não. Hoje em dia vive em Budapeste, esperando um filho de Frank Brunelly. Fiquei sabendo disso porque a encontrei no aeroporto quando estava esperando um voo que me levaria na companhia de cinco colegas e de nossas companheiras a uma viagem de lazer e trabalho nas Ilhas Faroe, onde estava sendo realizada a "quinta conferência mundial sobre os efeitos da fumaça do cigarro na mucosa nas mulheres grávidas sem seguro-saúde", a qual iríamos assistir com dinheiro público e o aval do Presidente da Câmara, representando a Colômbia.

Passeamos muito e jamais fomos ao auditório onde a infeliz conferência estava sendo realizada. Que roubada! Quem por acaso se importa com os efeitos do cigarro em uma mulher grávida, se elas sabem que não se deve fumar nem permitir que se fume diante de uma gestante e menos ainda quando não se tem seguro-saúde? De qualquer maneira, fomos ao auditório no último dia do congresso, mas não por remorso em relação aos contribuintes de nosso país, e sim para recolher os documentos distribuídos, com os quais chegamos a Bogotá, quinze dias depois, para organizar um debate atacando o Ministério da Saúde por não proibir o cigarro em lugares públicos e, sobretudo, em lugares frequentados por gestantes.

Durante a viagem às Ilhas Faroe, ouvi um colega dizer que sua filha de 16 anos, que estava terminando o ensino médio, lhe pedira de presente um implante de próteses de silicone. Não me surpreendeu tanto o pedido da menina porque, no fim das contas, os traficantes, a vaidade e os meios de comunicação já incutiram, em quase todas as mulheres, a necessidade de adquirir um perfil cheio de curvas. O que na verdade me surpreendeu foi a resposta dada pelo pai:

— Terei de dar o presente, pois caso contrário ficará insuportável.

Devido à resposta do meu amigo e ao drama de Catalina, que refletem a obsessão que estas meninas têm de conseguir os 5 milhões de pesos que custam os tais implantes, tenho pensado que o melhor negócio do mundo não é a política nem um cargo público com alto salário, nem o tráfico de drogas, de animais, de peles de crocodilo ou de mulheres. O melhor negócio é a vaidade. Por isso, vou comprar um diploma de cirurgião plástico e montar uma clínica de estética para a qual já tenho um nome atrativo: "Tetas Factory".

Este livro foi composto na tipologia Palatino Lt Std, em corpo 11,5/16,5, e impresso em papel off-white no Sistema Cameron da Divisão Gráfica da Distribuidora Record.